# 嘘つきは姫君のはじまり

松田志乃ぶ



集英社文庫

もくじ

# 嘘つきは姫君のはじまり

# 序章

十九歳の乳姉妹《ちきょうだい》は、透きとおるように美しい姫だった。

「――和泉《いずみ》。わたしの声が聞こえている……？」

「はい、お姫さま」

「最期まで、手を握っていてね、お願いよ。わたしは、もうだめみたいだわ……」

「しっかりあそばして、お姫さま。こんな病にお負けになってはいけません。お願いですから、いま一度、おこころを強くおもちになって！」

「そうしたいけれど、きれいなお花の上で、お父さまやお母さまが笑っていらっしゃるのが見えるの……もうすぐわたしも、おふたりのそばへいかなくてはいけないみたい」

弱々しく微笑《ほほえ》み、彼女は、かたわらで眠っている赤ん坊に視線をむけた。

「わたしが死んだら、馨子《かおるこ》をお願いね、和泉。生まれて一年も経《た》たないうちに、母親に先立たれてしまう、かわいそうな娘。どうか、わたしに代わって、この姫をしあわせにしてあげて」

のばされた両手をしっかと握り返し、乳姉妹の女房《にょうぼう》はうなずいた。

「馨子さまは、このわたしが立派にお育ていたしますわ。それにわたしの子どもたちもこれから乳姉妹として、馨子さまをお守りしていきます。ひとりめの娘も、いま、このお腹《なか》にいる、ふたりめの子も」

「そう——おまえがわたしを守ってくれたように、今度はおまえの子どもたちが、馨子を守ってくれるのね……ありがとう、和泉、それを聞いて、安心したわ」

それじゃ、わたしは、そろそろ、いくわね……。

女主人はまぶたを閉じた。

「お姫さま！　いけません！」

「和泉……こころ残りが、一つだけあるの。馨子の、父親のこと……ずっとお願いしてきたけれど、とうとう認知をしていただけなかったことだけが、残念でならない。あちらのおうちに働きかけて、いつか、馨子を娘のひとりとして認めてもらってちょうだいね……」

「？　まってください、お姫さま、あちらのおうちって？　その、馨子さまの父君のお名前は？　わたしはまだ、肝心なそのことを聞いていませんわ」

それまでのかなしみをいっとき忘れ、和泉はあわてていった。

彼女はこの二年のあいだ、地方を治める受領《ずりよう》の夫に従い、京の都を離れていた。

そのあいだに、乳姉妹として育った女主人が正式な結婚を経ぬまま、馨子という姫を産んだことは知っていたが、その父親が誰であるのかまでは、尋ねる機会を得ずにいた。

夫の任期が果て、ようやく京に上り、懐かしい主家《しゆけ》へと戻ってみれば、不幸にもそのひとはすでに、重い病の床についていたのである。

「厨子《ずし》の中に、あのかたの文《ふみ》と、ゆかりのお品があるの……」

女主人は、部屋の隅を指し、消え入るような声でいった。

「あのかたと交わした、恋文よ。あのかたは、美しい言の葉《ことのは》を、たくさん、くださった……ああ、あのころのなんて幸福だったことか。そう……馨子の父親はね、和泉……」

わたしが人生で、一番、愛したかたなのよ……。

夢見るようなつぶやきが、彼女の最期の言葉だった。

乳姉妹の女房が泣きながら呼んでも、揺すぶっても、それきり、女主人のまぶたがふたたびひらかれることは、なかったのである。

「お姫さま……お美しくて、おやさしくて、イマイチ運の悪かった、わたしのお姫さま……どうか、安心してお眠りくださいませ。残された馨子さまは、わたしたちが必ずおしあわせにしてさしあげますから」

忠義者の女房は、袿《うちぎ》の袖で涙をふきふき、立ちあがった。

「ご遺言は、必ずお守りいたしますわ。このまま、馨子さまを哀れなみなし子になど、させません——お父上のもとにお連れして、きちんと姫君として認めていただきます！」

（そのためには、まず、証拠となるお文を調べなくては）

和泉は勢いこんで厨子の扉をあけた。

そのとたん、ザザーッ！　と大量の文がなだれを打って床に落ちた。

和泉は目を丸くした。

色も形もさまざまの文は、ざっと見ただけでも五十通近くあった。

文の手蹟《て》はそれぞれに異なり、同じ人物のものではないことが、あきらかにわかる。

「これ、どういうこと？」

つぶやいた彼女は、ハタと思い当たった。

そう——彼女の乳姉妹であった女主人が、美しく、やさしく、イマイチ運が悪かったことに加えて、よくいえば鷹揚《おうよう》な、悪くいえば、かなりおおざっぱな性格のひとであったことに。

その上、どこか夢見がちで、惚《ほ》れっぽい、恋愛体質な姫であったことに。

美少女として評判だったかの姫は、十五のとき、さる内親王に仕えるため宮中にあがった。頼るべき両親を相次いで亡くし、こころ細い暮らしをしていた彼女の噂《うわさ》を遠縁の親王が耳にし、出仕しないか、と声をかけてくれたのである。

いまは没落して見る影もないが、かの姫も、姫の乳姉妹である和泉も、もともとは同じ親王を祖にもつ王家につながる高貴な出自だ。

母親の身分に違いがあったため、かの姫の母と、和泉の母は、時代を経て、主と乳母（あるじ、めのと）という主従関係におさまった。が、どちらも王族の末裔——「宮筋」（みやすじ）と呼ばれる生まれであることに変わりはないのである。

両親を亡くした不運な少女は、温かな同情をもって内親王のもとに迎えられた。はなやかな宮中で、彼女は青春を謳歌《おうか》したようだ。

よくも悪くも楽天的な彼女は、女房としてひとに使われる立場になったことに、さしたる葛藤もおぼえなかったらしい。恋の成就と破局とをめぐるしくくり返し、その遍歴の果てに、十八で馨子を身籠《みご》ったのである。

「つまりこれ、当時の恋人たちからのお文なのね……本命のかたのぶんと、その他のお文とがごっちゃになってしまっているのか。うーむ、わたしがいないのをいいことに、年末の大掃除を怠け倒していらっしゃったわね、お姫さま」

文のほとんどには、名前が記されていなかった。署名らしき箇所の見える文も、保管の状態が悪かったために、あちこちシミだらけになってしまっている。

これでは、馨子の父親の名前を探し当てるのはとうていムリだろう……途方に暮れかけた和泉だったが、

（そうだ、これだけでなく、ゆかりのお品もあるとおっしゃっていたわ）

思い出し、ふたたび厨子の中を探してみると、古い錦《にしき》の袋があった。紐《ひも》をとき、中身をたしかめる。

納められていたのは一面の古い琵琶《びわ》だった。

(これは、男君《おとこぎみ》が贈られたものなのかしら？　お姫さまは、琵琶の名手でいらしたから)

が、長く手にしていなかったのだろう、四本の弦はだいぶ弛《ゆる》んでしまっていた。

表板《おもていた》には、満ち欠けする月を円状に描いた美しい螺鈿《らでん》細工が施されている。

一目で由緒ある品だとわかるものの、所有者の名が彫られているわけでもなく、もち主を推定しようがない。

『あちらのおうちに働きかけて、馨子を娘のひとりとして認めてもらってちょうだい……』

「──と、おっしゃられてもねえ……名前もわからないあいてに、どうやって？」

和泉は、やれやれ、とため息をついた。

乳姉妹の遺言を果たすのは、思っていたより、容易なことではないようである。

「──フ、ウー」

眠っていた馨子が泣き声をあげた。和泉は急いで馨子を抱きあげ、あやし始めた。

と、腹の中の赤ん坊が動いた。

とたん、馨子はぐずるのをやめ、彼女の腹をまさぐるように、小さな手を動かした。

「ま、姫君、おわかりになりますの？　そこに、あなたさまの乳きょうだいがおりますのよ」

乳母の言葉に、馨子は、きょとんとした顔で親指をくわえている。

「いまはまだ、とても小さいですけれどね。この子はこれから、どんどん大きくなっていきますわ。そうして、元気に生まれたあかつきには、必ずや馨子さまをお助けする子になってくれることでしょう。わたしがあなたさまのお母さまを愛したように、この子も、馨子さまのことが大好きになるはずですもの」

和泉は自分の腹をなでさすった。

「ねえ、お腹の赤ちゃん、約束よ。男の子でも女の子でも、この先、母さまに何かあったら、そのときは、おまえが馨子さまをお守りするのよ。いいわね？」

とん、と、かすかに腹の内側を蹴られたのがわかった。

和泉は嬉《うれ》しくなった。

よしよし、とうなずいて、自分の腹を、何度となくなでた。

——はたして、その小さな蹴りが、母の言葉への同意を意味するものだったのか。

それとも、拒絶の意思表示であったのか。

その本当のこたえがあきらかになるのは、それから、約十五年後のことである。

# 第一章　花と嵐の乳姉妹

一

左京の南、七条界隈《しちじょうかいわい》に設けられた公設市場、東《ひがし》の市《いち》には五十一軒の店がある。月に一度、糸屋と絹屋と染料屋に現れるひとりの小柄な少女の姿は、繁華なこの市の、ちょっとした名物になっている。

「そういわれてもねえ、宮子《みやこ》ちゃん」

これが値引きの限界なんだよ。糸屋の店主は、困りきった顔でつぶやいた。

「お願いです、お兄さん！　どうか、もう一声だけオマケして」

宮子は顔の前で、ぱん、と強く両手をあわせた。

「今月の予算、ぎりぎりなの。この値段だと、内職に必要なだけの糸が買えないんです。注文の着物を、期日までに仕立てることができなくなっちゃう」

お願いです、この通りです、貧しい一家を助けると思って……。

宮子に拝まれ、直垂《ひたたれ》姿の若い店主は、やれやれ、と日に焼けた首のうしろを掻《か》いた。

「わかったよ、おれの負けだ。——さっきの値段でもってっていいよ、宮子ちゃん」

「ありがとう、お兄さん！」

宮子は飛びあがってよろこんだ。

瞬間、ワーッ、という歓声と拍手が周囲で起こった。

宮子はびっくりしてふり返った。

いつの間にやら、自分たちの背後に、ちょっとした見物のひとだかりができていたのだ。

「見たかい、あの小さい女の子。とうとう、最初の値の半分まで値切っちゃったよ」

「大人あいてにあの交渉術。小さい舌がとれたての鮎《あゆ》みたいにぴちぴち動いて、聞いてるだけできもちがよかった」

「あんなに小さいのに、しっかりしたもんだ。いやあ、どこのお邸《やしき》の女《め》の童《わらわ》だろう？」

（小さい、小さい、って……何よ、もう。こう見えても、わたし、十五歳なんだからね）

いい返そうかと思ったが、やめにした。

小さな宮子が店主をあいてに、懸命に値切り交渉をしているさまが面白くて、彼らは見物の足をとめていたのだ。

店主がいつもより早く交渉に応じてくれたのも、これ以上見物人を増やされて、悪役をつとめさせられてはかなわない、と思ったからに違いなかった。

「お兄さん、いつもいつも、ムリばかりいって、本当にごめんなさい。来月は、ちゃんと札値で買いものをさせてもらいます。約束します」

ぺこぺこと頭をさげる宮子に、店を継いだばかりの若い店主は、

「いいよ、いいよ」

笑いながら、片手をふった。

「おれも一通りの事情は知っているからさ。……宮子ちゃん、お邸の台所が苦しいから、染め物や仕立ての内職をあちこちから引き受けて、家計を助けているんだろう？　まだ若いのに、苦労をするね」

「しかたがないんです。なにせ、うちのお邸には、稼ぎ手の大人がいないんだもの」

店の台に並べられた、さまざまな種類の糸束をながめながら、宮子はいった。

「うちのお姫さまは、みなし子でいらっしゃるでしょ？　ご親類からのご援助がほとんどないの。財産とよべるものは、いま住んでいらっしゃる五条《ごじょう》のお邸くらいしかないし……わたしたちが働かないと、そのお邸だって、手放すほかはなくなっちゃうから」

三年前、京に流行《はや》った疱瘡《ほうそう》の病で、前《さき》の和泉介《いずみのすけ》だった宮子の父と、姫君の乳母《めのと》であった母が死んだあと、五条の邸からは、主だった女房、家人《かじん》たちが次々に去っていった。

「王家の末裔《すえ》」――といえばひびきはいいが、要するに、時流から外れた落ちぶれ貴族である。

格式はあっても金はない。

日に日に傾いていく邸の経済をなんとか支えていたのが宮子たちの両親だったので、その死をきっかけに、従者の多くが主家での暮らしに見切りをつけたのだ。

早々に次の奉公先へと発《た》っていく大人たちを見送った当時、宮子は十二歳、姉は十五歳。

一家の責任をひとりで負うことになった乳姉妹の馨子は、まだ、わずかに十四歳だった。

「宮子ちゃんのお姉さんは、去年、金持ちの息子と結婚して東国《とうごく》へ下っちゃったんだっけ？」

「そうなの、受領の三男坊に見初められて……嫁ぎ先から、絹だの、染料だの、いろいろ送ってきてくれて、いまでもうちの家計を助けてくれているのよ」

たったひとりの肉親である姉と別れるのはさみしかったが、子どもじみたワガママをいって、せっかくの良縁を壊すわけにはいかなかった。

幼い宮子は泣きながら、東《あずま》の地へ出立する姉を見送ったのである。

「宮子ちゃんもお姉さんも、えらいねえ……貧乏なお姫さまを見捨てず、忠義をつくして働くなんてさ。いまの世の中、貧しい主人を見限る乳姉妹なんか、いくらでもいるっていうのに」

そういうものなのか。店主にあわせてあいづちを打ったものの、宮子にとっては理解できない行動だった。

(わたしには、考えられないなあ……だって、わたしが馨子さまにお仕えするのは、自分でもわからないけど、生まれる前からの約束みたいな気がするんだもの)

市の大門《おおもん》がひらく正午を過ぎて、そろそろ一刻《いっこく》が過ぎる。背後の通りをいくひとの数は増えていくいっぽうのようだ。

宮子はそばに置いた荷物の袋を手にとった。

「もう、いかなくちゃ。お兄さん、本当にありがとうございました。また、来月も必ずきます」

「その袋は塩? 重いだろう、宮子ちゃん。馬のところまでもっていってやるよ」

「わたしは平気、です。それより、お店を留守にしちゃだめよ、お兄さん。市には悪い人間がいっぱいいるんだから。スリと置き引きとかっぱらいが、東の市の名物なんだからね」

「はは、三つのときから市《ここ》で遊んでいたから、物騒なことは、よく知ってるさ。だから、宮子ちゃんをひとりで大門までいかせるのが、心配なんだよ。——さ、いこう」

塩の麻袋をひょい、と奪い、彼は宮子の手をひいて、さっさと通りを歩き出した。

「混雑がひどいからさ、はぐれないように、手をつないでいったほうがいいんだよ」

「は、はあ」

「ところで、宮子ちゃん、今度、一緒に野駆《のが》けにでもいかないかい？　北野《きたの》のあたりにさ。桜の季節はもう終わったけど、四月《うづき》の野遊びも緑や花がきれいで、きもちがいいよ」

「野遊びって……お兄さんとふたりで？」

「うん。前から、宮子ちゃんを誘いたいと思っていたんだよ。市は十五日までだから、二十日過ぎあたりにでもさ。一日くらい、お邸の仕事を休んでも、大丈夫なんだろう？」

「え、えーと、お兄さん、あのう」

ムリな割り引きを聞いてもらったこともあって、むげにも断れない。

ひっぱられるようにして歩いていたせいか、足がもつれた。

ぷつりと鼻緒が切れた。

脱げた草履が蹴飛ばされ、道の端に飛んでいく。

宮子はあわてて店主の手をひいた。

「あの、お兄さん、ちょっとまってください、あっちにわたしの草履が……あっ」

鼻緒の切れた草履を拾う手が見えた。

縹《はなだ》（薄藍）色《いろ》の狩衣《かりぎぬ》に身を包んだ長身の青年が、草履を手に、ゆっくりと顔をあげる。

店主と共にひとごみを離れた宮子は、猫のように大きな目をさらに大きくみはった。

「真幸《まさき》！」

「やっぱり。見おぼえのある鼻緒だと思ったら」

三つ年上のいとこは、おちついた声でいって、太い眉をかすかによせた。

彼の視線を追った宮子は、あわてて、つながれていた手を放した。

「ああ、宮子ちゃんのお邸のひとだね？　どうも、こんにちは」

「どうも。……たしか、糸屋の若店主どのでしたね」

「うん、宮子ちゃんの荷物が重そうだったから、馬のところまで運んであげようと思ってね。ホラ、これをもつのはどう見たって、彼女の細腕より、おれのほうがふさわしいだろう？」

「たしかにそうですね」

真幸はうなずいた。

「宮子がもつのにちょうどいいのは、これくらいのものでしょうから」

鼻緒の切れた草履を宮子にさし出した。

宮子がそれを受けとったとたん、

「え？　――きゃっ！　ま、真幸ッ？」

「み、宮子ちゃん！」

「お手数ですが、店主どの」

両腕に軽々と宮子の身体《からだ》を抱きあげ、真幸はいった。

「ついでにその塩袋をもって、大門のそばまでついてきていただけますか？　お手数をかけて、申し訳ない。おれは、おれがもつのにふさわしい、この荷物を運ぶので、精一杯なものですからね」

「道いくみんなが、ジロジロ見ていたじゃない、もう、恥ずかしい……真幸ったら、どうしていきなりあんなことするの？」

「どうして、か。その理由なら、ちょうど、あそこの店で売っているよ」

馬上の宮子からの抗議をのんびりとうけながし、真幸は轡《くつわ》をとっていない手で、道のかたわらを指さした。

大門の外、無許可の露店で売られているのは、いい匂いのする焼き餅である。

(嘘《うそ》ばっかり。手を握られたくらいで嫉妬する真幸じゃないこと、わかっているもの)

「宮子、知っているか。おまえはあの東の市で、ちょっとした有名人らしいぞ」

「有名人？　……わたしが、どうして？」

「裁縫上手で値切り上手の、働き者の女の童、ということだそうだ……値切りの交渉もいいが、あまり、誰にでも愛想よくしすぎるなよ。市には物騒なゴロツキどもも、大勢たむろしている。いつでもおれが、おまえと一緒に市にこられるわけじゃないんだからな」

さっきの派手な騒ぎは、すぐに市じゅうにひろまるだろう。

市の名物の値切り上手の女の童には、過保護でやきもち焼きのお目付け役がいる――よからぬ連中を牽制《けんせい》する意味で、わざと注目をあつめる行動をとったのだ、というのが真幸の説明だった。

(それにしたって、やりすぎだと思うんだけど。真幸ってば時どき、妙に過保護になるのよね)

思ったけれど、彼の心配もわかるので、宮子はそれ以上の抗議をのみこんだ。

「米も醬《ひしお》も、先月より、だいぶ値があがっていたな……今月の家計も、きびしそうだ。邸に帰ったら、姫君に、そのへんのことをご相談したほうがいいかもしれない」

いいながら、真幸は馬を道の端によせた。

牛車《ぎっしゃ》か何かに道を譲ったのかと思ったが、そうではなかった。

見ると、古い邸の築地《ついじ》の一部が破れており、そのあいだから、薄紫色の藤花をまとった松の枝がのぞいている。

真幸は腕をのばすと、花房のたっぷりとついた一枝を折りとり、宮子に渡した。

「真幸?」

「北野の風景には及ばないだろうが、我慢してくれ」

風に揺れる花房は、昔、絵巻で見た異国《とつくに》の女の髪を飾る簪《かんざし》のようである。

宮子は甘い花の匂いを胸いっぱいに吸いこんだ。

「ありがとう、真幸。馨子さまにすてきなお土産ができた」

（きれいな色。いつか、たっぷりの紫根《しこん》を使って、こんな藤色を染め出せたらいいなあ……そうしたら、その布で、馨子さまや真幸の衣装をつくるんだ）

織りの文様《もんよう》は何にしよう？　重ねる衣はあの色で――大路を北へと進む馬の背にゆられながら、宮子の頭の中には、初夏の花園よりもあざやかな色彩が、次々にひろがっていく。

＊

後世の人間たちがそう呼び習わした、この平安、葛野《かどの》の京《みやこ》。

帝《みかど》や東宮《とうぐう》（皇太子《ひつぎのみこ》）のおわす北の大内裏、離宮や禁園のある一条《いちじょう》、二条《にじょう》と呼ばれるあたりから、南へ、南へと、しだいに下っていって、五条大路。

京の中心を南北に走る朱雀大路《すざくおおじ》から、遠く離れた左京の東、ひと通りもだんだんとまばらになっていく邸街の一画に、宮子たちの現主人――藤原《ふじわらの》馨子の所有にかかる、五条の邸はある。

辻《つじ》に立って見渡せば、破れた築地、傾いた門をかまえたさびれた邸がそこかしこに見える中でも、宮子たちの邸の荒廃ぶりは、なかなかどうして際立っていた。

前の嵐でぽっかりと大穴のあいた寝殿の屋根。

床板をつき破って竹の生えている渡り廊下。

「邸の中にいながらにして、月見と野遊びが楽しめる」

という、近所でも評判の荒れ邸である。

「——あ、いつもの子どもたちがきてる。また、馨子さまがお庭に呼んでしまわれたのね」

きゃあきゃあと楽しそうな声をあげ、崩れた邸の築地から出入りしているのは、近所の邸に仕える、まだ幼い男《お》の童や女の童たちだ。

ムダに広くて荒れ放題の邸の庭には、鶏や馬が自由に歩き回っているし、澱《よど》んだ池には、蛙《かえる》や亀が繁殖している。

近所の子どもたちにとって、格好の遊び場になっているのだ。

「あ、宮子ちゃんと真幸のお兄ちゃんだ。お帰りなさーい」

市にいったの？　何を買ったの？　なんで鼻緒の色が左右で違うの？

雀《すずめ》の子のようにさえずりながら、真幸に抱き下ろされた宮子の周囲に、わらわらと子どもたちがよってくる。

「みんな、だめよ。出入りは門からしないと。壊れかけのボロ築地が、ますます崩れていっちゃうんだから」

「あのねえ、宮子ちゃん、いま、中でねえ、お姫さまがねえ、面白いことしてるんだよー」

「馨子さまが？」

「うん。こっち、こっち。きて」

袖をひかれ、いっているそばから崩れた築地の中へとひっぱりこまれる。

寝殿の東面《ひがしおもて》がすぐ正面に現れ、階《きざはし》と簀子《すのこ》にあつまっている子どもたちが見えた。

ギシギシ鳴る手すりにぶらさがっていた男の童が、ぴょん、と地面に飛びおりる。

「──ねえ、お姫さまァ、弦《つる》はもう直ったの？」

男の子の問いに、奥から、

「直ったわよ」

あかるい声が返ってくる。

「──さあ、もう、これでいいわ。もう一度やり直し。わたしがお手本を見せてあげるから、みんな、まばたきせずに、よっく見てるのよ。電光石火の早業だからね」

「まってましたー、お姫さまァー」

歓声をあげる子どもたちのあいだを割って、乳姉妹の姿が現れた。

ほっそりとした肩に背に、艶やかにながれるみどりの黒髪。すらりと背が高く、動作のすべてがきびきびしている。かたちのよい額、長い睫毛《まつげ》にふちどられた涼しげな目元。血の色の薄い、青みがかった肌は水に落とした白珠《しらたま》のようだ。朝露を含んだ竜胆《りんどう》を思わせる、目にもあざやかな美少女である。

「馨子さまは、何をなさっているの。電光石火の早業?」

いいながら、ふと周囲に視線をむけた宮子は、目を丸くした。

高く伸びたあちこちの草の中に、数人の子どもたちが隠れていたのだ。

隠れ鬼でもしているんだろうか、と思ったとき、凛《りん》とした馨子の声がひびいた。

「さァ、いつでもいいわよ、みんな。できるだけ高く放り投げてね!」

と、あちこちの草の中から、小さな白いものが、ぽーん、と青空にむかって投げられた。

パーン!

小さな破裂音が鳴って、青空に白い花びらが散った。

子どもたちがきゃあっ、と高い声をあげる。

宮子は驚いて馨子を見た。馨子は真剣な顔で動く的を狙っている。左手でYの形の小枝をかまえ、右手は枝に結んだ弦をきりりと引いて、木の実の弾を飛ばしているのだ。

パーン! パーン! パーン!

木の実の弾は、素早く、正確に、すべての的を落としていく。

破裂音が鳴るたび、白や赤や緑の色彩が空に舞い、子どもたちの笑い声があたりにひびく。

馨子が打ち落としているものは何なのか。宮子はその正体をたしかめようと、目を細めた。

(白くて、小さくて、丸っぽいもの……あ――わかった、卵だわ！　中身を抜いて、代わりに、花や草を詰めた卵の殻を放り投げているんだわ！)

「お姫さまー、次の一個が最後だよー！」

草の中から男の子の声がひびいた。

が、ヘンに気負ったのか、最後の一つは建物からは遠すぎる方向へと投げられてしまった。

「うあー、あれはムリだー」

子どもたちが残念そうな声をあげるが、馨子はあきらめない。

手の中の枝をぎりぎりまでしならせ、弦をひく。

ゆるやかに落下していく卵の殻にむかって、迷うことなく木の実を放った。

ひゅん、と鋭い風切り音が鳴り、弾はみごとに的を割った。

パーン！

「やったわ、皆中《かいちゅう》！　って……あ、あれ？」

片手をつきあげた姿勢のまま、馨子が固まった。

宮子は、草の上に倒れそうになった。

（ささ、さ、最悪だわ……なんで、最後の殻にだけ泥なんか詰めちゃったのよ!?）

割れた殻の下に、ふいに現れた客が立っていたのだから、間が悪いにもほどがある。

卵の殻と泥を頭からかぶったまま、

「……ご機嫌よう、馨子姫」

不気味におちついた声で、そのひとはいった。

「よ、ようこそ、おいでくださいました、三条《さんじよう》の叔母さま」

手にした武器をうしろ手に隠し、馨子が急いで笑みをつくる。

「何をなさっていらっしゃるの？　いまのは、魔よけの儀式か何かですか？」

「え？　えーと、そうですね、まあ、そのような感じのものですわ、たぶん」

「あなたの声が通りにまでひびいていましたよ、馨子姫。姫君というのは、小鳥のささやきのように話すべきだと、何度いったらおわかりになるの？」

「はあ、すみません」

「何が皆中です。拳《こぶし》を天につきあげてよろこぶ姫がどこにいるんです。姫君のよろこびかたというのは、はらはらと涙をこぼすか、感極まって失神するかの二つだけしかありませんよ」

三条の夫人の顔が、遠目でもそれとわかるほど上気していく。

「だいたい、こんな庭先で、顔をさらして男の童たちとワイワイ遊んでいる姫など、聞いたことがありません。姫君というのは、屋根の下、御簾《みす》の内から出るものではないのですよ。普通の姫でさえ、かくあるべき。まっ、ましてや、馨子姫、あなたは、あなたは……！」

（まずい）

次にくる大爆発にそなえ、その場の全員が耳に指をつっこんで防御の姿勢をとった。

「あなたは、懐妊八カ月目！　臨月間近の妊婦なんですよ、馨子姫！　大きなお腹を抱えているくせに、ガキ大将よろしく飛び道具をふりまわして遊んでいるなんて、常識ハズレもいいところだとどうしてわからないんですこの非常識姫――――ッ！」

二

「まったく、もう……ちょっとわたくしの目が届かなくなると、この調子なのだから。これでは、出産まで、毎日ようすを見にこなければ、安心できませんね」

「ええー、それはちょっと勘弁してくださいな、叔母さま。精神的にきついですわ」

嫌がるきもちを隠そうとしない馨子を、三条の夫人がじろりとにらみつける。

夫人の髪に櫛《くし》を通していた宮子は、とりなすように、あわてていった。

「すっかりきれいになりましたわ、三条の奥方さま。豊かなお髪《ぐし》でいらっしゃいますね」

「ありがとう、宮子。おまえは仕事が丁寧ね。それはよいことだけれど、このご主人の手綱をとるときには、もう少し乱暴でもいいのですよ。なにせ、常識的なことを常識的にいっても、ちっとも通じやしないのだから……」

ちくちくとした皮肉をむけられても、馨子はけろりとしたものだ。

脇息《きょうそく》によりかかり、庭で遊びまわる子どもたちの声を楽しそうに聞いている。

「ともかく、体調はよろしいようね、馨子姫。悪阻《つわり》はおさまったのですか」

「そうですね、だいぶおちつきました」

こんもりと膨らんだ腹を袴《はかま》の上からなでて、馨子はいった。

腹に巻いた懐妊のしるしの腹帯《はらおび》は、四カ月前に、三条の夫人から贈られたものである。

「具合のいいうちに、ちゃっちゃと産んでしまいたいですわ。わたしは、せっかちなほうですから。ふうー、妊婦も八カ月やって、いい加減、飽きちゃいました。好きなお酒も飲めないし……」

「飽きちゃいました、ではありませんよ。そのようにできているのですから、しかたがないでしょう。おとなしく、十月十日《とつきとおか》は妊婦をやっていらっしゃい」

「叔母さまは飽きませんでしたの？」

「飽きるにきまっているでしょう。わたくしは五度もやっているんですよ。あなたは初産なのですから、退屈だなんだと贅沢《ぜいたく》なことをいっているんじゃありません」

ぴしゃりといわれ、馨子はくすくす笑った。

何をいってもこたえない馨子のようすに、ついには夫人も、表情をゆるめた。

「――馨子姫。本当にこの家で、出産をなさるおつもり？」

馨子がうなずくのを見て、夫人は眉をよせる。

「雨漏りだらけの屋根に、崩れかけの軒《のき》……これから、長雨の五月《さつき》を迎えるのですよ。悪いことはいわないから、しばらくのあいだ、わたくしの邸に移っていらっしゃい」

「生まれ育った邸ですもの、叔母さまが思われるほど不自由はないんですよ」

「宮子の他には女房もいないというのに？　家事や内職ならともかく、こと出産となったら、宮子だって、何もできませんよ。せいぜいお湯を沸かすか、産婆を呼んでくるくらいしかね」

「それで、じゅうぶんだと思いますわ。猫だって、犬だって、産婆もなしにぽこぽこ子どもを産んでいるわけですし……」

「犬猫と人間の出産を一緒にするんじゃありません」

「申し訳ありません、叔母さま。――おきもちは、本当に嬉しく思っているのですけれど」

馨子は笑った。

「できるだけ、自分たちの力でやっていきたいんです。わかってくださいな」

馨子の表情をしばしみつめ、夫人はかぶりをふった。

「本当に頑固な姫だこと。あなたがお母さまに似ていらっしゃるのは、お顔だけね、馨子姫。そうしているところを見ると、本当に、かの姫が帰ってきたかのように思われるけれど……」

三条の夫人は、馨子の母親の異母妹である。

馨子の祖父が宮筋の正妻に産ませた娘が馨子の母親であり、三条に住んでいた第二夫人とのあいだにもうけたのが、この叔母であった。

親類と一口でいうには少々微妙な関係だが、昔から両家のあいだに確執めいたものはなく、女たちは親しい交流を続けている。

やかまし屋ではあるが、半面、面倒見のいい三条の夫人は、祖父母も両親もない馨子を何かと気にかけて、食べものを運んでくれたり、仕立ての注文をまわしてくれたりと、頻繁にようすを見にきてくれているのであった。

「あなたのお母さまが亡くなられたときは、わたくしもまだ若かったから、なんの手助けもしてさしあげられなかった。わたくしは、その悔いをくり返したくないのですよ、馨子姫」

「くり返す必要はございませんわ」

馨子は肩をすくめた。

「叔母さまは、じゅうぶんにこの家を助けてくださっていますもの。わたしも宮子も真幸も、つねづね感謝していますわ。あともう少しだけ怒りんぼでいらっしゃらなかったら、何もいうことのない叔母君でいらっしゃるのですけれど」

「それは責任転嫁です。毎度毎度、怒らせることをなさるあなたがいけないのですよ」

いかめしくいう夫人の目は、しかし、口調ほど冷たいものではなかった。

「──まあ、いいでしょう。宮子も真幸も年齢よりは、ずいぶんしっかりしているから……その代わり、何かあったら、すぐに報《しら》せをおよこしになられますように。よろしいですね？」

馨子はすなおにうなずいた。

夫人はようやく満足そうな表情を見せた。

「それでは、お説教はこれまでにしましょう。今日、こちらに伺ったのは、小言をいうためではなく、これをお返しするためだったのですから。……たびたび大切なお品をお借りしてしまって、申し訳なかったですね」

夫人はそういって、袋からとり出した琵琶と撥《ばち》を馨子に手渡した。

馨子は膨らんだ腹を少し邪魔そうにしながら、琵琶をかまえ、弦を鳴らした。

「お邸のご宴会に、この琵琶が、少しは興を添えられまして？」

「とてもね。楽《がく》の名人でいらっしゃるかたが、競《きそ》ってお弾きになられましたよ」

「それはよかったですわ」

「――ねえ、馨子姫。あなた……もしも……」

いいかけて、夫人はためらうように言葉をとめた。

叔母をみつめ、馨子が首をかしげる。

馨子の鳴らす琵琶に気づいて、庭で遊んでいた子どもたちがあつまってきた。

「いつものやつ、やってよう、お姫さまー。べべーン……とはずがたりのひきがたりー」

「いまはむかしのものがたりィー」

馨子の口上をまねて、子どもたちが声を揃《そろ》える。

宮子は急いで御簾のむこうに声をかけた。

「弾き語りはまだあとよ、みんな。もうちょっと、むこうで遊んでいて」

「――叔母さま、あまり、お気を遣われないでくださいな」

馨子はふふ、と笑った。

「いろいろと調べてくださったのでしょう？　この琵琶の前のもち主――つまり、名前もわからないわたしの父親について。でも、わかったことはほとんどなかったのですね。

違います？」

夫人の顔に、珍しく驚きの表情が浮かんだ。

「たびたびこれをおもちになるのは、三条のお邸にいらっしゃるお客さまに、この琵琶を見せて、もち主を探してくださっているのだと気づいておりましたわ。だって、叔母さまはご自分が見栄《みえ》を張られるために、何度も借りものをなさるような、虚栄心の強いかたではないですものね」

馨子姫、と夫人は顔をしかめた。

「それも、あなたのいけないところですよ。あなたはあまりに賢《さか》しくていらっしゃる。姫君というのは、もっと鷹揚に、一という漢字も知らぬふうにおっとりとしているべきです」

「すみません、今後は気をつけますわ。——それで、この琵琶のことを知っている人間は、ひとりも見つからなかったんですか？」

「いいえ——いたのですよ。たったひとりだけ」

夫人はほっと息をついた。

「でも、ずいぶんとあやふやなものだから、お教えするべきかどうか、決心がつかなかったのです。ほとんど伝聞に過ぎないものでしたからね」

「せっかくですから、聞かせてくださいな。大丈夫ですわ、わたしが父親探しにあまり熱心ではないことは、叔母さまもご存知でいらっしゃるでしょ？」

「これは〝渡月《とげつ》〟という名の琵琶かもしれないと、そのかたはおっしゃっていました」

　気楽な馨子の口調に促されて、夫人は口をひらいた。

「渡月……ああ、月を渡る、の渡月ですね。この螺鈿細工が、名前の由来ということですか」

「あくまで、かもしれない、というだけの話ですよ。満ち欠けする月の細工模様が同じというだけで、そのかたも、実物は見たことがないそうですから……渡月は、先々帝──醍醐《だいご》の帝の御世《みよ》に、さる宮家より摂関家へと下賜された琵琶なのだそうです」

「と、いうことは、本物だとしたら、なかなか有名なものですのね」

「なかなか、どころか、たいへん有名な品ですよ」

「売っ払えば、出産費用が賄えるくらいに？　……冗談ですわ、叔母さま。お怒りにならないで」

　あなたのは冗談になりませんよ、と夫人は馨子をにらみつける。

「渡月には、もともと、対《つい》となる〝離星《りせい》〟という箏《そう》の琴《こと》が存在するのだそうですよ。月を渡る琵琶に、星を離《さか》る箏。二つの楽器は前太政大臣家《さきのだいじょうだいじんけ》に伝わったはずだといわれているのですって。これが本物の渡月だと仮定して、もしも離星の琴を所有しているかたが見つかれば、あなたのお父さまを特定できる可能性も、なきにしもあらずといえるのですけれど……」

「仮定に、もしもに、可能性。あまり、期待できそうにありませんわね」

馨子はのんびりいった。

ビィン、と弦を弾《はじ》き、心配げな夫人に笑顔をむける。

「でも、教えていただいて感謝していますわ、叔母さま。ありがとうございます」

「また何かわかったことがあれば、お知らせしましょう。――では、わたくしはそろそろ失礼しますよ。小さなお客たちが、あなたの琵琶をおまちのようですからね」

夫人は立ちあがった。

「お身体をお厭《いと》いあそばせ、馨子姫。――わたくしがいなくなったからといって、腕まくりをして野蛮な遊びの続きをなさることのないように。よろしいですね」

「ハイ、叔母さま」

「それと、背《せ》の君《きみ》は、きちんとおいでになっていらっしゃるのでしょうね。やはり、赤ん坊の父親として、責任はきちんと果たしていただかなければいけませんよ」

「その点は大丈夫ですわ、叔母さま。少なくとも、週に二度はきてくれていますから」

いい、どの父親も。馨子がにこやかにいい、三条の夫人が顔をひきつらせた、そのときだった。

「うわっ、なんだ、あれ？」

庭先から、子どもたちの声が聞こえてきた。

「宮子ちゃん、お姫さまー、すごいよお、怒った牛がやってくるー」

(怒った牛?)

なんのことかと廊下に出た宮子は、子供たちの視線の先を見て、仰天した。

三台の牛車が庭の草をなぎ倒し、ドドドドド……、とほぼ横一列になって走ってくるのだ。

三つの車の前の簾《すだれ》は、ひきあげられている。

それぞれの帳《とばり》のあいだから姿を現し、大声をあげているのは、三人の若い男たちだった。

(あ、あのお三人は……!)

「わははーッ、どうだ、ふたりとも参ったろうっ! どうやら鼻差でおれの勝ちのようだぞ!」

「フン、それはまだ早計というものですよ、勝負は最後までわかりませんからね」

「ひっ、ひどいですよう、おふたりとも。最初に門をくぐったのは、ぼくだったのにィー!」

「ンモ――ッ!」

最後の一声は牛である。

「あっ、危ない！」

庭にいたほとんどの子どもは、廊下にあがるか、暴走牛車の進行方向から離れた場所に逃げていたが、ひとりだけ逃げ遅れた女の子がいた。

むかってくる三台の牛車の迫力にのまれてしまったのだろう、女の子はびっくりした顔で立ちすくんだまま、動けずにいる。

（どうしよう！）

そのとき、宮子の耳元で、ひゅっ、と風切り音が鳴った。

ピシリ！　先頭の牛の眉間で木の実が弾け、牛は咆哮《ほうこう》をあげながら、たたらを踏んだ。

ふり返ると、飛び道具をかまえた馨子が真剣な顔で牛を見据えている。

と、素早く横から飛び出した影が、女の子の身体を抱きとり、地面に転がった。

「真幸！」

「うわ――っ」

接近していた三台の車がぶつかり、牛をとめようと身を乗り出していた三人が、いっせいに草の中にふり落とされた。

三頭の牛はそのまま、ドドド……と凄《すご》い音をたてて宮子たちの前を通過していく。

しばらく経って、どーん、と遠くでものの壊れる音がした。

（ああ……また、どこかの築地が崩れたわ……）

火がついたように泣き出した女の子を抱きあげ、真幸がこちらへやってきた。

「――真幸、よかったわ。大丈夫だった？　ケガはない？」

「ああ。おれもこの子も、なんともないが」

あのお三人は……と宮子に女の子を渡しながら、真幸が庭をふり返る。

「死んじゃったかな？」

「どうかな？」

と子どもたちに棒でつつかれていた三人が、イテテ……とあちこちをさすりながら、起きあがった。どうやら、大丈夫のようである。

「いやあ、失敗した、失敗した。迂闊《うかつ》だったなあ、まさか、子どもがいるとは思わなかったものな」

「いまさら、何を。迂闊と粗忽《そこつ》が服着て歩いているようなあなたじゃないですか」

「ううっ、頭打った……あほになってたらどうしよう、ぼく、もうすぐ省試《しょうし》なのに……」

大・中・小。段状に背丈を並べた三人の男たちを見て、三条の夫人が低くつぶやく。

「――馨子姫……なんなのです、この、非常識な客たちは……」

「いま、ご紹介いたしますわ、叔母さま」

馨子がおちついた声でいった。

「ん？　――おお、馨子姫、今日もまた、お美しい！　いやあ、失礼しました、少しでも早くお会いしたくて、牛を急がせたら、こんな結果になってしまいました、はっはっはー」

「お騒がせして申し訳ありません、馨子姫、左右の非常識なふたりがやたらと煽《あお》ってくるものですから、私も、ついのせられてしまいまして」

「馨子姫、嘘ですよ！　このひと、競う気マンマンでしたよ！　巻きこまれたのは、ぼくなのです、ぼくだけは真っ当に牛車を入れようとしていたのに、牛が暴走を始めてしまって」

ぴしッ！

長身の男の烏帽子《えぼし》がへこみ、三人の男たちは、いっせいに沈黙した。

「ご紹介しますわね、叔母さま」

飛び道具をかまえたまま、馨子はいった。

「いま、わたしが最初に的にしたのが、右馬助《うまのすけ》さま、藤原悠里《ふじわらのはるさと》さまですわ」

ぴしッ！

「それから、こちらが巨勢卓美《こせのたくみ》さま。絵所《えどころ》に勤めていらっしゃる宮廷絵師です」

ぴしッ！

「左が大江六郎君《おおえのろくろうぎみ》。大学寮《だいがくりょう》にいらっしゃる学生《がくしょう》で、秀才と評判の十六歳」

「事故を起こしかけたお仕置き」で、烏帽子をボコボコにされている三人を見ながら、

「名前や肩書きは、このさい、どうでもよろしいのですよ、馨子姫」

三条の夫人は冷ややかにいった。

「肝心なことをおっしゃい。――この三人のうち、赤ん坊の父親はどのかたなのです」

「いまのところは、三人とも」

にっこり笑って、馨子がこたえる。

「三人とも……」

「ええ、何度記憶を辿《たど》ってみても、交際時期がかぶりまくっていたので、どのひとがアタリなのかわからないんですよねえ。このひとといわれればそうかと思えますし、違うといわれればそうだろうと思えてしまうし、三人ともに、心当たりがあるような、ないような」

「馨子姫……」

「でも、まあ、三人とも父親になっていいといってくれていますし、三人でけっこう仲良くやってくれているので、急いで選ぶ必要もないかなと思いまして」

「思いまして、って、あなたね……」

「どのひとを父親にするかは、とりあえず、産んでから決めようと思っていますのよ、叔母さま。べつだん、不自由はないと思いますわ。だって、誰が父親だろうと、分娩《ぶんべん》方法に違いがあるわけでなし……結局、子どもというのはどこまでいっても母親のものですものねえ」

馨子はコロコロ笑った。

「ひとりの母親に、三人の父親……」

姪《めい》と三人の男たちとを交互にながめたあと、三条の夫人はこめかみを押さえた。

「子どもが先に生まれて、親があとからできるなんて、聞いたことがない。世間の人々が聞いたら、なんというかしら。母娘《はは こ》二代で、父親のはっきりしない子どもを産むというだけでも頭が痛くなるというのに。ああ、本当に、あなたというひとは、何もかもが規格外、とてつもなく常識ハズレの姫君ですよ、馨子姫……！」

三

乳母夫婦という経済的なうしろ盾をなくし、十四歳で当主となった馨子が、五条の邸を維持していくために考えた選択肢は、三つあった。

三条の夫人に援助を請う。

女房となって他家に奉公し、手当を得る。

あらたな経済のうしろ盾となる恋人をもつ。

馨子が選んだ選択肢は、三番目だった。

「一番、てっとり早くて現実的な道を選んだだけよ」

当時をふり返り、馨子は笑う。

たしかに、その通りではあっただろう。他家に奉公に出たところで、自分ひとりの生活をなんとかするのがせいぜいで、邸の維持費や、宮子たちを養えるほどの収入を得ることなど、どう考えても不可能だったのだから。

三条の夫人の無償の援助に甘えることも、性格的によしとしなかったようだ。

馨子は自活の道を選び、生活を助けてくれる複数の恋人を次々にもって、邸の経済をたくましく切り盛りしていくようになった。

主従共に、着物の仕立てや文の代筆や物語の書き写しといった内職をせっせとこなし、貧乏ながらも、なんとか今日までやってきている。

「不運と不幸は別物よ」

わが身の境遇を嘆くひまがあったら、針か筆をもって注文の仕事をバリバリこなしていこう、という美しき現実主義者の乳姉妹に鍛えられたおかげで、いまでは宮子も市の名物となるほどの若女房となったわけなのだが。

さすがに「一妻三夫」というこの事態をすんなりと受け容《い》れるほど成熟した精神をもってはおらず、三人の男たちを前にすると、宮子はいまだに戸惑いを隠すことができないのだった。

「あのう、馨子さま」

「いまさらの質問ですけど……本当に、誰が赤さまの父君かおわかりにならないんですか？」

「なあに？　宮子」

「ん？　あの三人が父親候補じゃ、宮子は不満？」

「不満じゃないですけど、不安ですわ」

「何が？」

「だって、どなたを選ばれても、『これは他のふたりの子どもなのかもしれない』っていう疑問は、やっぱり残りますでしょう？　父君として、本当に赤さまをこだわりのないおこころで可愛《かわい》がってくださるでしょうか」

「こだわり、ねえ……そんなことでくよくよ悩むような繊細な神経のもち主は、はじめから、わたしの寝間《ねま》には通しちゃいないんだけれどね」

くすくす笑って、馨子は部屋の外に視線をむけた。

青空にひびく子どもたちの声。邸の内は今日もにぎやかだ。先日の騒ぎの罰として、三人の男たちが、子どもたちの遊びあいてをつとめさせられているのである。

庭には、男の子たちに蹴鞠《けまり》の技を教えている大男、右馬助の姿があった。

「『子どもができたらしいんだけど、父親の候補は他にもいるの』──そういったとき、右馬助さまがなんていったかおぼえている、宮子？」

宮子はこっくりうなずいた。

「『いや、候補のひとりに選ばれるなんて光栄です！　できれば姫似の女の子がいいですねえ。おれ似の女の子なんて悲劇ですよ。いや、喜劇かな？　わっはっはー！』」

「裏表のない、あかるいひとだわ。頭の中身も筋肉でできているのかもしれない、と時どき思うけど。たしかに、彼の子どもだとしたら、男の子でないと困っちゃうわね」

階《きざはし》に座り、女の子たちに絵を描いてあげているのは、巨勢卓美である。

彼のまわりに座る女の子たちがしきりに笑い声をあげている。宮子が首をのばして見てみると、写実的に描いた右馬助の顔に、卓美が珍妙なヒゲや鼻毛をラクガキして遊んでいるのであった。

「『三人も父親の候補がいる？　すばらしく非常識な話ですね。私は非常識を愛しているのでもちろん、父親役をひきうけたいと思います』――ひねくれた感性は、芸術家気質《かたぎ》というのかしら。出世は期待できなそうだから、巨勢の君の子どもなら女の子のほうがいいでしょうね」

背筋をのばして簀子《すのこ》に座り、男の子たちに習字を教えているのは、大江六郎である。

「えー、みなさん、きもちを集中させて、お手本をよく見て書きましょう。いいですか、難波津《なにわづ》に咲くやこの花、冬ごもり……と、このように、筆を動かしましてえ……」

本人はいっぱしの師匠《センセイ》きどりだが、子どもたちは聞いちゃいない。

互いの顔に墨をつけあって、「見て見て、ヘンな顔ォ」とゲラゲラ笑い、腹を抱えて転げまわっている。

「秀才だけれど、溺愛された末っ子のせいか、どこかすこーんと抜けているのよねえ。六郎君の子どもなら、女の子のほうが、かえって面白くて目新しい子に育つかもしれないわ。……ま、要するに、誰が父親でもたいして変わらないってことね」

馨子は笑う。宮子はうーん、とうなるしかない。

「三人共に、短所も長所もいっぱいあるし、どんな子になるのかは、育ててみなければわからないし。誰が本物の父親だろうと、産むのはわたしよ。それだけわかっていれば、いいじゃない？」

「でも、父親が三人もいるというのは、やっぱり、あまりに非常識で……」

「非常識、ねえ。妻が三人いる男なんて、べつだん珍しくもないでしょうに」

「男と女はちがいますわ」

「そう？　男にゆるされることなら女にもゆるされるべきだと思うけれど。逆に、女が非難されることなら、男だって咎《とが》められるべきでしょ。世間って、女にばかり行儀良さを求めるのよね。ま、そのほうが男たちには都合がいいからでしょうけど」

馨子はのんびりと笑った。

「それより、子どもが生まれたら、乳母の仕事もできるかもしれないと思って、楽しみにしているのよねー。ただの女房と違って、大きな家だと、乳母の待遇ってすごくいいそうだし！　叔母さまに頼んで、どこかにその口がないか聞いてみるつもりでいるの。外に働きに出るっていう経験もしてみたいと、じつは前々から思っていたのよ」

どこまでもたくましい、生活能力に長《た》けた乳姉妹であった。

「お腹の赤さまの父君もそうだけど、ごじしんの父君についても、たいして関心をおもちでないのがふしぎな気がする。三条の奥方さまのお話にも、ほとんど興味をもたれなかったし」

「渡月とかいう琵琶のことか」

真幸の言葉に、宮子はうなずいた。

「馨子さまのご出自をたしかなものに、と生前の母さまは願っていたでしょ。生まれてくる赤さまのためにも、もう少し熱心に調べられたらいいのに、と思うんだけどな……」

「まあ、姫君は現実主義者でいらっしゃるからな」

洗い終わった衣を宮子の手から受けとり、ぎゅっと絞りながら、真幸はいった。

「母君が生きていらしたころでさえ、認知をしてくれなかった父親だ。いまさら父君を探しあてたところで、感激の対面もないだろう、と醒《さ》めていらっしゃるんだろうよ」

「それはそうなのかもしれないけど……」

宮子はすすいだ衣を真幸に渡した。真幸が絞り、宮子に戻す。受けとった宮子が、ぱん、とはたいて皺《しわ》をのばす。ひろげた衣を、真幸が近くの木にかける。

会話を交わしながらも、せっせと作業をするふたりの手がとまることはなかった。

「宮子。姫君が父君を恨んでおられると思うか？」

宮子は少し考え、ううん、とかぶりをふった。

「馨子さまは前むきな性格のかただもの。それに、母さまが看取《みと》った母君のご最期を、何度も聞いていらっしゃるでしょう。母君は背の君を恨んでいらっしゃらなかった――だから、馨子さまも父君を恨んだり憎んだりは、なさっていないと思うの」

「過剰な期待や思い入れは、恨みや憎しみに変わる」

最後の衣をひろげながら、真幸はいった。

「姫君は賢いかただよ。関心をもたないようにすることで、負の感情にとらわれないよう、努めていらっしゃるのかもしれない。まあ、もともとのご性質もあるんだろうけどな。亡くなられた母君譲りなのだろうが、基本的に楽天的な性格のかたでいらっしゃるから」

「馨子さまのこと、よくわかっているのね、真幸」

「……まあ、宮子より、少しは長く生きているから」

年よりじみた真幸の言葉に、宮子は、くすっと笑ってしまった。

「ご本人がいいとおっしゃっているんだものね……たしかに、ムリに調べる必要はないのかもしれない。過ぎたことより明日のこと、って、馨子さまも、いつもおっしゃっているし。当面は、馨子さまの出産に専念しよう」

宮子は洗濯の後片づけにかかった。

四月《うづき》の空は綿のような雲を浮かべて、爽やかに晴れている。

卯《う》の花腐《はなくた》しの長雨が連日続いたあとなので、片づけなければいけない外仕事が山ほどあった。

「鶏《とり》小屋の修理をして、飼料をつくらなきゃ。さて、菜園の草とりもやってしまおう」

元気よく立ちあがったのはよかったが、勢いがよすぎたせいか、立ちくらみをおぼえてふらついた。

真幸があわてて宮子の身体を支える。

「少し休憩をとったほうがいいぞ、宮子。おまえ、朝からずっと動きっぱなしじゃないか」

「う、うん、そうしようかな。お天気がよすぎて、ちょっと、とばしすぎたかも」

宮子は橘《たちばな》の木陰に腰をおろした。

青竹を割った器に井戸の水をくんで、真幸が戻ってくる。

ふたりは並んで座り、冷たい井戸の水を半分ずつ飲んだ。

「もう橘の咲くころなのね。なんだか、毎日があっという間に過ぎていく感じ……そういえば、今年は、賀茂《かも》のお祭りも見にいけなかったね」

「姫君のお加減がよろしくなかったからな」

「葵《あおい》の葉だけ飾って我慢したのよね。来年は、またいけるといいな……次のお祭り見物までには、新しい被衣《かずき》を仕立てるのを目標にしよう。いまのはもう、ツギハギだらけなんだもん」

あかるく笑う宮子をみつめ、真幸はさらさらした髪をそっとなでた。

「朝から晩まで働かせて、すまないな」

「大丈夫、わたし、働くことは嫌いじゃないから」

「おまえには、苦労をかける。……おれに、もう少し出世の見込みがあればよかったんだが」

「真幸はじゅうぶんやってくれているわ」

宮子はこころからいった。

真幸の姓は源《みなもと》である。源氏《げんじ》の姓は皇族から臣籍に降下した親王が賜《たまわ》るもの——つまり、馨子や宮子と同様に、出自をたどれば、真幸もまた、王族の末裔《すえ》であるといえる。

とはいえ、朝廷に重きをなす中央の大貴族から、東国に勢力を築く武門の一族まで、同じ源氏を名乗っていても、その身分にはかなりの格差があった。

真幸の父親は、中流の末席に身を置く受領階級の貴族だった。

が、九州の任国へ下る途中の海で、不運にも海賊に襲われ、妻や家来共々、いのちを落とした。当時七歳だった真幸だけが他の船に拾われて助かり、叔母である宮子の母のもとへひきとられたのである。

官位を得るにも受領となるにも、人脈と賄賂《まいない》がものをいう貴族社会だ。

父親も、財もなく、藤原氏のながれからも外れた中級貴族の青年に、おいそれと出世の道がひらけるわけもない。

真幸も死んだ父親の縁を頼り、一条桃園《ももぞの》に住むさる源氏の貴人の邸に頻繁に出入りをしてはいるが、日の当たる役目につけるその日は、なかなか、遠いようだった。

「お邸の修繕をしてくれたり、あちこちに頭をさげて、仕立ての注文をとってきてくれたり、真幸には本当に感謝しているのよ。わたしのほうこそ真幸がよいお役目につけるよう助けたいと思っているんだけど、何もできなくて……ごめんね」

「ばかなことを」

真幸は宮子の頭を、とん、と自分の胸にひきよせた。

「この狩衣を縫ってくれたのは誰だ？　洒落《しゃれ》た、みごとな色に染めてくれたのは？」

「うーん、馨子さまじこみの裁縫の腕にだけは、わたしもちょっと自信があるのよね。

評判のいい着物をつくっていたら、そのうち、どこかのお邸からお声がかかるかもしれない。そうしたら、わたしも真幸の出世の助けになれるかもしれないわ」

真幸は微笑んだ。目と目があった。

開きかけたくちびるを、そっと指先でおさえられた。

真幸の顔が近づいてくる。

着物に薫《た》きしめた香《こう》と、ほのかな汗の匂い。真幸の匂い。

（あらら。この甘いフンイキって……もしかして）

三つ違いのいとこ同士。

いつとはなしにこころを通わせ、相愛のきもちをたしかめあうようになっていたふたりではあったが、じっさい、どの程度の仲なのかと問われれば、くちづけ一つ交わしたことのない、清い関係だとしかこたえようがなかった。

年齢より幼い自分は真幸にとって、まだそういう対象として見られないのだろう、と宮子はのんびり考えて、たいして気にとめていなかったが、一人前の女房になるべく童《どう》形《ぎよう》をあらためたこの新春《はる》ころから、ふたりの関係にも、しだいに変化が生じてきたようである。

「宮子……」

（いやだ……どうしてだろう。真幸の声なんて、もうすっかり聞き慣れているはずなのに）

その彼の声が、いまは、どうしてこんなにも甘く、やさしく、耳にひびくのだろう？　恥ずかしくて顔があげられない。

と、真幸の手が宮子の顎をすくい、やさしく上をむかせられた。

広い肩越しに青空が見える。縹《はなだ》の衣が空に溶け、真幸はまぶしい空の一部のようだ。

近づいてくる真幸のくちびるを意識しながら、そっと目をとじようとしていた宮子は、ふと、不審な気配を感じて横をむいた。

「宮子ちゃんとお兄ちゃんてば、何してんの」

「きゃあッ!?」

宮子はとっさに真幸の身体をつきとばした。

ふいをつかれた真幸が、橘の木に思いきり頭をぶつける。

ゴン、と鈍い音がした。

崩れた築地の周辺には、じーっとこちらを見ている、子どもたちの顔が並んでいた。

「——何やってんの？　宮子ちゃん。真っ赤な顔して、ジタバタしてさー」

「ねえねえ、なんでお兄ちゃんを、どん、ってしたの？　それ、新しい遊びなの？」

「えっ？　う、ううん、な、なんでもないのよ。あのー、目にゴミが入っちゃったからね、お兄ちゃんにとってもらおうとしていただけ」

「ふたりとも目ェつむってたら、ゴミ、とれないじゃん」

妙に冷静なことをいう。

「もう、なんでもないったら、なんでもないのっ！　だいたい、みんな、築地から出入りしちゃだめって、いつもいっているでしょ、どうしていうこと聞かないのッ」

「うわー、せっぷんをジャマされて、宮子ちゃんが怒ったー」

「逃げろー、おんなのいかりにふれたー」

笑いながら逃げていく。

最初からからかわれていたと知って、宮子はさらに真っ赤になった。

痛そうに後頭部をさすっていた真幸が、やれやれ、と苦笑を浮かべて立ちあがった。

「子どもあいてに怒ってもしょうがないな……宮子、おれは、鶏小屋の修理をしてくるよ」

「う、うん、そう、よね……いってらっしゃい……」

記念すべき瞬間を邪魔されて、脱力するしかない宮子である。

ふと顔をあげると、振り分け髪の女の子が立っている。昨日、真幸が助けた女の子だ。

「あーん、宮子ちゃん、だっこー」

「はいはい、わかった。——みんなのところにいきたいのね」

よいしょ、と、宮子は女の子を抱えあげ、子どもたちのところへ歩いていった。

「ねえ、宮子ちゃん」

「なあに」

「あのね、いま、あそこにね、大人の男のひとがいたんだよ」

「大人？　ああ、真幸のお兄ちゃんのことをいっているのね？」

「ううん、お兄ちゃんじゃないの。知らない男のひとなの。それでね、お姉ちゃんがね、聞かれたんだよ……ここにお姫さまが住んでるの？　ってー」

(馨子さまのこと？　……誰だろう、勝手に庭に入りこむなんて)

宮子は崩れた築地のむこうに目をやった。

だが、小路《こうじ》にはすでに誰の影も見えなかった。

どこかの好き者が馨子をかいま見ようとしていたのだろうか？

宮子が首をひねっていると、

「——あーっ、ほらあっ、お姫さま、宮子ちゃんがきたよ！」

「宮子ちゃん、あそこでせっぷんしようとしてたのー、お姫さま、せっぷーんっ」

「ふふふ、みんな、からかっちゃダメよー、宮子ちゃんはウブなんだからー」

「せっぷん！」「ウブ！」の大合唱に、宮子は凍りついたように立ちつくした。

「あー、宮子ちゃん、お顔が火事ねー」

腕に抱かれた女の子が、宮子の頬をひっぱりながらいった。

## 四

それから、数日が経った、月の美しい夕べ。

これから出かけるという真幸の髪を結い直していた宮子は、その手をとめた。

「え？　今夜から桃園のお邸に宿直《とのい》？　——五日間も帰らないの？」

真幸はうなずいた。

「断ったんだが、どうしてもと頼まれて。このところ、あちらのお邸では人手が足りないものだから」

「人手が足りないって……桃園のお邸で、催しものでもなさるの？」

「いや、長く里帰りをなさっておられた殿の姉君が、近く後宮に戻られることになったんだよ。それで、その準備に、みながバタバタと追われているんだ」

「桃園のお殿さまの姉君っていうと……えーと、たしか、帝のお妃《きさき》さまのおひとりだっけ」

「そう、麗景殿《れいけいでん》の女御《にょうご》さまだよ。女御さまは、おととしの内裏の火事以来、ずっと桃園のお邸にご逗留《とうりゅう》なさっていらしたんだ」

宮子は、ふーんとうなずいた。

おととしの秋に起こった内裏の火事は、

「平安の地に遷都の後《のち》、百七十年を経て、はじめてこの災《わざわい》あり」

という天下の大騒動であったから、さすがに宮子もよくおぼえている。

あらたな内裏が完成するまでのあいだ、帝は二条にある冷泉院《れいぜいいん》に仮の内裏を移し、皇太子《ひつぎのみこ》である東宮《とうぐう》と、東宮の母である藤壺《ふじつぼ》の中宮《ちゆうぐう》もこれに従った。

帝がふたりと共に新造の内裏へ戻ったのは、去年の十一月《しもつき》のことである。

「じゃあ、女御さまは新内裏ができたあとも、そのまま、弟君のお邸にお里さがりを続けていらしたのね。後宮でのお暮らしは、やっぱり、何かとお気の張られることが多いのかしら」

「そうだろうな。なにせ、帝の後宮には、十人近くのお妃がいらっしゃるし……。女御さまも桃園のお邸に滞在中は、歌合わせをなさったり、一条殿《いちじようどの》に嫁がれた姉君とそのお子がたを招いたりなさって、くつろいでお過ごしでいらっしゃったがな」

「一条殿って誰？」

「藤壺の中宮さまの兄君、藤原伊尹《これただ》さまだよ。おととし亡くなられた九条《くじよう》の右大臣、藤原師輔《もろすけ》さまのご長男で、一条にお邸を構えていらっしゃることから、一条殿と呼ばれている。このかたのご長女の大姫君《おおひめぎみ》というかたが、麗景殿の女御さまのお気に入りの姪君なのだそうだ」

おん年十七歳の一条の大姫は、当代の風流人として名高い一条殿の姫君らしく、品高く、目から鼻に抜けるような美少女であると、もっぱらの評判であるのだそうな。

「帝のご寵愛《ちようあい》深い麗景殿の女御さまと、東宮の母であられる中宮さまおふたりを叔母君にもたれる姫君かあ……すごいなー、何もかもに恵まれたひとというのは、いるものなのねー」

宮子は、ほう、とため息をついた。

「ともかく、五日間は戻らないのね……わかったわ。できれば、その五日後の夜には、真幸にもいてほしかったんだけどな」

「ん？　――ああ、そうか、五日後の夜は、例の、男君たちがあつまる日だものな」

三人の父親候補は、月のはじめと終わりごろに、必ず、一堂に会する決まりをつくっていた。

馨子と三人の男たちの接待や給仕を、ほぼ自分ひとりでこなさなければならないと思うと、いまから気の重くなってくる宮子だった。

「お酒が入ると、みなさん、朝まで盛りあがってしまわれるからな……」

「でも、お仕事じゃ、しょうがないものね。いいわ、なんとかひとりで頑張ってみるから――さ、もう動いていいわ。とってもきれいにできました」

櫛目もきれいに結いあげた髪に、烏帽子をかぶせる。

「できるだけ早めに帰るから、そのあいだ、じゅうぶん、戸締まりに気をつけるんだぞ」

「うん、わかってる」

「おれも、留守にしたくはなかったんだが。このあたりも、このごろとみに物騒だからな……なんなら、時どき、ひとに頼んでようすを見にきてもらうから」

「大丈夫。護身用の小刀《しょうとう》もあるし、このところ力仕事ばかりしてるから、わたしもずいぶん強くなったよ。馨子さまは、必ずわたしがお守りする。真幸は自分のお仕事を頑張って」

宮子はギュッ、と両手にこぶしをつくった。

怖くないといえば嘘になるが、これからもそんな夜はたびたびあるはずなのだから、真幸にばかり頼っているわけにはいかないのだ。

「なんなら、昼のあいだだけでも男の子の格好をしようかな？　髪を結って、真幸の古い着物を借りて。そのほうが、悪いやつらに狙われないかもしれないでしょう？」

真幸は笑い、やさしく宮子を抱きしめた。

「こんなに細い肩をした男の子があるものか」

(それは、真幸の肩や腕がたくましすぎるからよ)

屈強というほどではないが、弓や馬術で鍛えられた真幸の身体は、青年らしくひきしまっていて、頼りがいがある。小柄な宮子の身体は、すっぽりと彼の懐におさまってしまう。

「真幸の着物の匂い、いい匂いねえ。こうしているうちに、わたしの袿の袖にも移るといいな。そうしたら、留守のあいだも、真幸の匂いをかいで、さみしいのを忘れられるもの」

狩衣の袖に顔をうずめて笑う宮子を真幸は黙ってみつめていたが、

「宮子」

「ん？」

「じき、四月も終わる。今度、おれがこの邸に戻ってくるのは、もの忌《い》み月の十日ほど前だ」

宮子はうなずいた。もの忌み月というのは、五月《さつき》の異称である。

なぜもの忌み月と呼ばれるかといえば、六月《みなづき》の田植えを前に、早乙女《さおとめ》たちが身の穢《けが》れを祓《はら》い、「もの忌み」として家内に籠もって潔斎をする、昔からの慣《なら》わしがあるためだった。

ゆえに、この月は、結婚などの祝いごとを、できるだけ避けるべきだとされている。

「それがどうかしたの？」

「五日後に帰ってきたら、おれはそのあと、三日のあいだ、外泊をしない」

「うん」

「そうしたら、宮子には、おれと一緒に餅を食べてほしいんだ」

「？　真幸と一緒におモチを……？」

（桃園のお邸から、お土産に祝い餅でももらってくる予定なのかしら……）

何をいわれているのかよくわからず、宮子はやけに真面目な真幸の顔をぼんやり見ていたが、しばらく経って、ようやく、その意味に気がついた。

「！　ま、真幸、あ、あのう、それって、もしかして」

真幸はうなずいた。

結婚の儀式として、契りを交わした男女はその後三日続けて夜を共にすることになっている。そして、三日目の夜に結婚の成就を祝い、「三日夜《みかよ》の餅《もち》」を夫婦で食するのが慣わしなのだ。

（つまり、結婚しようってこと？　わたしいま、求婚されてる最中なの？　え——ッ！）

「おれは宮子を妻にしたい」

真幸はぼうぜんとしている宮子の手をとり、今度は単刀直入な言葉を口にする。

「だめか？　宮子」

「そ、そんな、だめなわけないけど」

「じゃあ結婚してくれるか」

「で、でも、真幸、あの、わたしたちって、まだそういう関係にまで達していないような。それで、いきなり、いまから五日後に結婚しよう、っていわれても」

もうちょっと段階っていうものが……といいかけて、ハタと気がつく宮子だった。

(あれ？　でも、段階って何？)

普通の男女であれば、男が求愛の歌をせっせと贈り、女がそれを拒んだり、応じたりして、互いのきもちを近づけていくのだが、宮子たちの場合は、すでにしっかり相愛の仲である。

その上、もう何年も同じ邸の内で生活を共にしている。

他にすませるべきことといったら、

「寝間で三日夜の餅を一緒に食べる」

――つまり、男女の契りを結ぶ行為の他には、何も残っていないような状況なのだ。

「性急すぎると、おまえが驚くのも当然だ。おれたちは、まだ、くちづけさえも交わしていないのだし」

真幸は宮子の髪をなでながらいった。

「だが、しばらくしたら姫君のご出産のことがある。その後もお子さまの世話や何かであわただしくなるだろう。そうなる前にけじめをつけて、宮子と夫婦になりたいんだ」

「真幸……」

「強引なことはしたくないから、しぜんとその日を迎えられたら、と思っていたが」

真幸はぐい、と宮子の身体をふたたび胸に抱きよせ、息をついた。

「そろそろ、我慢がつきそうだ……すまない、正直いうと、限界なんだ」

一日も早く、宮子をおれの妻《もの》にしたい……。

痛いほどの強さで抱きしめられ、うめくような熱いささやきを耳に吹きこまれて、宮子の頬は火照った。

いつもおだやかで、冷静で、どちらかといえば、感情の起伏をあまり他人に見せたがらない真幸にしては、珍しい行動だった。

「一緒になろう、宮子。おれと結婚してくれ」

気がつくと、真幸の言葉に、宮子はぼうっとしたまま、うなずいていた。

甘露のような口説き文句と、熱い情熱が、飲んだことのない酒のように、ここちよく宮子を酔わせてしまったのだ。

その後に続いた真幸のさまざまな言葉も、宮子の頭にはほとんど残らなかった。

ただ、

「三日夜の餅は、おれが手配しておくから、心配はいらないよ」

といって、宮子の額に軽くくちづけし、真幸が部屋を出ていったことだけはおぼえていた。

妻戸《つまど》がしまると、宮子はへなへなとその場に座りこんだ。

真幸の言葉や表情が、ぐるぐると脳裏によみがえる。

（ハイ、っていっちゃった……結婚するって、約束しちゃった。――嘘みたいだけど、現実なんだわ……どうしよう、わたし、五日後には、真幸の奥さんになっているんだ……！）

宮子はしばらくその場にへたりこんだまま、ぼうぜんと妻戸をみつめ続けていた。

五

「求婚する男を動物にたとえるなら」

馨子はいった。

「さしずめ、猫といったところかな。女は、鼠《ねずみ》」

「男が猫、ですか」

巨勢卓美は、首をかしげて馨子を見た。

「して、馨子姫、そのわけは？」

「ねーう、ねーう（寝よう、寝よう）とうるさく鳴くけれど、そのこころは、猫の目のようにクルクル変わって、アテにならない」

「ははは、馨子姫らしい。なかなか、手厳しい解釈ですね」

「いやあ、おれは犬になりますよ、馨子姫！　どこまでも姫に従順な犬にね！　わははは！」

「右馬助どのの場合、犬は犬でも、遊び歩いて家に居《い》ぬ、の間違いでしょうが」

「女性が鼠だというのはどうしてですか？　馨子姫」

　大江六郎が尋ねる。

「鼠のごとく、爪をもった猫に狙われる、か弱い生きものだからでしょうか」

「やさしい、六郎君らしい発想ね。でも、ちがうわよ。犬の反対で、鼠は寝住《ねす》み——つまり、結婚のことだもの。きまぐれな猫を誘う鼠のこころの内は、〝結婚〟の二文字でいっぱいってわけ。要するに、か弱いフリして、鼠もしっかり猫を狙っているのよ」

にっこりと笑みをむけられて、たちまち、少年は、幸福そのものの表情になった。

「鼠といえば、聞いた話では、冷泉院の仮御所には、やたらと鼠が多く出たそうですね」

「おお、巨勢どの、その話なら、おれも聞いたぞ。で、その対策に猫をたくさん入れすぎて、今度はその始末に困っているそうだな」

「新内裏にまで大量の猫をつれこむ東宮さまに、帝もご閉口あそばされておられるそうで」

　次々変わる話題にのって、会話は弾みを増していく。

（うーん、なんだかんだいって、仲がいいのよね、このお三人。相性がいいというのかしら）

右馬助や卓美の土器《かわらけ》にせっせとお酌をしながら、宮子は思う。

年齢も性格も職業もバラバラなのが、かえって幸いしているのかもしれない。馨子を含めて、常識の枠からかなりはみ出している、という一点のみが共通している四人であった。

「東宮さまが、お気に入りの猫と女官を交換しちゃったって話は、本当？　ひどいわねー、それじゃ、あんまり女官の立場がないじゃない」

三人の話を聞く馨子も楽しそうだ。

いきいきとしたその表情に、紅一点、といった艶《つや》めいた雰囲気はなく、ただただ少年のような快活さにあふれて見える。

（馨子さまって、もともと、そういうかたなのよね。ご気性もさっぱりしていらっしゃるし）

『姫は男の子に生まれたかったなー。女の子って窮屈だもん。屋根の下から出られないし』

というのが小さなころの馨子の口癖だった。容姿には恵まれているし、器用で、頭の回転も速く、社交性もあるのだから、たしかに、男として生まれてきたほうが何かと生きやすかったかもしれない——と、宮子も時どき考えることがある。

酒はますます進み、おしゃべりの種はつきることなく、初夏の宵はゆっくりと深まっていく。

くつろいで談笑する四人と対照的に、宮子はだんだんそわそわしてきた。

(真幸はそろそろ帰ってくるころかな？……まだ、さすがに早いかな)

真幸が帰ってきたら、なんといってこの場を抜けるのが自然だろうか。

迎えにいって、そのまま長く帰ってこないのもおかしいだろう。かといって、せっかくの夜だ。あまりせわしなくふたりの時間を過ごすのもいやだし、うーん……などとアレコレ考えているうちに、ついつい、お酌の手がお留守になってしまっていた。

「宮子？　右馬助さまの土器がカラよ」

馨子の言葉に、はっとする。

あわてて瓶子《へいし》を傾けると、すでにひとしずくも残っていない。

「あらあら。すっかりうわの空ね」

「す、すみません。すぐに代わりをおもちしますので」

宮子は急いで立ちあがった。

「いいわよ、宮子。おまえ、もうそのまま、自分の部屋におさがんなさい。あとは、わたしたち四人で勝手にやるから、大丈夫よ」

「いえ、そんな」

「ここにいたって、どうせこころあらずで仕事なんて手につかないでしょ。真幸のことばかり考えちゃって」

ズバリ、こころの内をいい当てられて、宮子はぎょっとした。

馨子は宮子の動揺を見逃さず、満足そうに微笑んでいる。

「やっぱりそうか。ふふ、宮子ったら、この五日間、てんでようすがおかしかったものねえ」

「ななな、なんのことですか？　わたしは、全っ然、ふつう通りですけど」

「どこがふつう。やたらとそわそわしたり、ぼーっとしたり、ひとりで急に赤くなったりして挙動不審きわまりなかったじゃない。いったい何を想像していたの？　いやーらしいなー」

「い、いやらしいって、そんな」

「昨日は念入りに髪を洗っていたわよね、宮子ちゃん？　それと、新しい肌着を急いで縫っていたわよねえ。うっふっふ、どうしてかしらー？　それって、もの忌み月の始まる前に、真幸が帰ってくることと、何か、関係があるのかしらー？」

(う、うそー、気づかれないよう、こっそり行動していたつもりだったのに！)

壁に耳あり障子に姫あり。

恐るべき馨子の嗅覚に、宮子はどっと汗が噴き出るのを感じた。

「オクテの宮子がようやくその気になったのね。わたしも、乳姉妹として嬉しいかぎりよ」

真っ赤になってうろたえている宮子を前に、馨子はしみじみと感慨に耽《ふけ》っている。

「手蹟《て》も針も算術も、みーんなわたしが教えたけれど、コレばっかりは、教えてあげるわけにいかないんだもの……初陣は早いとこすませるのに越したことないわ。頑張るのよ、宮子」

「う、初陣って」

「恥ずかしがらなくてもいいのよ。人生を楽しむためには、いまからドンドン場数を踏んで、ガンガン経験値をあげていくべきなんだから。酒と色事は、ひとよりちょっぴり早く始めたほうが深い楽しみを知れるというもの……ねえ？　みんなだってそう思うでしょ？」

馨子の言葉に三人の男はウンウンうなずいている。

宮子はますますいたたまれなくなった。

「そういうわけで、わたしは三人とここで双六《すごろく》でもしているから、おまえは朝まで自由に過ごすといいわよ、宮子。……ふふ、安心なさい、こっそりおまえの部屋をのぞきにいったりはしないから」

「で、でも……馨子さま、それでは、何かとご不自由なことがおありになるのでは」

「でも、じゃないのよ。今夜くらいは、黙ってわたしのいう通りにしなさいな」

これは、主人命令よ。

馨子はにっこり笑って、宮子の額をつついた。

「記念すべき、大事な夜じゃないの。仕事のことなんか忘れて、ふたりでゆっくり、すてきな時間を過ごしなさい。――大丈夫よ、宮子。真幸はきっと、やさしくしてくれるわよ」

「馨子さま……」

「その代わり、明日になったら、コトの詳細をじっくりたっぷり聞かせてもらうから」

笑ってはいるが、目が本気である。一瞬、感謝しそうになった自分の甘さを宮子は呪った。

「さ、そういうことだから、こころの準備もあるだろうし、おまえはもう、さがりなさい。ふふ、今夜は楽しい夜になりそうねえ、おまえと真幸はしっぽりと、わたしは双六でがっぽりと、身ぐるみ剝いだり、剝がされたりと、お互い充実した時間を過ごすということで」

馨子はそばに置かれた双六の盤に手をのばすと、二つの賽《さい》を入れた筒《どう》をチャカチャカと振り始めた。

たちまち、賽の目の数に夢中になって、宮子のことなど忘れてしまう四人である。

（うーん……なんか、わたしたちの結婚って、賽の目ほどの関心もむけられていないのね……干渉されたいわけじゃ、ぜんぜんないんだけど、なんというか、ちょっと複雑なままあ、黙ってその部屋をあとにした。


「何いってるの、お返し、お返しィ」

すっかり双六に没頭している四人をそのままに、宮子は何やら釈然としないきもちの

「出たッ！　住吉《すみよし》の神はこちらに微笑んでいる」

気分……）

六

自室に戻ってほっと息をついた宮子だったが、さて、これから何をするべきだろうと考えると、それらしいことを何一つ思いつけなかった。

（部屋の掃除もお化粧も、必要なことは、ぜんぶ終わらせてしまったもの）

きれいに片づけた部屋の中には、古くはあるが涼しげな色模様の几帳《きちょう》を立て、そのうしろに枕や衾《ふすま》を調《ととの》えて寝間としている。以前、馨子からわけてもらった香をあらかじめ薫《た》いておいたので、あたりには、ほんのりと蓮《はちす》の花に似せた香りが漂っている。

時間は戌《いぬ》の刻《こく》（午後八時）を半分ほど過ぎたばかりだった。

真幸はまだ、桃園の邸から戻ってこない。

時間や仕事に追われることにすっかり慣れてしまったので、宮子は無為の時間を扱いかねて、おちつかなかった。

習慣のように針をとり出し、縫いかけの肌着を手にとるものの、こころがふわふわして、まるで集中できない。

三度指に針を刺し、残しておくべき箇所を縫いつけてしまったことに気づいたところで、あきらめた。宮子はごろりと床の上に横たわった。

早く真幸がきてほしいような、きてほしくないような。

五日ぶりに会う恋人の姿を思い浮かべるだけで、胸が高鳴るのはどうしようもない。

(母さまや姉さまがいたら、こういう不安なきもちも、少しはやわらいだのかしら……)

宮子はぼんやりと考える。

新調の夜着を縫ったり、寝間を調えたり、三日夜餅のしたくをするのは、本来ならば夫を迎える妻の親がなすべき行為である。すべてを自分たちでしなければならないことに、みじめさは感じなかったが、さみしさは感じた。

――母が生きていたら、真幸との結婚に、なんといっただろう?

気ごころの知れたいとこ同士だ。反対されることはなかっただろう。

母が反対するとしたら、宮子の結婚よりも馨子のそれと思われる。

三人の父親候補に囲まれて、大きな腹をゆすりながら双六の筒を振っている馨子を見たら、昔気質の母親は卒倒したにちがいない。

(自分に代わって、必ず馨子さまをしあわせにしてさしあげてほしい……母さまの遺言

を、わたし、ちゃんと守れているのだろうか）

ちくちくと胸の痛むようなうしろめたさを感じたものの、

「——ひええ、馨子姫、勘弁してくださいっ、そこで重六《じゅうろく》を出すなんて、ありえませんよ！」

「きゃー、すごいわ、バカヅキッ、妊娠中は博才《ばくさい》があがるって、本当なのねえー」

（あれはあれで楽しそうかもしれない）

奥の部屋からの盛りあがりに、罪悪感が薄れていくのを感じる宮子だった。

このままこの荒れ邸で、馨子の一生を終わらせてしまうべきではないことはわかっている。だが、そのために何をすべきなのか、自分に何ができるのかが、宮子にはわからなかった。

（ともかくすべてはご出産がぶじすんでからだわ。先のことは、それから考えよう）

子どもが生まれれば、父親も決まる。そうすれば今後の生活にも、当然、変化が出てくるだろう。そのころには、自分と真幸もしっかりとした夫婦になっているはずだから、将来のあれこれについて、いまよりも具体的な計画を立てることができるはずだ。

（真幸が帰ってきたら、話してみよう……そういうことを、いろいろと。夫婦になる最初の夜に話すべきことじゃないかしら……でも、わたしたちの一生は馨子さまと共にあるんだもの）

馨子の将来は宮子たちの将来でもあるのだから。きっと真幸も耳を貸してくれるだろう。

(会いたいな、真幸……袖に残した移り香も、もう薄れてしまった。真幸の匂いが恋しいよ。早く、この家に帰ってきて)

朝からの労働と緊張のゆるみが、宮子をとろとろとした眠りに誘う。

恋人の笑顔を夢の中に追いかけながら、宮子は浅い眠りに落ちた。


「──声をたてるな。抵抗もやめろ」

覚醒は強制的だった。

(……これは何?)

宮子は暗闇の中で目をあけた。

低い男の声で眠りを破られた経験も、口をふさがれ、押さえつけられて、声と身体の自由を奪われた経験も、宮子にはなかった。

(わたしの口をふさいでいるのは誰？　いまの声は？　わたしは、夢を見ているの？)

「暴れるのをやめろといってるんだ」

低い男の声が、ぞっとするような冷酷さをもって、耳にひびいた。

「わざわざ痛い目にあわされたくはないだろう？　か弱いお姫さんよ」

口をふさぐ手に力がこめられ、爪が頬にくいこむ。

宮子は恐怖で気が遠くなりかけた。

この痛み、手の感触。すべてが現実だ――夢ではない！

（強盗！）

「こんな部屋に、お姫さんをひとりきりにさせとくとは、無用心きわまりない家だな」

灯台の火が消えた部屋の中は、塗り籠《こ》めたように暗い。

饐《す》えた男の体臭とくぐもったような声が、宮子の動揺と恐怖をますます煽った。

「長居をするつもりはねえよ。おれが欲しいのは、この邸の地券《ちけん》と、なんとかっていう名前の琵琶の二つだ。お姫さんもいのちは惜しいだろ？　さっさとそいつを渡してもらおうか」

（琵琶と地券？　お姫さん？）

男の言葉に、宮子は激しく混乱した。

（琵琶――渡月のことだわ！　地券はともかく、どうして、この男が渡月のことを？）

「まずは、地券から渡してもらおうか。ありかを知らないとはいわせないぜ、お姫さん。邸の地券ってのは、必ず当主が保管しているもんだからな」

（どうしよう……この男は、わたしと馨子さまを、まちがえている……！）

奥の部屋からは、双六で盛りあがる四人の声が聞こえてくる。

男が、三人の男たちと遊び騒いでいる馨子ではなく、あえかな空薫物《そらだきもの》の匂う静かな部屋でうたたねをしていた宮子を姫君だとカン違いしたのも、むりはないことだと思えた。

腰にあたる硬いものの感触に気づき、宮子の背中に冷たい汗がながれた。

男は太刀を佩《は》いているのだ。馨子のそばには三人の男がいるが、全員、丸腰の上、そうとう酒が入っている。

助けを求めたところで、ふいに現れた暴漢に、はたしてどこまで対応できるか？

真幸がいたら。

宮子は考え、泣きそうになった。同時に、五日前の約束を思い出した。

――馨子さまを守ってみせる、そういったのは、自分ではないか。

いまわの際の母にも同じことを約束した――そうだ、わたしは、馨子さまの乳姉妹なんだ。

「おれの要求はわかったな？　おとなしくモノを渡すな？」

宮子が急いでうなずくと、男は宮子の口を覆う手を外した。

ほっと息をつく間もなく、ひやりとした刃《やいば》が頰にあたった。

男が太刀を抜いたのだ。

「ち、地券は針箱の底にしまってあります……でも、暗くて、どこにあるか、見えないわ」

「あいにく明かりをつけてるヒマなぞないんだ。早いところ目を慣らして、探し出せ」

（とにかく、奥の四人に、この男の存在を知らせなきゃいけない）

よろよろと起きあがり、薄闇の中に手を這《は》わせながら、宮子は思った。

（騒ぎを起こし、時間を稼ぐのよ。馨子さまたちが異変に気づいて、警戒できるだけの時間を。三人の男がむかってきたら、この男だって状況の不利に気づいて逃げ出すかもしれない）

「見つかったのか？　よし。そいつをさっさとおれによこせ」

宮子は布の下から数枚の紙をとり出すと、そろそろとふりむいた。

暗闇の中、男は渡された紙に目を凝らすため、片手に太刀をかまえたまま、宮子から視線を外した。

それが目当ての地券ではなく、桃園の邸にいる真幸から宮子へとあてた文であることに、男はおそらく気づかなかっただろう。――男が視線を外したそのスキを逃さず、

「えい！」

宮子が男の顔面に、針箱からつかみとった三本の針を、思いきりよく突きたてたからだ。

「うわあああーッ！」

宮子はそばにある灯台をつかむと、男の右手めがけて渾身《こんしん》の力で振りおろした。

再度の悲鳴が足元であがり、男の手から太刀が落ちる。

宮子は急いで太刀を拾った。

(逃げなきゃ！　これさえ奪ってしまえば、殺されることはない！)

ぶつかるようにして妻戸をひらき、宮子は外へ飛び出した。

男がうしろで派手に転倒する音が聞こえた。灯台からこぼれた油に、足をとられたらしい。宮子もまた簀子の上で倒れ、階から、勢いよく庭に転がり落ちた。

落とした太刀を急いで拾い、縁の下へと投げ捨てた。立ちあがり、大声をあげて助けをよぼうとしたが、全身がおこりのように震えるばかりで、声が出ない。

宮子は庭を這い進み、震える手で鶏小屋の戸をあけた。

めちゃめちゃに小屋を揺すぶると、驚いた鶏たちが羽ばたきし、けたたましい鳴き声をあげながら小屋の外へと飛び出していく。

(この騒ぎに、誰か気づいて！　お願い、お願い！)

「畜生、どこにいきやがった！　ぶっ殺してやる」

飛び出してきた男を見て、宮子は身をすくめた。

闇の中に宮子を探す男の手には、月明かりにギラリと光る小刀が握られていた。

男が背後をふり返った。

宮子は、はっとした。騒ぎに気づいた四人が出てきたのだ。

月に照らされた男の、凶悪な横顔。男は宮子への怒りに我を忘れている。四人が状況を把握する前に飛びかかり、小刀を振りまわすという凶行におよぶかもしれない。

「盗人《ぬすっと》！」

宮子は、声をふり絞るようにして叫んだ。

「お、おまえが探している馨子なら、ここにいるわ！」

宮子は鶏小屋にすがりながら、立ちあがった。男の視線が宮子にとまる。

「そ、そんな小刀程度で恐れをなすわたしじゃないわよ。誰がおまえなぞに大事な財産を渡すものですか！　検非違使《けびいし》を呼ばれないうちにとっとと出ていくがいいわ、このケダモノ！」

(聞こえたでしょう、三人とも！　この男は、小刀をもった強盗なんです)

早く、馨子さまを安全なところにおつれして——こころの中で、宮子は必死に祈った。

男が宮子めがけてまっすぐに走ってくる。

逃げ出す気力は、すでに残っていなかった。

(——死ぬんだわ、わたし)

宮子はぺたんとその場に座りこんだ。

でも、いい。後悔はしていない。宮子は固く目をとじ、手のひらをあわせた。

(南無阿弥陀仏《なむあみだぶつ》。ああ、さようなら、馨子さま、どうかお達者で。ごめんね、真幸、奥

さんになれなくて。さよなら、姉さま。母さま、父さま――宮子は、いま、おそばにまいります）

それきり、宮子は考えるのをやめた。

こころを真っ白にして、まもなく自分に襲いかかるであろう恐ろしい運命を従順にまった。

――が。

「ギャ――ッ！」

一瞬後の悲鳴は、宮子の口からではなく、凶器を手にした男の口からほとばしった。

土の上に転がった男につきとばされ、宮子は鶏小屋にしたたか頭をぶつけた。

痛みをこらえながら目をあけると、くだんの男が目の前でのたうちまわっていた。

肩から背にかけて衣が切り裂かれ、そこからおびただしい血がながれ出ている。

（いったい、何が起こったの）

ぼうぜんとしている宮子の視界に、白刃《はくじん》が閃《ひらめ》いた。

悲鳴があがり、小刀を落とした男の手首から血が噴き出る。

草履をはいた足が、その箇所をぐいぐいと躊躇《ちゅうちょ》なく踏みにじった。

「――殺すな、友成《ともなり》」

ふいに、頭の上で声がひびいた。

宮子は土の上に転がったまま、顔をあげた。

はらはらと花びらを散らす、さかりの橘。

その木の下に、見たこともないほど美しい男が、夢のようにたたずんでいた。

(誰……このひと……?)

強《こわ》く固めた烏帽子。細身の身体を包む、薄紫の直衣《のうし》。

月明かりに照らされたその男のおもては、宮子の目に、橘の花にも劣らぬほど白く、絵の中から抜け出てきた貴公子のように、はなやいで映った。

「それでじゅうぶんだろう。そやつにはもう、暴れる力は残っていないのだから……」

「しかし、殿。こいつをやっつければ、京から、確実に害虫が一匹減りますよ」

血に汚れた太刀を手に、斬ったあいてを踏みつけにしていた屈強な狩衣姿の男が笑った。

「死ぬまでロクデナシのちんぴらです。殿が慈悲をおかけになるような価値ある人間じゃないでしょうに」

「そのロクデナシのために、おまえは私に一月ものあいだ出仕をひかえろというのか?」

殿と呼ばれたあいてが淡々とこたえる。

「そやつを殺せば、おまえも、私も、忌々《いまいま》しい死の穢《けが》れに触れる……死穢《しえ》の晴れるまでの三十日間、邸にひきこもってのんびり精進に励んでいられるほど、いまの私はヒマではないのだよ」

「はあ、そういえばそうでしたな。では、こいつは私が死なない程度に叩《たた》きのめしときましょう」

「――お怪我《けが》は？　姫」

ふわりと、かぐわしい香が匂った。

のばされた手が、土に汚れた宮子の頰にそっと触れる。

「おかわいそうに。なんとも恐ろしい思いをされたことだ」

上品な額のかたち。手入れのいき届いた弓なりの眉。

あいてはおちついた声やなめらかなその指先にふさわしい、端麗な容貌のもち主だった。

三十を少し超えたくらいか、宮子をみつめる目の下には蒼《あお》い隈《くま》がうっすらと浮かんでいる。

「本当に危ういところだった……ですが、悪者はもういない。心配はいりませんよ、姫」

「助けてくださって……どうも、ありがとうございます……」

礼をいいながらも、宮子は自分の声が、どこか遠くから聞こえてくるような気がしていた。

「それで……あの……すみません、あなたさまは、どなたなんでしょうか……」

「私は藤原兼通《かねみち》と申します」

直衣の男はどこまでも端然としてこたえる。

「藤原兼通、さま……？」

「そうです。私を知っていらっしゃいますか、姫」

「いえ——知りません……ぜんぜん」

「あなたの兄ですよ」

「は……アニ……？」

「もっと正確にいえば、異母兄です」

あいては薄いくちびるの端をかすかにもちあげた。

「私は、あなたの父——死んだ九条の右大臣には、次男にあたる者です、馨子姫」

「九条の右大臣の……次男……」

おうむ返しにつぶやいたものの、宮子には、その意味がまったく理解できなかった。

（なんなの、これ？　この美しい男のひとは、いったい、何をいっているの？）

「ずっとあなたを探していたのですよ、馨子姫……」

あいてはそんな宮子のようすにかまわず、土に汚れたその手をやさしくとった。

「ひとを遣ってあなたのゆくえを探させていたのですが、どうやらその途中で、よからぬ連中がからんできたようですね。長いあいだ苦労をおかけしたようですが、もう心配はいりません。私はあなたをお迎えにあがったのです、馨子姫。あなたは今日から九条家の一員です」

直衣の袖から薫る、えもいわれぬ香りと花の匂い。

宮子はめまいをおぼえた。

（あ。だめだわ、これは……）

すべての音が遠ざかっていく。視界が急激にかすんでいく。

「馨子姫？　大丈夫ですか、いかがなされました——馨子姫！」

初夜に強盗に立ちまわりに異母兄——落ちていく暗闇の中で、宮子は思った。

（ここまでが限界だわ……わたしの頭が受けとめられる範囲をとっくに超えている。ああ、謎のお殿さま、夢のようなその続きは、どうか、本物の馨子さまとなさってください……）

それきり、闇にのみこまれ。

宮子は意識を手放した。

七

波の上を漂うように、身体がゆらゆら揺れている。

誰かの手が、くり返し髪をなぜている。

(きもちいいな……これは、母さまの手？　それとも、姉さまの？)

「――宮子？　気がついた？　わたしがわかる？」

宮子はゆっくりと目をあけた。

心配そうに自分をみつめる馨子の顔が、目の前にあった。

「馨子さま……」

「気分はどう？　どこか、痛むところはない？　気をうしなったきり、目をさまさないから、心配していたのよ。もしかしたら、あの男に、頭でも殴られたんじゃないかと思って……」

あの男、という言葉を聞いて、宮子の意識が一気にはっきりした。

――小刀を手にした男のぞっとするような姿。

そうだ、あの恐ろしいできごとは、夢ではなかったのだ。

「馨子さま……あ、あの、さっきの男は……」

「大丈夫よ、あのちんぴらなら、おまえを助けたさっきの侍が、当分足腰が立たないくらい、こてんぱんにやっつけてくれたから。――おまえ、わたしの身代わりになるつもりだったのね、宮子。無茶をして……事態を理解したときには、寿命が縮むかと思ったじゃないの」

だけど、と、馨子は宮子の身体を引きよせ、痛いほどの力で抱きしめた。

「身を挺《てい》してわたしを守ろうとしてくれたのね。言葉にはできないくらい感謝している わ、宮子。……ありがとう」

「馨子さま……！」

しみじみと吐かれた感謝の言葉が、宮子の胸を打った。

感情が一気にあふれ出して、とめることができない。宮子は馨子に抱きついたまま、 わあわあと声をあげて泣いた。

——やがて、宮子は洟《はな》をすりながら馨子から離れた。ひとしきり泣くと、すっきり した。

きょろきょろと周囲を見まわし、

（ところで、わたしたち、なんでこんなところにいるのかしら……）

ようやく疑問を抱くだけの余裕が、宮子の中に生まれた。

宮子と馨子は牛車の中にふたりきりで座っていた。牛車はゆるゆると進んでいる。

波の上を漂っているような夢を見たのは、どうやら、この車の揺れのせいであったら しい。

「おまえがあんまり長く失神したままだったから、しかるべき場所に移して、きちんと 医師の手当てを受けさせたほうがいいんじゃないかということになったのよ」

宮子の戸惑いを読んだように、馨子がいった。

「兼通さまのご提案でね。それ以外にも、いろいろと込み入った話があることだし、あの家じゃなにやらおちつかないから、場所を変えたほうがよいだろうってことになって。そういうわけで、この車はいま、二条堀川《ほりかわ》にある、兼通さまのお邸にむかっているところなの」

(兼通さま……)

やさしく手をとってくれたそのひとの姿を思い出し、宮子は胸を押さえた。

「気をうしなう前、あのひとに何をいわれたか、おぼえている？　宮子」

「は？　は、はい。……たしか、自分は九条の右大臣ってかたの次男だとおっしゃっていました。それで、馨子さまをずっと探していた、って。長く苦労をかけました、とか、自分はあなたの兄ですとか、今日からあなたは九条家の一員ですとか、なんとか、そんな、こと、を……」

記憶にまかせて口にしていくうちに、だんだん、言葉の意味が理解されてくる。

「――まさか……、です、よね？　馨子さま」

「そのまさかよ。堀川殿《ほりかわどの》こと藤原兼通さまは、二年前に逝去なさった、九条の右大臣の次男の君でいらっしゃるの。……そして」

「そして？」

「わたしの母違いのお兄さまなんですって。——宮子、驚きなさい。名前のわからなかったわたしの父親というのは、なんと、九条の右大臣という大貴族だったのよ」

「うそ——ッ！」

宮子は大声をあげて、飛びあがった。

「信じられないのも、ムリはないけど、どうやら事実みたいなの」

これが、決め手の品になったのよ。

馨子は背後から琵琶をとり出した。

「琵琶が決め手の品……？　え、えーと、どういうことですか？」

「つまり、これは、正真正銘、本物の渡月という琵琶だったの。宮子もおぼえているでしょ？　渡月には、対になる〝離星〟という箏の琴があるっていう、叔母さまの話。二つの楽器の所有者が、死んだ九条の右大臣だったんですって」

「え？　で、でも、たしか、琴を所有していたのは、前太政大臣家だったんじゃ」

「前太政大臣家というのは、故・右大臣の実家のことだもの。死んだ右大臣は父親から二つの楽器を譲られて、当時気に入りの愛人に渡月の琵琶を譲ってしまった——それがわたしのお母さまだったわけね。お母さまがお仕えしていた内親王さまのもとに、故・右大臣が通っていたんですって。そこで、見初められて、お母さまは、わたしを身籠った……」

思いがけない話に、宮子はしばし、言葉もない。

「びっくりよねえ、このわたしが大臣家のご落胤《らくいん》だって。ゴラクインよ、宮子、ゴラクイン。どういう漢字を書くかわかる？　落とした胤《タネ》よ。露骨な名称よねえ」

「か、馨子さまったら、なんでそう、平然と笑っていられるんですか。く、九条のご一門っていったら、たしか、たいへんなご名門一族でいらっしゃるんでしょう？」

「その通りよ。なにしろ、兼通さまの妹君は、いまの東宮さまの母君、藤壺の中宮さまだもの。兼通さまは東宮さまの伯父君——つまり、次の帝の外戚となられるおひとりというわけね」

「そ、そんなスゴイかたがたが、異母兄姉に……」

中宮が異母姉、ということは、その息子である東宮は、馨子の甥《おい》にあたるわけである。いきなり判明した乳姉妹の甥が、この国の皇太子《ひつぎのみこ》！

宮子はふたたび気をうしないそうになった。

くらくらとめまいをおぼえている宮子にかまわず、馨子は宮子が失神していたあいだに判明した事実を簡潔に語った。

——二年前に逝去した、馨子の父、九条の右大臣。

妻妾《さいしょう》の数は両手では足りず、子女を数えれば両手両足の指でも足りない——といわれた当代の色好み、上は内親王から下は町小路の女まで、見境なしに手をつけていたので、隠し子の噂は、以前からささやかれていたのだという。

とはいえ、その多くは、噂や風聞を無責任に膨らませたものに過ぎず、これまでにホンモノのご落胤が名乗りをあげて出たためしはなかったのだが、数カ月前に、渡月の琵琶の噂が、故・右大臣の次男、兼通の耳に入った。

楽の名手である彼は、父の形見の一つとして離星の箏を相続していた。

対の琵琶のゆくえを以前から気にかけていた彼は、渡月の所有者が年若い姫であるという噂をひとづてに聞き、

「それはもしや、父の愛人だったという某《なにがし》の女房の娘では？」

と思い当たり、真偽をたしかめるよう、ひとを遣って調査をおこなわせていたのだぞうだ。

「兼通さまから渡月の出所を調査するよう命じられて、とんでもない悪事を思いついたのが、さっきのちんぴら男。やつは兼通さまの家の雑色《ぞうしき》らしいんだけど、ご落胤の証拠品である渡月を盗んで、一儲《ひともう》けしようと企《たくら》んだらしいの。生前、九条の右大臣が通っていた女のところへ渡月を売りこんで、女の娘をニセモノのご落胤に仕立てあげようとしていたみたいね。男の不審な動きに気づいた兼通さまたちが、あやつを尾行してきて、結果、さっきの立ちまわりとあいなったわけなんだけど……ホント、危機一髪のところだったわね」

はあ……と、宮子はため息ともあいづちともつかない声をもらしていたが、

「そ、それじゃ、本当に、本当に、馨子さまは、大臣家のご落胤でいらっしゃるんですね？　名門、九条家の一員であると、兼通さまもお認めくださったんですね？」

「さっきからそうだといっているじゃない」

「ああ、どうしよう……！　おめでとうございます、馨子さま……！」

感極まった宮子は、ひし、と馨子の大きな腹に抱きついた。

「本当によかったです、馨子さま！　長く苦労してきた異母妹の存在をあわれに思い、おやさしくてお美しい高貴なお兄さまが、助けの手をさしのべてくださった――すばらしいわ、まるで、物語にあるお話みたい。これもみな、慈悲深い神さま仏さまのおひきあわせですわ……！」

興奮と感激にすっかり打たれ、ひたすら嬉し涙にくれる宮子に、

「ま、そう興奮しないで、宮子。とりあえず、その、目水《めみず》と鼻水をお拭きなさいよ」

馨子は懐からとり出した手巾《たのごい》を渡した。

「こ、こんなおめでたいこと、興奮しないでいられませんわ……馨子さまったら、馨子さまったら、さっきから、なんだって、そうおちついていらっしゃるんですか、もう」

「なんでって、それはまあ、ねえ……わたしのほうが、おまえよりもちょっとばかり賢くて、おまえよりも、だいぶ、ひとが悪いから、かしら」

きょとんとしている宮子を面白そうに見ながら、馨子は車の壁によりかかった。

「わたしはね、宮子、よろこぶよりも先に、疑問に思ってしまうのよねー」

「疑問……？」

「そうよ。どうして急に故・右大臣のお坊ちゃまが、ご落胤の異母妹を迎えにいこうなんて思いたったかってことをね。いまいったように、渡月の噂が兼通さまの耳に入ったのは、数カ月も前のことなのよ。所有者があの家に住んでいることくらい、ちょっと調べればすぐわかったはずよね。なのに、いままで、なんの音沙汰もなかったのは、どうしてなのかしら」

「さあ……宮中のお勤めがお忙しくて、今日まで迎えにいらっしゃれなかった、とか？」

「そんな忙しい兼通さまが、今日になっていきなり、会ったこともない異母妹のもとに先触れもなしに乗りこんでくる、っていうのも、ずいぶんおかしな話じゃない？」

これはわたしの推測だけど、と、琵琶の弦を弾きながら馨子はいった。

「あのちんぴら男の行動から見て、兼通さまが異母妹のゆくえを本格的に探させ始めたのは、ごく最近のことなんじゃないかと思うのよね。——だとしたら、いままで存在を知っていても無視していた異母妹を、兼通さまは、どうして突然引きとろうと思われたのかしら？」

「何か、それなりの理由があるのよ、きっと。でなければ、わざわざ死んだ父親の隠し子を見つけ出してきて、世間に一家の恥をさらすような、あほなマネなどしないと思うもの」

「あほなマネ、って……馨子さま……」

宮子は戸惑った。

なぜ、馨子が事態をよろこばないのか、兼通にそんな疑惑の目をむけるのか、宮子にはさっぱり理解できない。

「わたしの見た限りでは、あの兼通さまは、そこまでのあほにも、正義漢にも思えなかったのよねえ。——どっちかっていうと、あのひとは、逆に……」

「逆に？」

「ま、ここで推測をたくましくしていても、しかたないわ。真実がどうなのか、てっとり早くご本人の口から聞かせてもらいましょう。ちょっと、おまえ。車をとめてくれないかしら」

馨子は前の簾をめくり、牛飼い童らしきあいてに声をかけた。

「それから、前の車の兼通さまに、こちらへいらっしゃるよう、お願いしてちょうだい」

「さあ……」

牛車はすぐにとまった。

がくん、とひと揺れしたあと、榻《しじ》の置かれる音がする。

「さて。ここからは、おまえの協力が不可欠だわ、宮子」

「わたしの協力？」

「そ、うまくいくかどうかは、宮子しだいよ。力を貸してくれるわね？」

「はあ……そうおっしゃられても、いったい何に力をお貸しすればいいのか、さっぱりわからないんですけれど……」

「簡単なことよ。――何もしないでいてほしいの」

宮子はぽかんとした。

「もうすぐ兼通さまがくるわ。宮子、あのひとの前で、おまえはいっさい口をきいちゃだめよ。話はわたしが進めるから、おまえはこれをもって、ひたすら無言でいてちょうだい」

いいわね？　と渡月を押しつけられる。

宮子には何がなんだかまるきりわからなかった。

が、もっと詳しい説明をしてください、と馨子に求めているひまはなかった。

「――御前《ごぜん》を失礼」

優雅な声と共に、後部の簾をあげて、兼通が牛車に乗りこんできたからである。

# 八

兼通は馨子のうしろにいる宮子を見て、ほっ、と息をついた。

「ようやく正気をとり戻されたのですね。ご気分は、いかがですか」

ぼんやりその顔を見あげていると、馨子が肘でつついてくる。

宮子はあわててうなずいた。

「顔色も、だいぶ戻られたようだ。安心しました……恐ろしい思いをなさったでしょうが、あれは悪い夢のようなものとお考えになられて、早くお忘れになられるのがよろしいですよ」

「細やかなおこころ遣い、ありがとうございます、兼通さま」

猫を三匹くらいかぶったすまし声で、馨子がこたえる。

「わたくしも、ただいま、そのように申しあげたところですの。幸い、気丈で賢明なかたでいらっしゃいますので、すぐにおこころをとり戻されて。みながぶじであったことが何よりだった、とおよろこびになられていらっしゃいまして」

宮子はまじまじと馨子の横顔をみつめた。

どうして主人がいきなり自分に敬語を使い始めたのか、宮子には理解できなかった。

「大事の身である乳姉妹をお守りになるために、あのような凶賊の前に、みずから名乗り出られるとは。まこと、並々ならぬ姫君のご器量とお見受けいたします」

兼通は重々しくうなずいた。

「長いあいだのご苦労の日々が、姫君のおこころをかように強靭《きようじん》なものとされたのでしょうね。それを思うと、わたしは兄として、改めて言葉をうしなう思いに打たれるのですが」

（姫君って……あのう……）

「亡くなられた母君も、さぞやすばらしいかただったのでしょう。儚《はかな》く世を去られたことが、まことに悔やまれることです、馨子姫」

という兼通の視線は、どう見ても、まっすぐ宮子にそそがれていた。

宮子は馨子を見た。馨子がすばやくうなずいた。

ようやく状況を理解した宮子は、もう少しで手にした琵琶をとり落とし、その場に立ちあがって大声をあげるところだった。

（兼通さまは、まだこのわたしを馨子さまだと思っていらっしゃるの――――ッ？）

しかも、馨子はそのカン違いを正そうとしていない！

（ど、どうして？　わたしはご落胤のお姫さまじゃないわよ！　ご落胤は、こちらよ！）

なぜ兼通に真実を告げないのか。いったい、馨子は何を考えているのか？

あわてて馨子の肩をつかんだ手の甲を、思いきり強くつねられて、宮子は悲鳴をあげた。

「痛――ッ！」

「どうされました？　――馨子姫」

兼通が、ぎょっとしたようにいった。

「突然、お声をあげられて。やはり、どこか、お身体が痛むのですか」

「大丈夫ですわ、兼通さま。姫君は、しごくお元気でいらっしゃいます」

にっこり笑って、馨子はいった。

「お元気すぎて、このように飛びはねていらっしゃいますの、もう、本当にやんちゃなかた」

「……痛、と叫ばれたように聞こえたのだが……」

空耳でございましょう。ぬけぬけと嘘をつく馨子であった。

（馨子さまったら、何をおっしゃっているの！　いったい、なんなんですか、これは！）

抗議しようと宮子が口をひらきかけたとたん、

「うっ！」

馨子が短い叫び声をあげ、いきなり、バタリ、と前のめりになった。

「――どうかしたのか、女房どの？」

「ウーン、急にお腹が。——産まれるかもしれない」

「えええッ？」

ふたたび、兼通がぎょっとする。

「だ、大丈夫か、そなた」

「はい……大丈夫……だと、思います。——たぶん」

「産まれる、というと、すでに産み月なのか？」

「いえ、まだ先のはずなんですけど……ウーン、痛い……すみません、お姫さま……いつものアレをお願いします……お姫さまの琵琶を聞くと、ふしぎと痛みがなくなるんですぅ｜」

「そうなのか？　では、馨子姫、お願いしますっ！」

（ええっ？　お、お願いします、っていわれてもっ）

琵琶は不得手なので、撥を押しつけられても、やりようがない。

しかたなく、

「ベケーン、ベケーン」

と適当に弦を鳴らしていると、

「ああ、痛みがひいていく……すみません、お騒がせしました。すっかり、楽になりました」

馨子は身体を起こし、けろりとした顔でいった。

額に汗をにじませた兼通は、ほっとしながらも、疑わしそうに馨子をみつめて、

「……そなた、本当に、大丈夫なのか？」

「はい、兼通さま。ああ、でも、大事をとってお姫さまに琵琶をしばらく鳴らしていただいたほうがいいかもしれません。黙ってお弾きいただくだけでじゅうぶんですから」

ふたりに視線をむけられて、宮子はふたたび撥を動かすしかない。

ほとんどやけになってベンベン琵琶を鳴らす宮子を横にして、馨子は、ほう、と息をついた。

「本当にお見苦しいところをお見せしまして、失礼をいたしました。やっぱり、こころの気がかりが、身体に現れたのかもしれませんわ」

「気がかりが？」

「先ほど申しあげた件ですわ、兼通さま。このたびのあまりに突然のお迎え、わたくしには怪しい夢のような心地がされてなりません。むろん姫君も同じ思いでいらっしゃいますの」

「姫君も……」

「馨子さまは、きょうだいと名乗り出てくださった兼通さまのおこころは嬉しいかぎり、とおおせになられました。さればこそ、隔《へだ》ての関《せき》のなくもがな……隠しごとなどなさら

ず、真実のところを打ち明けていただきたい、と、このようにお考えでいらっしゃるのです」

すらすらと、よく嘘がつけるものだ。宮子はあきれたが、兼通は馨子の言葉に思うところがあったようである。白いおもてを強《こわ》ばらせて、うーん、と低いうなり声をあげている。

さりげなさを装いながら、馨子は観察するように兼通の表情をみつめていた。

宮子は琵琶を鳴らすのをやめた。

牛車の中に、しばし、ぴりぴりとした緊張感が走った。

やがて、兼通が「わかりました」と静かな声でいった。

「本当をいうと、このことは、もう少しおちついてからお話ししようと考えていたのですが。姫君にいわれのない不審を抱かれるのも、こちらの本意ではありません……いささかおちつかない状況ではありますが、いま、この場で、それを打ち明けることにいたしましょう」

口ぶりから察するに、かなり内密の話をするつもりでいるらしい。

（どうやら、兼通さまが馨子さまを迎えにいらしたのには、何か事情があるはずだ、っていう推測は、当たっていたみたいだわ。——だけど、そのことと、わたしと馨子さまが立場をとり替えているいまの状況とが、いったい、どう関係してくるっていうの？）

大路に二台の車がとまっていては、ひと目につく。

兼通の命によって、牛車はふたたびゆるゆると進み始めた。

「それでは、まず、女房の……そなた、名前をなんといったか」

「宮子と申します」

馨子は眉一つ動かさずに嘘をついた。

「宮子。そなたは先ほど申したな。以前から、馨子姫の存在を知っていたはずの私たち九条家の人間が、いまになって突然姫をむかえにきたことを、正直にいって不審に思う、それには必ず、何かしらの理由があるはずだ、と」

「はい」

「そう——そなたの推察通りだ。私も、父にまだ世に知られていない子どもがあったことを、昔から、ひとの噂に聞いて、知ってはいたのだ」

兼通は馨子の背後にいる宮子を見た。

「ただしそれは、具体的にどこの誰が、というふうにではなく、あくまで漠然とした存在として、でした。私たち家族にとっては、決して愉快な話題ではありませんでしたから、あえて調べることをせずにいたのです。——が、ここにいたって、九条家の娘、というものが、にわかに必要な事態になった。そのため、急遽《きゅうきょ》、私が馨子姫をお迎えにあがることになったのです」

「にわかに九条家の姫君が必要になった、というのは？　何があったのでございますか」

兼通はほんの少しためらったあと、口をひらいた。

「馨子姫は、一条の大姫という娘をご存知ですか」

宮子は考えた。ごく最近、その名前をどこかで耳にした気がする。

「一条の大姫さまは、一条殿——つまり、兼通さまの兄君のご長女でいらっしゃいますね。故・右大臣さまの最初のお孫さま。お年はたしか、馨子さまと同じ、十七歳」

宮子のためだろう、馨子がさりげなく説明をすると、

「大姫は、私にとっても、妹の中宮にとっても、弟の兼家《かねいえ》にとっても、姪にあたる姫です」

兼通はうなずいて、確認するように宮子を見た。

（あ、そうだ、思い出した。真幸のいっていた話の中に、そのお名前が出てきたわ。たしか、麗景殿の女御さまのお気に入りだとかいう姫君だっけ）

「姪の大姫は、近々、内裏にあがる予定になっていたのです」

兼通がいった。

「と、おっしゃいますと、帝の後宮に？」

「いや、まさか。すでに、叔母の中宮のいる帝の後宮に、いまさら大姫を送り出しても

意味はない。東宮も、いまだ、元服前のお年若であそばされるし。そうではなく、大姫は、御匣殿《みくしげどの》という公の官職に就く予定だったのです」

「御匣殿——というと、貞観殿《じようがんでん》の長官《かみ》のことでございますね」

「そう、後宮の衣料を司《つかさど》る職掌《しよくしよう》です。といっても、じっさいはほとんど役目のない、名誉職ですが。御匣殿は、中宮や女御の近親の姫が就くのが、だいたいの慣例になっています。年齢その他の条件を考慮した結果、今回、兄の長女である大姫がこの役目に選ばれたのです」

しかし……、と、兼通は、ため息をついた。

「その大姫が、突然、いなくなってしまったのです」

「いなくなった？」

「ええ。——失踪ということではありません。誘拐でもない。言葉通り、いなくなった——ある日突然、鍵のかかった部屋の中から、姪の大姫は忽然《こつぜん》と消えうせてしまったのです」

宮子は馨子と顔を見あわせた。

——閉ざされた部屋の中から、ひとりの少女が、煙のごとく消えうせた？

そんな、ばかな。

「多くの家人、女房がまわりにいた、昼日中の邸の内でのできごとです。しかも、それは、私の邸――つまり、いまむかっている、二条堀川の邸内で起こった」

兼通の端整な顔に、苦いものが走った。

「邸には、私の正室である北《きた》の方《かた》と、娘の有子《ありこ》、その兄が住んでいます。いなくなった大姫は、年の近いいとこの有子のもとへ、遊びにきていたのです」

「大姫さまがいなくなられたというのは、いつのことなのですか？」

「十日前です。……一条の大姫が神隠しにあった、などという噂を面白おかしくひろめられては困るので、いまのところ、事件は秘密にされています。このことを知っているのは、私と、現場に居合わせた堀川の邸の者たち――全員に固く緘口令《かんこうれい》をしいていますが――それから、大姫の父の伊尹《これただ》、弟の兼家、藤壺の中宮といった身内の者だけです
……ああ、いや」

いまはそれに、あなたがたおふたりも加わった、と兼通は律儀につけ加えた。

「叔父として、大姫の安否が心配であることはいうまでもありませんが、それはひとまず置いておくとして、現実的に片づけてしまわなければならない問題があります。つまり、先ほどお話しした、御匣殿の一件です。――我々はいなくなった大姫の代わりに、この職をつとめてくれる娘を、急いで探さなければならなくなったのです」

「つまりそれが『にわかに九条家の姫君が必要になった』理由ということですか？」

「その通り」

馨子はしばらく沈黙したのち、

「恐れながら、兼通さま。わたくしには、どうにも信じかねるお話ですわ」

きっぱりいった。

「信じかねるというのは？」

「御匣殿のお役目は名誉職——つまり、官位こそ高いけれど、具体的な仕事のさほどない閑職なのでございましょう？　その閑職の穴を埋めるためだけに、いままで会ったこともない異母妹《いもうと》姫を強引にひっぱり出さねばならぬほどの必要が、本当にあるのですか？　ある、といわれるのでしたら、よけいに無茶なお話だと思いますわ。それほど大事なお役目に、内裏にあがるためのしかるべき教育も受けていらっしゃらない姫君を、いきなり就任させようなどとは。故・右大臣さまのご落胤ということになれば、世間もさまざまに噂をします。宮中での注目もいやというほどあつまりましょうに」

「たしかに、そなたのいう通り、しばらく後宮に御匣殿の役を欠いても、さほどの問題があるわけではない」

兼通はあっさりと認めた。

「ですが、私たちが問題にしているのは、御匣殿の欠員そのものではないのです」

「と、おっしゃいますと？」

「御匣殿になるはずだった大姫がその役に就かないことで、他家の連中がかの姫に注目し、ひいては事件が公になることこそを、私たちは恐れているのです。大姫が御匣殿の職に内定していたことは、宮中では周知の事実だった。それがいつまでも未就任のままとなると、大姫の身に何かあったのではないかと、早晩、噂が飛び交うようになるのは、目に見えている」

兼通は手入れのよい、細い眉をかすかによせて、

「……真実をあかすと、大姫は近い将来、東宮さまの妃となる予定の娘なのです。御所での生活に慣れさせるための御匣殿への就任は、いわばその前段階といえるもの。しかし——いまの東宮さまは、昔から、難しい問題をいくつかお抱えあそばされていらっしゃる、その……少々特異なかたでいらっしゃるので、妃の選定には、父君であられる帝も、ことさら慎重なご姿勢をおとりあそばされていらっしゃるのです。妃候補である大姫が御匣殿の職をいやがって逃げ出した——などという不愉快な噂が帝のお耳に入った場合、たとえ、ぶじに見つかったとしても、大姫の今後に大きな疵《きず》がつくことは避けられないでしょう」

「ああ、なるほど……！　そういうことでしたのね。ようやく理解がされましたわ」

何度もうなずく馨子を、兼通はふしぎそうにみつめた。

「理解がされた？」

「つまり、みなさまがたのお考えは、逆でしたのね。大姫さまに関する不都合な噂を押

さえるには、それをかき消してしまえるような、もっと大きな噂と話題が必要だった。それには馨子さまが——十七年間市井《しせい》に埋もれていた、故・右大臣のご落胤の存在が、うってつけだった」

馨子の言葉に、兼通はにわかにうろたえ始めた。

「い、いや、宮子とやら、それは——」

「実の父君にその存在を認められることもなく、都の片隅でひっそりと生きてきた、あわれな姫君。九条家の栄光に浴する機会もなく、花の盛りを貧乏の中に埋もれさせてきたおいたわしい姫君。その不幸な姫君に、栄えある御匣殿のお役目を譲られた一条の大姫さまには、不都合な噂を押さえて余りある尊敬の目が、さぞやそそがれることでございましょうね。なるほど、すばらしい解決策をお考えになられましたわねー。さすがは、九条家のみなさまがたですわ」

あからさまな皮肉をこめた馨子の言葉に、兼通は黙りこんだ。

（どうやら、いまの馨子さまのご推察は、あたっているみたい……）

「沈黙」と書いて「図星」と読みたくなるような、わかりやすい兼通の表情であった。

やがて、兼通はコホン、と咳払《せきばら》いをした。

「いまさら、とり繕ってもしかたがないようですね。……まさしく、私たちはそのように考え、ご落胤の馨子姫を探し出すことにしたのです。宮子とやら、そなたは、じつに頭がよい」

「ですぎたふるまいをおわび申しあげますわ、兼通さま」

「いや、主人を思っての行動なのだから、謝る必要などどこにもない。——馨子姫、姫君は、よい乳姉妹をおもちになられたようですね」

兼通は鷹揚にうなずいたあと、

「……どうも、私はいつまでたっても、嘘をつくのが上手《うま》くならないようだな……」

吐息と共に、つぶやいた。

端整な兼通のおもてに、困ったとも落ちこんだとも思える表情の浮かぶのを見て、宮子は、ふと、ふしぎな親しみをおぼえた。

(ご身分高いおかただもの、女房ふぜいがナマイキな口をきく、ってお怒りになられるのが当然なのに。兼通さまは、ご性質のおだやかな、おやさしいおかたでいらっしゃるみたい)

「……ともかく、そうした経緯から、私たちは、急遽馨子姫をお迎えにあがることにしたのです」

気をとり直したように、兼通は説明を続けた。

「噂に聞いていた異母妹の年齢は、奇《く》しくも大姫と同い年、中宮の異母妹ということになれば、身分的にも、御匣殿に就任することに問題はないだろう、と私たちは判断しました。大姫の事件の責任を感じ、この私が馨子姫を探し出す役目を担ったのですが――」

兼通は宮子を見て、満足そうに微笑んだ。

「むくつけないいかたで、たいへん失礼ですが、探しあてた馨子姫が、ご器量ご気性ともに、このように理想的な姫君であったことに、不幸中の幸いと、深く安堵《あんど》しています。……たとえ、真実故・右大臣の娘であろうとも、やはり、我々の考える条件に最低限かなったかたでなければ、御匣殿というはなやかな役目に推挙することは、できませんでしたから」

(条件にかなった、って……)

宮子はにわかに青ざめた。

話にひきこまれて、肝心なあのことを伝えるのを忘れていたのだ。

「か、か、か――兼通さま!」

「どうなさったのです、馨子姫」

「す、すみません、いままで黙っていて、じつは、あのっ」

「ヒイィ――――ッ!」

突然、怪鳥のような叫び声が馨子の口からほとばしった。

宮子と兼通は飛びあがった。

「み、宮子、また、そなたか。いったい、今度はなんなのだッ」

「ウーン……この痛み。どうしましょう、兼通さま、今度こそ本番かもしれません……」

「ええええッ？」

「どうも、この車の揺れが赤ん坊への刺激となってしまっているような……安静にしていれば、たぶんおさまると思うのですけれど……ウーン、イタイー」

「しかし、こんな大路で、そなたひとりをおろすわけには、いかないではないか！」

「お邸は、まだ、ずいぶん遠いのですか？」

「いや、もう、さほどもないと思うが……」

「では、牛車を急がせてくださいませ……しばらくのあいだは、我慢をいたしますので」

「わかった、全速力で走らせようっ！」

「ありがとうございます……ウーン、それから、兼通さまァ……」

「なんだね！」

「牛車から出ていっていただけません？　懐妊・出産は女の領域。お邸につくまで、姫君とふたりだけにしていただきとうございますわ」

「――さあ、これですっかり、事情がわかったわね？　宮子」

「わわわ、わ、わかりました！」

「じゃ、理解しているところをいってごらん」

「く、九条家のみなさまは、い、いなくなった一条の大姫さまの代理となれる身内の姫君をさ、早急に必要とされていてっ」

「ふむふむ」

「み、御匣殿のお役目にしゅしゅ就任させるために、ご、ご落胤の馨子さまをひきとることになさったんですっ」

「その通り。では、わたしとおまえが立場をとり替えている理由は？」

「だ、だって、御匣殿のお役目を任せることが、兼通さまたちの、もも、目的なんですもの！　ご、ご懐妊中と一目でわかる馨子さまに、み、御匣殿のお仕事はつつつとまらないからっ」

「そう、大姫の代理になれないご落胤など、なんの役にもたたないわけよね。だから腹ボテのわたしは、彼らの示す条件にあわない。真実を告げたら、ご落胤の認知も援助も得られないだろうから、わたしは兼通さまのカン違いを訂正しなかったのよ」

「だだだだからといって、わたしが大臣家のご落胤になんてなれるわけがないじゃないですかっ」

「もう少し、おちついてしゃべったらどう」

「おちついてしゃべっていたら舌をかみそうなんですううっ！」

——馨子の陣痛の演技がしっかりきいて、牛車は恐ろしい勢いで大路を走っていた。

右に左に、前に後ろに揺さぶられ、宮子は混乱するばかり。

こうしているあいだにもどんどん兼通の邸に近づいていると思うと、泣き出しそうなほどの動揺に襲われるのだが、ガン、ゴツン、と頭を左右の壁に打ちつけているうちに、抗議の気力がだんだんと衰えて、ぐったりしてくる。

「うっぷ、さすがに、ちょっときもち悪くなってきたわね……悪阻《つわり》だか車酔いだかわからないけど。産まれないはずのものまで産まれてきそうな揺れだわ、これは……」

「か、馨子さま、なんで、こんな、トンデモナイ嘘を……」

四つん這いの姿勢で、息も絶え絶えに宮子はいった。

「その場しのぎのこんな嘘、すぐにバレちゃうに決まってますのに。ご存知でしょう、兼通さまじゃないですけど、わたしだって、嘘をつくのは、そうとうヘタなんですから……！」

「そのために、参謀のわたしがついているんじゃないの。大丈夫よ」

「ニ、ニセモノのわたしを宮中にあげて、なんの意味があるんです……兼通さまに、本当のことをおっしゃって、ふつうにご兄妹《きょうだい》の名乗りをすませられれば、いいじゃありませんか！」

「名乗りをあげたって、そうですか、では次のご落胤候補がまっているのでサヨウナラ、と回れ右されちゃ、意味ないじゃない。九条家の人間は、いま、大姫の事件でおおわらわなんだから、役に立たないご落胤に、いつまでも関わりあっているヒマはないでしょう。真実を告げたら渡月と引き換えに、いくらかの小金を渡されて、お邸から追い払われるに決まっているわ」

「か、兼通さまは、そんなふうなかたには見えませんでしたわ」

「やさしいひとではあるようね」

馨子は肩をすくめた。

「でも、真実を知ったあとも、あの荒れ邸に暮らす貧乏人のわたしと兄妹づきあいをしてくれるほどではないと思うわ……あのひとは、生まれたときから絹の肌触りしか知らない、本物の上流貴族だものね。お腹の大きいこのわたしが本当の妹で、子どもの父親候補は三人いるんです、なんていったら、目を回してしまうわよ。そんな不道徳な妹の存在には、とうてい耐えられないでしょう。家族の一員と認めてくれるとは、思えないのよ」

「——馨子さま……」

宮子はしんみりといった。

「無関心を装っていらっしゃったけれど、馨子さまも、やっぱり、お身内と呼べるかたがたとの絆《きずな》を欲していらっしゃったんですね……」

「そりゃ、その絆をひっぱればおカネが出てくるからね」

馨子はあっさりいった。

「邸の修繕費用に生活費、出産費用に養育費……切れないように、上手に絆をひっぱれば、それらがみんな手に入るのよ、宮子。ちょっぴり不都合な事実に目をつむるだけで、すてきな衣装も纏《まと》えるし、粒の立った白いごはんも、毎日お腹一杯食べられるの。夢のようじゃない」

「うわーん、いやですー、わたし、そんな悪事の片棒なんて担ぎたくなあーぃィ！」

宮子は泣きながらジタバタした。

「わたしにお姫さまの役なんてつとまるわけないです！　ま、まして、御匣殿になって宮中にあがるなんて、絶対ムリです！　お願いですから、馨子さま、考え直されてくださいッ」

「おちつきなさいよ、宮子。何も、必ず宮中にあがると決まったわけじゃないんだから。いなくなった大姫が帰ってくれば、お役目御免で、とっとと五条の邸に帰れるのよ」

「大姫さまが帰っていらっしゃらなかったら？」

「そのときは後宮で青春を謳歌しなさい」

「うわああ――――ん！」

泣いてもわめいても暴れても、馨子の返事は変わらない。

ひくひくとしゃくりあげる宮子の背中をやさしくなで、

「わかった、わかった。——ね、じゃあ、こうしましょう、宮子。とりあえず、このままの立場で堀川のお邸にいくわけ。そうしたら、大姫の事件について、ふたりで調べてみるのよ」

なだめるように、馨子はいった。

「大姫さまの事件について……？」

宮子は、のろのろと顔をあげた。

「そうよ、大姫が帰ってくれば、すべての問題は解決するわけでしょ？ だったら、その道を探ってみましょう。兼通さまたちだって、いくらなんでも、昨日の今日でおまえを御匣殿に就任させるはずがないわ。猶予期間のあいだに、いなくなった大姫のゆくえを探すのよ。大姫が消えたのは堀川のお邸内だもの。必ず何かの手がかりが残っているはずよ」

「で、でも、馨子さま、お身内の兼通さまたちが調べてわからなかったことが、わたしたちにわかるとは思えませんわ……」

「そうともかぎらないわよ。身内だからこそ、気づかないことがあるかもしれないじゃない」

「と、おっしゃいますと……」

「愛情や信頼が、真実を見つける目を曇らせることもあるでしょう？」

宮子は目を丸くした。

「大姫さまの事件が、九条家のかたがたのしわざだとおっしゃるんですか？」

「可能性はじゅうぶんあるでしょうね。大姫に恨みをもっていた人間、彼女がいなくなって利益をこうむる人間。あるいは、大姫じしんに秘密があって、自ら姿を消したのかもしれない」

「か、馨子さま……」

「わたしは現実主義者だから、神隠しだなんだのというのは信じないわ。そこにいた人間がいなくなったのなら、必ず、理由とからくりがあるはずよ——それを解きあかしたら、わたしたちは悠々と五条の邸に帰れるでしょう。感謝料か口どめ料をたっぷりいただいて、ね」

馨子はにっこりした。

「御匣殿として後宮にあがる日をギリギリまで延ばすのよ、宮子。そのあいだに大姫の事件の決着がつかなかったら、そのときには、本当のご落胤はわたしなんだと兼通さまに告白するわ。約束する。それまでは、わたしとおまえの立場をとり替えたままでいてちょうだい」

宮子はしばらく考えたあと、渋々いった。

「……わたしは、本当に、絶対に、後宮にあがらなくていいんですね？」

「そうよ。直前になったら本当のことをぶちまけて、とっとと逃げ出してしまえばいいんだから」

「……就任予定だった身内の姫が、二回連続で御匣殿の役目を蹴ったということになったら、九条家のかたがたには、いろいろとマズイ事態になってしまうのでは……」

「わたしたちがそこまで心配する必要はないわね。彼らは、大姫の事件を隠すために、これまで無視してきたわたしを都合よく利用しようとしたのよ。別に恨みはしないけれど、同じようにこちらが彼らを利用することに、良心の咎めを感じる必要はないでしょう。お互いさまだもの」

「それはそうかもしれませんけど……」

「それにねえ、噂によると、堀川のお邸って、もの凄い豪邸らしいわよ、宮子。見物がてら、出稼ぎがてらに、しばらく滞在すると気楽に考えればいいじゃない？　同じ都の空の下に暮らしていても、わたしたちと兼通さまたちの見てきた風景は、異国《とつくに》のように違うでしょう。せっかくの機会だもの、彼らの見ているとびきり豪奢《ごうしゃ》な世界をのぞいてみましょうよ」

（ああ——三条の奥方さまのおっしゃっていたことは、本当だわ……馨子さまって、本当に、非常識な規格ハズレの姫君だ……）

目をかがやかせ、イキイキと笑う乳姉妹を見ながら、宮子は思った。

（だって、こんな常識ハズレのでたらめな計画も、馨子さまの口から聞くと、とりあえず、なんとかなるんじゃないかと思えてしまうんだもの——あとで、死ぬほど後悔することはわかっているのに……！　もしかしたら、わたしと馨子さまの関係って、生まれる前からの約束じゃなくて、前世からの悪い因縁かなんかじゃないだろうか……）

——いまごろは、真幸との初夜の夢に酔う新妻になっていたはずなのに、どうして大臣家のご落胤になどなってしまったのか？

波乱万丈のこれからに思いをはせ、半ばぼうぜんとしたまま、宮子は夜の大路を北へと急ぐ牛車の揺れに身をまかせていた。

# 第二章　貴人たちの迷宮

一

二条堀川邸は広大にして壮麗な邸だった。

二条大路に面した南、南北に二町《にちょう》もの広さを誇る敷地の中には、手入れのいき届いた豪勢な建物――一見、内裏かとも見紛うような玉の御殿《おとど》が美事《みごと》な構えを見せていた。

美しい檜皮葺《ひわだぶ》きの屋根。

真っ白な砂を敷きつめた中庭。

趣のある前栽《せんざい》や、藤棚、竹林などを周囲に配した堀川邸の建物は、主人の住まう寝殿を中心にして、渡り廊下でつながれた、東、西、北の三つの対《たい》の屋《や》からなっていた。

敷地の南には堀川の水を引き入れているという大きな池があり、欄干の朱塗りもあざやかな反り橋や平橋がかけられている。

その橋々を渡りつぎ、あるいは、釣り殿や泉殿《いずみどの》から舟を漕《こ》ぎ出せば、風情のある松を点々と植えた、広い中島《なかじま》へと渡れるようになっていた。

（宴のときには、楽人《がくじん》を乗せた龍頭鷁首《りゅうとうげきす》の船がこの池を行き来するっていっていたっけ……信じられない、お邸の中で、舟遊びが見たりできるなんて。お池一つをとってもこれだもの、この広いお邸の中には、どれだけの数の人間が働いたり住んだりしているんだろう）

自分はこれから「ニセモノのご落胤」としてその全員を騙《だま》し続けていかねばならないのだ。

そう思うと、目に映る邸の豪華さ、美麗さは、そのまま重い罪悪感と不安へと変わり、宮子は堀川邸について、何十回目かの深いため息をつくのだった。

＊

真幸が堀川邸に姿を現したのは、宮子たちの到着から十日後のことだった。

「宮子！」

狭い部屋の中に真幸の姿を見つけたとたん、宮子はへなへなとその場に座りこんだ。

「真幸……」

「よかった、元気でいたんだな。急にゆくえが知れなくなって、どれだけ心配したことか」

真幸は宮子の身体をぎゅっと抱き、その髪に顔を埋《うず》めて、うめくようにいった。

「真幸……そうだよね……ごめんね、心配かけて」

「もっとよく見せてくれ、宮子。いったい何日、おまえの顔を見ていなかっただろう」

宮子の頬をさすったり、額髪をかきやったりしながら、真幸は熱っぽく宮子をみつめる。

「猫みたいな目、赤ん坊みたいな頬……ああ、おれの宮子だ、やっと、会えた！」

「真幸、わたしも会いたかった、毎日、朝も夜も、真幸のことばかり考えていたわ」

ふたりは固く抱きあった。

「こんな思いは二度とごめんだ。これからはもう、おれのそばを離れないでくれ、宮子」

「うん、真幸。わたしも真幸と離れたくないわ。離さないで」

「宮子……」

「真幸……」

「好きだ……」

「わたしも……」

「盛りあがっているところを邪魔しちゃって悪いんだけれど」

「きゃあああッ！」

ぬっと現れた主人を見て、宮子と真幸は抱きあったまま、飛びあがった。

「か、か、馨子さまっ！　い、いったい、どこからわいて出たんです」

「わいて出るって……失礼ねえ、ひとをゴキブリみたいに」

はじめから、ここにいたわよ。

馨子は笑いながら、ずりずりとふたりのそばによった。

「再会の感激で、わたしの存在なんて、目に入らなかったんでしょ。いい具合に雰囲気が高まっているところを、わたしとしても邪魔したくはなかったんだけれどね……。悪いけど、続きはまたあとにして、とりあえず、いちゃいちゃは一時中断にしてもらえる？　ふたりとも」

「え？」

「わかるでしょ？　ひとがくるのよ」

馨子の指す妻戸《つまど》のむこうの廊下から、ぱたぱたと軽い足音が聞こえてくる。

(そうだわ。ここは、馨子さまの曹司《ぞうし》だった)

西の対の屋の北面《きたおもて》。

女房の私室として与えられる曹司の一部屋に、馨子は、こっそり宮子を呼び出したのだ。

「御匣殿《みくしげどの》に就任予定の姫君が、曹司にこっそり男をひっぱりこんでいた――なんて噂が広まったら、まずいでしょう。とりあえず、真幸、おまえはそこの几帳《きちょう》の裏に隠れていなさいね」

馨子にせきたてられ、当惑顔の真幸が几帳のうしろに姿を隠して、間もなくだった。

「——失礼します、和泉《いずみ》の君《きみ》」

幼い声がして、十を二つ三つ越したばかりと見える可愛らしい女の童が顔を出した。

「馨子さまは、こちらにいらっしゃいますでしょうかー」

「ど、どうかしたの、鹿子《かのこ》?」

女の童は宮子を見て、「あ、馨子さまァ……」とにっこりした。

「あのう、母屋《もや》にお戻りくださいませ。いつものように、北の方さまからのお遣いがあったんですわ。寝殿にて、ご一緒に貝合わせなどいたしませんか、というお誘いだそうです」

「わかったわ、すぐにいくから、おまえは先に戻っていてね」

「かしこまりましてー」

ふたたび、軽い足音がひびき、遠ざかっていく。

「——姫君……」

几帳のうしろから出てきた真幸が、うめくようにいった。

「ご説明ください——いったい、この状況は、どういうことなのですか」

どういうことって。馨子は平然と聞き返した。

「なぜ、宮子が馨子さまの名前で呼ばれているのです。和泉の君とは、誰のことですか」

「それは、わたしの女房名よ」

「どうして姫君が女房名で呼ばれるのです」

「だからそれは、さっきおおざっぱに説明したでしょ？　十日前、異母兄だという藤原兼通さまが、突然五条の邸に現れたの。で、そのながれでわたしと宮子が堀川邸《こちら》にくることになったのね。そのあとなんだかんだといろいろあって、いまはわたしが宮子で宮子がわたしなのよ」

「おおざっぱすぎますよ！　なんだかんだの部分が、一番大事なところではありませんか。……十日前というのは、右馬助さまたちがいらしていたあの夜ですね？　こちらにくることになった事情を、どうして今日まであのお三人に口どめなさっていらしたのですか？」

あの晩、騒動に立ち会わせた三人の男たちは、当然、馨子が、故・右大臣のご落胤だったという事実や、宮子と馨子が主従の立場をとり替えたまま、二条堀川邸に移っていったことを知っている。

思いがけない展開に驚く三人に、この一件について固く口をつぐんでいるようい渡したのは、牛車に乗りこむ前の馨子だった。

さすがの馨子もあの時点ではまだ、兼通の抱えていた事情——大姫の事件や、御匣殿云々《うんぬん》のことを予想できてはいなかった。

ただ、異母兄を名乗る男の唐突な登場と、彼と従者の友成との会話などから、

（これは単に、不遇な異母妹《いもうと》を探しにきた兄といった感じじゃない……？　勝手に宮子を妹と間違えているし、何か事情があるみたい。もう少しこのままようすを見たほうがいいかも）

と、とっさに考え、兼通の間違いを訂正しなかったのだ。

恐るべき状況判断能力とカンである。

「おかげでおれは、この十日間、まるで事情がわからず、悶々《もんもん》として過ごしていたのですよ……ようやく昨日、平《たいらの》友成という侍が邸にきて、『二条堀川邸で宮子さんがまっているから、明日になったら訪ねてきなさい』といわれたのです。何が何やらさっぱりわかりませんでしたが、他に手がかりもなかったので、とりあえず、こうしてこちらへやってきたのですが」

「そうそう、到着してしばらくのあいだは、忙しくて、連絡をするひまがなかったのよね……そんなに怖い顔でにらまないでちょうだい、真幸。いまから、すべてを説明するから」

そうして、馨子は声をひそめつつ、いっさいの事情を真幸に語ったのだった。

簡略にして巧みな馨子の説明に、真幸の顔色がみるみるうちに変わっていく。

「――と、まあ、そういうなりゆきで、わたしと宮子は、しばらくのあいだ、主従の立場をとり替えることにしたわけ。で、不可解な大姫の事件をみごと解決して、九条家の人間にしっかり恩を売るべく、ここ、堀川邸にいるというしだいなのです」

「姫君……なんという大胆不敵な計画を……」

事態を理解した真幸は、しごく当然の反応として頭を抱えた。

「宮子を身代わりのご落胤に仕立てあげるなど、賢明なあなたさまのなさることとも思えません。バレたらどのようなことになるか、お考えにはなられなかったのですか！」

「バレたところで法を犯したわけじゃなし、手がうしろに回ることはないでしょう」

馨子はまったく動じない。

「公の処罰に問われることはないでしょう、ですが、騙されたと知った九条家の人間たちが、黙って姫君たちを解放するとお思いですか？　いなくなられた一条の大姫は、東宮の妃となられる予定のかただった。となると、御匣殿の就任の有無は、次の御世に関わる後宮人事ということですよ。この先どのような面倒に巻きこまれるか、わかったものではありません！」

「虎穴に入らずんば虎子を得ず、というじゃないの。多少の冒険は覚悟しなきゃ、幸運の星はつかめないわ。いい？　真幸。これは、長年の貧乏暮らしから一挙に抜け出せる好機なのよ」

「ですが、姫君」

「ま、常識人のおまえが反対することはわかっていたわ。わたしもそれなりの覚悟をもっておまえを呼んだのよ。と、いうわけで、お互い、納得がいくまでじっくり話しあいましょうか――もっとも、おまえが弁舌でわたしを負かすのは、容易なことではないと思うけれどね」

覚悟はいい？　あでやかな微笑をむけられて、真幸がぐっとつまる。

やかまし屋の三条夫人でも手を焼く馨子の舌に、寡黙な彼が勝てるはずがないのは、火を見るよりもあきらかであった。

宮子は曹司を追い出された。

「北の方からの誘いをあまりまたせてはうまくない」

という馨子の言葉に従ったのである。

真幸のことは心配だったが、自分がいても、状況にたいした変わりがないことはわかっていた。

馨子の意思を変えさせようという試みは、宮子もこの十日間、さんざんおこなったのだ――どれも、ことごとく失敗に終わったが。

宮子は母屋に戻り、北の方のもとを訪れるべく、女の童の鹿子をつれて、寝殿へ渡った。

「――ねえ、鹿子、ところでわたし、貝合わせの道具なんて、何ももっていないんだけれど、こんなふうに手ブラで北の方さまのもとへおうかがいしてしまって、大丈夫なのかしら？」

「ご心配なく、馨子さま。道具はこのわたしが、ちゃーんと手配しておきましたからねー」

しっかり者の女の童はそういって、さっさと廊下を進んでいく。

連日、北の方と会っている北面の部屋ではなく、入ったことのない南側の部屋だった。

兼通の正妻である北の方と娘の有子《ありこ》姫は、ふだんは北の対の屋に住んでいるが、そちらまでいくのは少々遠いということで、寝殿で会うことにしている。

気の進まない遊びの誘いに宮子が毎回律儀に応じているのは、むろん、大姫の事件解決という目的のためだった。

堀川邸についてから調査した結果、大姫の神隠し事件が起こったのは、寝殿の一室だということがわかった。

事件に居合わせた女房たちも寝殿にいるだろう。問題の現場も見られるかもしれない。お腹の大きな馨子は、ひと目を憚《はばか》り、西の対から動けないので、馨子の指示を受けた宮子がせっせと寝殿に渡り、情報収集につとめている――というわけであった。

「――まあ、兼通さま」

御簾をくぐった宮子は、文机《ふづくえ》にむかっているあいてを見つけて、声をあげた。

「馨子姫。ご機嫌うるわしくお過ごしでいらっしゃいましたか」

「ありがとうございます。兼通さまは、宮中からのお帰りですか？」

「中宮さまのもとに宿直申しあげていたのですが、用ができましたので、早退をしました」

兼通は平常の烏帽子に直衣の姿ではなく、纓《えい》のついた冠に、袍《ほう》をつけた束帯姿《そくたい》である。

「鹿子から聞いたのですが、貝合わせをなさるそうですね。ほんのよせあつめですが、蔵にあったものを、いくつか見繕ってきたのですよ。よければ、どうぞおもちになってください」

兼通が宮子の前に引き出したのは、州浜《すはま》と呼ばれる豪華な装飾台だった。潮だまりを模した漆塗りの台に、ハマグリやアワビ、アサリの貝殻などが美しく並べられている。磯の小岩に見立てられているのは翡翠《ひすい》の粒。枝ぶりのみごとな松は白銀《しろがね》づくりだ。

(なんて豪華な遊び道具……この台だけでも、市で売っ払えば、軽く一年は食べていけるわ)

宮子はぼうぜんと見入ったが、兼通にはまったく見慣れた品であるらしい。自慢げなようすもなく、美しい遊び道具に興奮気味の鹿子をやさしくからかっている。

これが上《うえ》つ方《かた》の暮らしぶりというものなのか……五条の邸での生活との差に、宮子はしみじみ感じ入ってしまう。

「──対の屋でのお暮らしに、何か不自由はございませんか？　馨子姫」

州浜の上、気に入ったかたちにせっせと貝を並べ直している鹿子を見ながら、兼通はいった。

「不自由なんて。毎日すばらしい贈りものを届けていただいて、身に余るほどですわ」

「衣装や調度類はともかく、女房たちは数が揃えられませんでしたから、ひとが少なく、不自由な思いをなさっているのではないかと気にかかっていたのです。鹿子の他は新参の若い者がほとんどですから、いき届かない点も多いでしょう」

「いまいる者だけでじゅうぶんです」

宮子は本心からこたえた。

古参女房があいてではボロが出ていただろう宮子の「付け焼き刃の姫君ぶり」も、邸の生活に慣れていない新参者たちの目には、さほど不自然には映っていないようである。秘密を抱えた宮子たちにとっては「ややいき届かない」程度の女房の数が理想的なのだ。

「女房といえば、宮子——和泉と呼び名を改めたそうですが、あの者は元気なのですか？　西の対においかがいしても、あまり姿を見ないので、気になっていたのですが……」

「和泉の君なら、毎日元気に働いていますよォ。ただ、お腹の大きな姿を殿にお見せするのが憚られるといって、御前に出るのをひかえているのですわ」

宮子に代わって、鹿子が賢しくこたえる。

もともと、ひとを使うことにも、子どもたちを指導することにも慣れている馨子である。

到着以来、「主人の乳姉妹《ちきょうだい》」という立場で、しっかり西の対をしきっているのであった。

「鹿子、先に州浜をもって、あちらへいっていなさい。私は馨子姫にお話があるから」

「かしこまりましてー」

えっちらおっちら、州浜を抱えた鹿子が退室すると、兼通は宮子にむきあった。

「兼通さま？」

「馨子姫、じつは本日、中宮さまより、御匣殿の一件についてご意見をいただいたのです」

宮子はどきりとした。

(まさか……大姫さまの事件が、そろそろ噂になり始めているとか？　それへの対策のために、中宮さまが御匣殿の就任を早めるよう命じられた——とかだったら、ど、どうしよう)

「馨子姫の御匣殿のご就任、および参内《さんだい》には、いましばらく時間を置いたほうがよいだろうとの中宮さまの仰せでした」

「あ……そうなのですか」

予想していた話とまるきり反対の内容を告げられて、宮子は、一瞬、戸惑った。

だが、御匣殿の就任日が延びるというのだから、これは嬉しい誤算である。

「馨子姫、誤解なさいませんように。中宮さまはあなたの御匣殿就任に、ご異存を唱えられているわけではないのですよ。大姫の代理をあなたにつとめていただく件に関しては、中宮さまも交えての話しあいで決めたのですから、何も問題はないのです」

宮子の表情を気落ちしたものと勘違いしたらしく、兼通はあわてていった。

「参内を先に延ばす理由は、姫君ではなく、九重の内《ここのえ　うち》（宮中）にありまして……じつをいいますと、このところ、東宮さまのみ気色《けしき》がことの他うるわしくなく、主上《うえ》も中宮さまも、そのことをたいへんお悩みあそばされていらっしゃるのです」

「東宮さまの？」

「ええ、中宮さまもすっかりお手を焼かれて。おかげで、中宮権大夫《ちゆうぐうごんのだいぶ》にして東宮亮《とうぐうりよう》である私に、あらたな仕事がまた一つ増えました。当分のあいだは堀川邸《ここ》を離れられなくなりそうです」

東宮の機嫌が悪いと、どうして兼通が堀川邸を離れられなくなるのか。

宮子にはまるで理解できなかったが、東宮や中宮といった「かしこき辺り」の話題であれば、尋ねることも、なんとはなしに憚られる。宮子はあいまいにうなずいた。

「兼通さま……あの、大姫さまのゆくえについて、何かわかったことはありますか？」

兼通はかたちのよい眉をよせて、かぶりをふった。

「そちらもおもわしくありませんね。姿が消えてもう二十日になりますが、金品を要求する文なども届いていない。賊による誘拐の線は、いよいよ薄くなったというくらいでしょうか」

「大姫さまがいなくなったのは、寝殿の塗籠《ぬりごめ》だったのですよね」

「ええ……女房たちからお聞きになられたのですか」

「え、ええ、噂話が耳に入って」

「そうですか。あの塗籠は、納戸として使っているのですが、少し変わった部屋でしてね、笛や琴など、高祖父や父から譲られたいろいろな楽器が納められているのですよ。渡月の琵琶の対である離星の箏《そう》も、あそこにあります。大姫も、離星の琴をたいへん気に入っていました」

「大姫さまが離星の琴を……」

「彼女は箏の名手でしたからね。こちらへ遊びにくると、一日中あの部屋に入り浸って……あのような事件のあった場所ですから、いまは主人の私以外、誰の出入りも禁じていますが」

（となると、わたしたちがその場所を調べるのは、やっぱりかなり難しいみたいね）

塗籠というのは、その名の通り、周囲を土壁で塗り固めた妻戸のついた部屋のことである。

母屋と呼ばれる建物の中心にあるので、ひと目を盗んで入りこむには難しい場所だ。

（塗籠の鍵は中からかけられていたのよね。大姫さまはお気に入りの琴を弾こうとして塗籠に入り、鍵をかけ、そのまま、そこから姿を消してしまった……？　うーん、これだけじゃ、事件の真相なんてわかるわけないわ。やっぱり、もっとたくさんの情報をあつめないと）

宮子がアレコレ考えていると、「馨子姫」と、ふいに名前を呼ばれた。

「は、はい？　なんでしょうか、兼通さま」

「その……生まれたときから一緒にいる乳姉妹の和泉の君同様に、とまでは申しませんが、私のことも、兄として、頼りにしていただきたいと思っているのです」

兼通は照れくさそうにいった。宮子はきょとんとする。

「御匣殿の就任が延びるとなると、姫君には、いましばらくこの邸で私とともにお過ごしいただくことになると思います。つきましては、そろそろ兄妹らしい呼びかたをしていただきたいと思うのですが……馨子姫には、おいやでしょうか」

「兄妹らしい呼びかた――ですか……？」

「ええ、ですから、その……いまのように、名前で呼ぶのではなくてですね……」

（名前でなく？　でも、堀川殿じゃもっとよそよそしいわよね。他に呼び名といったら……）

「お兄さま?」

宮子がつぶやくと、兼通は嬉しそうにうなずいた。

「そうです。これからはそのように呼んでいただけますか? 馨子姫」

「は、はい、わかりました、兼通さま。——あ」

宮子は赤くなった。

兼通はくすくす笑い、宮子に顔を近づける。

「少し、練習が必要のようですね……」

「は、はい、そうみたいです。申し訳ありません」

「よろしいのですよ、さ、恥ずかしがらず、お顔をあげて、もう一度呼んでごらんなさい」

蕩《とろ》けるようなやさしい声でささやかれ、蜜《みつ》のような甘い微笑をむけられる。

近々とあいての顔をのぞきこむのが兼通のクセらしいのだが、近まさりする端整な美貌の主に額がつくほど顔をよせられて、宮子のほうは何やらどぎまぎしてしまうのだった。

(兼通さまは兄妹と信じていらっしゃるからいいけど……わたしのほうは、困っちゃうわ)

「あの、そろそろ、北の方さまのもとへいかないと。鹿子もまっているでしょうから」

あわてて立ちあがったとたん、宮子は長袴の裾を踏んで、つんのめった。

「馨子姫！」

倒れてきた宮子を兼通が受けとめる。

そのままふたりは床の上に重なるようにして倒れた。

「……大丈夫ですか、馨子姫？　お怪我は？　どこか、痛むところなどありませんか？」

「いいえ、どこも。すみません、粗忽《そこつ》なマネを……重かったでしょう？」

「いいえ、花束を抱いているようですよ。軽くて、よい匂いがします」

「……お兄さまって、お口がお上手でいらっしゃいますのね」

「ようやくそう呼んでいただけましたね」

ふたりは顔を見あわせ、声をたてて笑った。

「と、殿ォ」

鹿子の声がした。背後に視線をむけたふたりは、鬼のような形相をそこに見つけて、抱きあった格好のまま、思わず、ぎょっと身をすくめた。

「う、上」

困り切った顔の鹿子のうしろに立っているのは、女房たちをひき連れた北の方だった。

ふたりの子をもつ母親とは思えない華奢《きゃしゃ》なそのひとの身体が、小刻みに震えている。

「女の童を追い払って、おふたりきりで、こそこそと何をなさっているのかと思ったら……」

白いおもてが興奮と怒りのために、まだらに赤く染まっている。

「つまりは、こういう目的のためでしたのね、殿……そうでしたのね」

「上、何かご誤解をなさっていませんか」

「誤解ですって？　いまさら、いいわけをなさるのはおやめになって。男と女がふたりきりのお部屋でひしと抱きあって微笑みあって……ホホ、な、何が誤解だとおっしゃいますのっ」

悲鳴のような高い笑い声をあげたあと。

北の方は、ばったりと倒れた。

「あれッ、上、しっかりあそばして……誰かお医師を、奥さまが魂をうしなわれましたァ」

女房たちが倒れた北の方にわらわらとかけよる。

兼通と宮子はあっけにとられたまま、しばし、その場から動けなかった。

「あーあ……だから何度も咳払いをして、奥さまのお出《い》でをお知らせしてましたのにィ」

これじゃ、貝合わせは中止かなァ。大人たちの騒ぎを横目で見ながら、しっかり者の女の童はやれやれと小さな肩をすくめた。

二

兼通の正妻、北の方は、さる親王の姫君にして女王《にょおう》と呼ばれる高貴な出自の女性である。

気品があり、教養があり、姿かたちもたおやかに美しい。

ただ、すぐれた出自に応じてたいそう気位が高いことと、嫉妬深いというところが欠点で、ことに、後者が問題であった。

「……よろしいですか、馨子姫。わたくしは、けっしてイジワルでいっているのではありませんのよ」

「はい、わかっております、北の方さま」

「馨子姫は十七歳、花もはじらうお年ごろ、加えて、一条の大姫の代わりに御匣殿という重いお役目に就かれる、大事の身でいらっしゃいます。……おわかりですね？」

「はい」

「その姫君が、ご兄妹とはいえ、誰もいないお部屋で殿と抱きあっていらっしゃったなど、ひとが聞いたらどのように思うでしょう。姫君も殿も、たちまち、京雀たちの噂の的。なんと色めいた間柄《なからい》、世にも珍しいご兄妹よ、などと世間のひとびとに笑われましょうね。そうなっては、義姉《あね》として、姫君をお預かりしたわたくしの立場がございませんのよ……！」

「まことに申し訳ありません……」

宮子は下座の席で、身を縮めるようにして頭をさげた。

まだ興奮の色が残る主人のかたわらで、中将という年配の女房が檜扇《ひおうぎ》で風を送ってい
る。

——嫉妬の興奮で失神した北の方は、その後、すぐに意識をとり戻した。

娘の有子姫がまつ北面の間へと運びこまれ、しばらく休んだあと、改めて宮子を呼び、
皮肉まじりのお説教をクドクドと始めたのである。

「上、私の行動が軽率だったことは認めますが、あれは単なる事故なのですから……」

懸命に宮子をかばい、部屋についてこようとした兼通は、

「殿はまずお着替えをおすましあそばせ」

と北の方にあっさり別室へ追い払われてしまった。

娘の有子姫は上座に置かれた几帳の陰に身を隠しているらしい、帷子《かたびら》のあいだから、
美しい衣の裾だけがこぼれて見える。

「隔ても置かず殿方と接するなど、身分低い者のすることですわ。馨子姫は、まだ上流《うわ》
ぶりになじんでいらっしゃらないようですわね……こうして毎日お会いしているのも、
姫君らしいおふるまいをお教えしてさしあげようとの意図からですのに、甲斐《かい》がないの

は残念ですこと」

北の方はイヤミたらしくいって、おおげさなため息をついた。

「こういってはなんですけれど、見たところ、馨子姫には、どうにも姫君らしい奥ゆかしさが足りていないようですわ」

「はあ、申し訳ありません」

宮子はすなおに頭をさげた。

「やることなすこと、妙にてきぱきし過ぎでいらっしゃいます。深窓の姫君というものは、すっくと元気よく立ちあがったり、袴をさばいてスタスタ歩くものではございませんのよ」

「すみません、つい、いままでの生活のクセが出てしまって……」

「それから、そんなふうに、あいての目をまっすぐに見てお話しになられるのもいけません……はにかんで扇の陰からちらちら、と視線を送るのがやんごとなき姫君のあらまほしき姿です」

「はあ」

「装いにも少々問題がおありですわね。お衣装は、まあ合格点として、妙齢の姫君がお化粧もなさらずにひと前へ出られるというのは、どうにもよろしくございませんわ」

「は……」

「お化粧道具はおもちなのでしょう？　おもちでないのなら、わたくしのお道具をお譲りしますわ。今後は、きちんと白粉《おしろい》をお塗りあそばしますように。よろしいですわね、馨子姫？」

「いえ、あのう……」

宮子はおずおずと反論を試みた。

「わたし、これでも一応、白粉は塗っているのですが、北の方さま……」

「まああ、本当に？　市井では、白粉に眉墨を混ぜるお化粧方法が流行っているのかしら」

「眉墨が混じったわけではなくて、これは単にわたしの肌が黒いので……日焼けをしているせいだと思います……」

「屋根の下からお出ましになられぬ姫君の身で、日焼けをなさるとは、馨子姫は器用でいらっしゃいますのねえ……お住まいになられていたお邸の屋根には穴でもあいておりましたの？」

「そうなんです、先の嵐で落雷の大穴がぽっかりと」

まじめにこたえた宮子の言葉に、女たちがどっと沸いた。

「一条の大姫は、それはそれは肌の白い姫君ですのよ、馨子姫。御匣殿のご候補として、おふたりの姫君は、あらゆる意味で対照的でいらっしゃるようですわね」

居並ぶ女房たちがくすくす笑う。

宮子はしょんぼりとうなだれた。

（結局、今日もこの展開になるわけね……）

兼通や西の対の女房たちのあたたかな歓迎ぶりとは対照的に、北の対の女たちは、宮子に対して、やたらと挑戦的だった。

ヒマさえあれば「生まれがどうの」「育ちがどうの」と大姫賛美にかこつけて、あからさまな皮肉やあてこすりをぶつけてくる。

どうしてこう自分につっかかってくるのか、理由がわからず、宮子はずいぶん戸惑ったが、ほどなく、その謎は、鹿子からの情報によってあきらかになった。

「北の方さまは、いなくなられた大姫さまの代わりに有子さまを御匣殿になさりたかったのですって……でも、兼通さまはそのご意見をお容《い》れにならず、馨子さまをおひきとりになられましたでしょう？　だから、あんなふうに八つ当たりのイジワルをなさっているんですわ」

東宮の妃候補にわが娘を、と熱望していた北の方からすれば、育ちのよろしくないポッと出の「ご落胤」に、いきなりその役目を横どりされてしまったわけである。なるほど、イヤミやイジワルの一つも口にしたくなるだろう――宮子もようやく納得した。

（ま、納得したところで、イジワルされる苦痛が減るわけじゃないんだけどね……）

馨子ならイヤミを倍返しにしているところだろうが、宮子にはそんな度胸も才覚もない。

早く事件の情報をつかんで、この苦行から解放されたい……とこころの中で願うばかりであった。

「大姫は誰にでも好かれる、あかるい気性の、はなやかな姫君でいらっしゃいますわ。花にたとえるのなら、そう、階《きざはし》のもとにひらける紅《くれない》の薔薇《そうび》、といったところでしょうねえ」

宮子をよそに、北の方はあいかわらず大姫を絶賛中である。

いい加減、つくり笑いをしてあいづちを打つのにもうんざりしていたところ、

「それでは、馨子姫は、山賤《やまがつ》の垣《かき》ほに咲ける大和撫子《なでしこ》、ですか。同じ紅でも、こちらの花には、やさしく可憐な風情がありますからね」

鹿子をともない、奥から兼通が現れた。

朝服《ちようふく》から二藍《ふたあい》のごく淡い直衣に着替え、冠も烏帽子の柔らかいものへと改めている。直衣の襟紐を通さず、はだけたままにしているのが、いかにもくつろいで若々しく見えた。

宮子の視線に気づいた鹿子がにっこりする。ちくちく延々と続く「馨子いじめ」をやめさせようと、こっそり部屋を抜け出し、兼通を呼びにいっていたらしい。

（ああ……助かった。鹿子ってば、本当に気のきく女の童だわ）

夫の前では、さすがに北の方もイジワルの矛《ほこ》をおさめるだろう。宮子は安堵の息をついた。

「大姫と馨子姫を比較するのはおよしなさい、上。姫君が困っていらっしゃいますよ」

「あら、わたくし、本当のことを申しあげただけですわ」

北の方はつんとした。

宮子への助け舟を出したことが気に入らないらしい。

「第一、何をどう比較されようと、困ることなどございませんでしょうに。馨子姫は、殿のご自慢の妹君ですものね。実の娘を斥《しりぞ》けてまで御匣殿に据えられたかた……大姫に勝るとも劣らない、それはそれはすばらしい姫君でいらっしゃるのですから」

優雅なものいいの端から、皮肉とイヤミがしたたるようである。

「みずみずしく馨《かお》る撫子の花……殿の愛情を一身にあつめられて、馨子姫がおうらやましいですわ。このところ、殿は盛りを過ぎたうば桜には、見むきもなさいませんものね」

「何をおっしゃっているのです、上」

「ホホ、おとぼけにならずともよろしいんですのよ。貝合わせをすると聞けば馨子姫のためにお手ずから蔵を開かれ、返答につまったと聞けば駆けつけて助け舟を出され……本当にまぶしいほどのご寵愛ではございませんか。わたくしなど、有子を御匣殿に推挙していただきたいと、あれほどお願いしましたのに、とうとう叶《かな》えてはいただけませんでしたものね。……愛の冷めた証《あかし》ですわ」

笑顔がひきつり、だんだん剣呑《けんのん》なものへと変わっていく。

「上は、まだ御匣殿の件にこだわっていらっしゃったのですか……」

困りましたね、とつぶやいたあと、兼通は、憚るような視線をちらと宮子にむけた。

「その理由ならば、すでに何度もお話ししたはずでしょう。いいですか、大姫のいなくなった場所がこの邸である以上、事件の責任は、当主の私にあるのですよ。私の邸でいなくなった大姫の代わりに、有子を御匣殿として御所にあげ、いずれは東宮の妃に——となっては、私たち兄弟のあいだに、いらぬ不審と争いの種を撒《ま》くことになりかねないのです」

兼通は、子どもにいい聞かせるように説明する。

「それに、有子を御匣殿に就任させたあと、大姫がぶじに戻ってきたら、どうします？私と兄の伊尹《これただ》は次代の外戚の地位をめぐって、将来兄弟同士で争わねばならなくなるのですよ」

（ああ、そうか。だから、兼通さまは娘ではなくて、妹を御匣殿に就けようとなさったのね）

ひとによってはそれを出世の好機と捉えるだろう。

が、兼通はそうは考えなかったらしい。

兄弟間に確執が起こることを懸念して、娘の有子姫を東宮妃の候補から外したのだ。

「殿は、なぜそのようにご出世にご遠慮がちでいらっしゃいますの？」

北の方はもどかしそうに身を揉《も》んだ。

「兄君や弟君が、なんですの。兄弟で外戚を争うなど、少しも珍しいことではありませんわ。現に、殿のお父さまも、そのようにして外戚の地位を築かれたのではありませんか！」

「そういわれても、父の時代《とき》とは、状況がまた、いろいろと違うのですから」

「だとしても、どうして馨子姫を殿おひとりが細々とお世話なさいますの。ご兄弟全員がご後見されるかたなら、ご実家であられる九条のお邸にお預けになられるべきでしょう」

「九条の家では、内裏からも私たちの家からも遠すぎて、不都合が多いからですよ」

「そもそも、馨子姫は本当に殿の妹君ですの……？」

「なんですって？」

兼通が目を丸くする。

「ご寵愛が過ぎると、みな、いぶかしく思っていますわ……妹と偽りになられて、じつは、殿がひそかにお世話なさっていた女君ではないかという噂さえございますのよ」

「やんごとない身分にあられるかたが、なんとばかげたことをお口にのぼらせるのです」

「どうせ、わたくしはばかな女ですわ。嫉妬深い、聞きわけの悪い、うば桜の古女房ですわ。ええ、そうでしょうとも――お出来のよろしい妹君や、他のご夫人がたとは違ってッ」

いまにも噛《か》みつかれそうな剣幕である。

「上、そう興奮なさらずに……気を鎮められて。あなたはのぼせやすいのですから……」

たじたじとなりながらも、兼通が必死に妻をなだめるものの、

「ほんに、奥さまがあのように疑われるのも、ムリはございませんわァ」

「そうそう、なにせ殿は束帯の衣にまで、馨子さまの移り香をふんぷんと匂わせていらっしゃいましたものねェ……」

女房たちがあらたな火種を投げこんでくるものだから、よけいに騒ぎがおさまらない。

北の方の悋気《りんき》を鎮めようと必死になっている兼通の姿に、宮子は深く同情をおぼえた。

(でも、ヘタにわたしが口を出したりしたら、さらに騒ぎが大きくなる気がするし……)

そうかといって、無断で退席をするのも、失礼のようでためらわれる。

宮子としてはひたすら身を縮めて、上座の騒ぎをながめている他に術《すべ》がなかったのだが――

「いい加減になさいませッ!」

凛《りん》とした声が、ふいにひびいた。

バタン！　勢いよく几帳が倒れる。

それまでの騒ぎが、ぴたりとやんだ。

全員の視線が声の主に集中する。宮子もまた、そのひとをまじまじとみつめた。

――未婚を表す濃色《こきいろ》の袴。

濃い萌黄《もえぎ》の袿《うちぎ》に優美な柳の織物を重ねた装いは、いかにも高貴な姫君らしいが、いきなり几帳を蹴り倒して大人たちを一喝するあたりが、只者《ただもの》ではない。

その上、驚くほど背が高い。

並べば、兼通とも、さほど変わらないのではと思われるほどだ。

「あ、有子さま……」

北の方によりそっていた中将が、顔色を変えてつぶやいた。

(このかたが有子さま？)

「女房たちをすぐにさがらせなさい、中将。働きの悪い、おまえ、それでも女房頭なの」

苛立《いらだ》たしげに眉をよせ、有子姫は命じる。

この数日間、几帳の陰に身を隠したまま、笑い声はおろか、ほとんどもの音すら立てずにいた「沈黙の主」の登場に、女たちは一様にあっけにとられている。

「水をかけるフリをして油を注いでいるこの者たちがいては、おさまる火事もおさまらないじゃないの？　さっさとなさい！　このままではのぼせが過ぎて、お母さま、倒れるわよ！」

「は、はい」

「あ、有子……あなたったら、なんてお行儀の悪いマネを」

「動かぬ几帳の一つや二つ、蹴っ飛ばしたくらい、なんだというの、これ以上ばかな騒ぎを続けられたら、イライラが高じて、全員のお尻を蹴っ飛ばしていたところだわ」

切れ長の目でじろりとにらみつけられて、女房たちがいっせいに北の方から離れる。

「お母さまもいい加減になさいませ。ヒマに飽かせて毎日西の対のかたを呼びつけては、くだらない皮肉やあてこすりばかり、チクチクと。あきれるわ、非生産的行為にもほどがあるわ、ああ、いやだ、主婦って本当に視野が狭いんだから。つくづく、結婚なんてするものじゃないわね」

「な、なんてことをいうんです」

「体面だ身分だと見栄を張って、いいたいことをハッキリいわないから、お腹の中で、感情がヘンにねじくれて、のぼせが起こってしまうんです。思っていることがあるのなら、いちいち大姫なんかひきあいに出さないで、このひとに、直接ズバリといえばいいじゃないの」

有子姫は宮子を指さした。

「——あなたが御匣殿になって御所にあがるなんて、悪い冗談もいいところだわ、発育不全のちんちくりん姫。ここはあなたみたいな人間がいるところじゃないの、さっさと屋根に大穴のあいたボロ邸にお帰りなさい、この貧乏娘！　って」

宮子は、あんぐりと口をあけた。

あたりが、しーん、と静まり返る。

「あ、有子、なんという失礼なことを。年こそ近いが、馨子姫はそなたの叔母君なのだぞ！　礼儀を欠くにもほどがある、さあ、いますぐ、謝りなさいっ」

兼通の叱責にも、のっぽの有子姫はまったく動じなかった。

みなが息をつめて見守る中、父親を一瞥《いちべつ》して、フン、と鼻で笑い、

「うるさい、この若づくり」

ばっさり、一言のもとに切り捨てたのである。

「——それで、結局、どうなったの？」

「兼通さまはすっかり落ちこんでしまわれて……その場にいる全員が、言葉をつくして慰めていましたわ。北の方さままで、『若々しい殿がわたくしの自慢ですわ』などと、あわてておっしゃって。そのあいだに、有子さまはおひとりで、さっさと北の対に帰られてしまいました」

「ナゾの沈黙姫の正体は、とんだ毒舌姫だったわけね」

馨子はこころから楽しげな笑い声をあげた。

「いとこ同士でも、二条堀川の姫君は、一条の大姫と違って、あまり世間の噂になることのないひとだったけど、うーん、なんとなく、その理由がわかったわね」

「有子さまは、とても頭のよろしいかたなのですけど、ご気性が難しくていらっしゃるから、兼通さまも扱いに困っていらっしゃるのですって……『殿はいつもあのおふたりにふり回されていらっしゃるんですよう』と、あとで鹿子が教えてくれましたわ」

「兼通さまは、それくらいの苦労、したほうがいいのよ。身分が高くて、お金もちで、美男で、妻にも子どもにも恵まれて……なんてことになったら、早死にするわよ」

コロコロ笑う馨子のそばで、無言で頭《こうべ》を垂れているのは、真幸だった。

寝殿同様、こちらの対でも、ひとりの男が女にふり回され、やりこめられていたのである。

「大丈夫？　真幸……。ね、そんなに落ちこまないで」

「すまない、宮子――おれの力では、馨子さまのお考えを変えさせることは、とうとうできなかった……」

「いいのよ、どうせそうなるだろうと思っていたもの」

宮子は慰めるつもりでいったのだが、真幸はますます落ちこんでしまったようだ。

「わたしを説き伏せられなかった以上、さっさと手を貸すのが賢明だと思うわよ、真幸」

馨子はにやにやしながらいった。

「でないと、念願の宮子との初夜は遠ざかるいっぽうだからね。そのあいだに宮子のきもちが、マメでやさしくて美男の兼通さまによろめいちゃっても、わたしは責任もたないわよー」

「何をおっしゃっているんです、馨子さま」

宮子はぎょっとした。

「だって、宮子、いってたじゃない、兼通さまの、あまーい蜜みたいなあの微笑をむけられると、胸がどきどきしちゃって、何も考えられなくなっちゃうんです、って。何をいわれても、されても、逆らえなくなってしまいそうで、なんだか怖い、とかなんとかそんなコトを……」

「ウ、ウソです、そんなのっ！　どきどきしちゃうとはいいましたけど、そ、そんなことまで」

宮子は、はっと真幸を見た。

いつも冷静な恋人の顔は、見たこともないほど強ばっていた。

「兼通さまにみつめられると、胸がどきどきしちゃう……そうなのか、宮子……」

「ち、違うのよ、真幸」

「兼通さまも、対にくるたび、やたら宮子の髪をなでたり、手を握ったりなさってるし……」

「もうっ、やめてくださいまし、馨子さまったら!」

「長年会っていなかった異母妹なんて、他人みたいなものだものねえ、ナニが起きてもふしぎはないわ。『可愛い姫君、あなたはまだ根《ね》(寝《ね》)も見ぬ撫子の花のようだ……』『いけません、お兄さま、そんなこと』『怖かったら目をつぶっておいでなさい』『あ』そうして兼通さまの手が震える宮子の肩にかかり、花びらを剥ぐごとく、袿を一枚一枚滑り落としていき……」

「事件の調査をお手伝いいたします、姫君っ! なんでもおいいつけになってくださいッ」

馨子の術中に、まんまとはまる真幸であった。

「おまえに調べてもらいたいのは、一条の大姫のことよ、真幸」

馨子はにっこりした。

「桃園のお邸には、麗景殿の女御さまのつながりで、大姫の実家の一条邸に出入りしている人間がいるんでしょう。その者に渡りをつけて、大姫の周辺のことを調べてきてほしいの。大姫じしんや、彼女の家族、女房たちの噂でもいいわ、わかる限りの情報をあつめてきて」

真幸は真剣な表情でうなずいた。

「事件が起きたとき、現場にいたのは、大姫の他には、北の方と有子姫、そして、それぞれの女房たちだったそうよ。兼通さまは中宮さまのもとにいらして、事件の知らせを受けてから急いで帰宅されたそうだし、東の対のご長男は、数日前から別宅にいっていて不在だった」

「姫君は、北の方さまと有子姫さまが疑わしいと考えていらっしゃるのですか」

「そうではないけれど、まあ、いまの段階では北の方の嫌疑がもっとも濃いことはたしかね。北の方は大姫の代わりに娘の有子姫を御所にあげたいと願っていた……もっとも、そんな動機が自分にあることをぺらぺらしゃべっている点が、どうにも、犯人らしくないのだけれど」

馨子は考えごとをするときのクセのように、大きな腹をなでた。

「有子姫の立場もよくわからないわ。母親同様、御匣殿の就任に希望をもっていたのなら、動機は彼女にもあるけど、そうでないなら、あるいは、彼女と大姫が親友同士だったりしたら、有子姫が大姫を害するようなマネをするはずはないものね。そのあたりのことも、大姫側からの情報として調べてもらいたいのよ。ふたりの姫の関係は良好だったのか、不仲だったのか」

真幸はうなずいた。

「すぐに調べてみます」

「頼りにしているわよ、真幸。いまのところ、一番わからないのは、大姫に関することなんだから。……東宮さまが後宮で何をしでかしあそばされたのか知らないけど、おかげで就任日が延びて、助かったわ。事件を詳しく調べる時間的余裕ができたわね」

馨子はあかるい声でいった。

「この幸運をムダにせず、事件の解決にむけて、改めて三人で力をあわせて頑張っていきましょう。真幸は外から、わたしたちは内部から事件の空白《ナゾ》を埋めていくのよ。堀川邸にきて、今日で十日、餌撒《えま》きもじゅうぶんにしたたし、そろそろ魚がかかるころだと思うのよね」

「餌撒き……？」

「魚って、なんのことですか」

ふたりの問いに、馨子は笑った。

「もうすぐわかるわよ」

三

馨子の言葉の意味は、三日後にわかった。

「和泉の君、北の対の兵衛《ひょうえ》の君《きみ》が馨子さまへのお目通りを願っています」

鹿子の言葉に、宮子はうなずいた。

例のごとく、また北の方からの誘いか何かだろうと思ったのだが、鹿子は何やら興奮している。跳ねるような足どりで馨子のそばに座り、

「きましたよ」

と楽しそうに笑った。

「本命のあいてじゃない。話はちゃんと通っているんでしょうね」

「もちろんですよォ、ただ、お目通りは、明日の夜のほうがいいみたいですよ。今日は北の方さまがもの忌みで、いろいろ、忙しいのですって」

「それじゃ、明日の戌の刻（午後八時）過ぎにこちらへくるよう伝えなさい」

「かしこまりましてェ」

元気よくこたえ、鹿子は部屋を出ていった。宮子は首をかしげた。

「……鹿子と何を話していらしたんですか？　兵衛っていうひとに、何かあるんですか」

「大アリよ。兵衛は、まちにまっていた情報提供者なの」

ふたりはひそひそと小声で会話を交わした。

「兵衛は、事件現場に居あわせていた女房のひとりなのよ……大姫の滞在中、お世話係

も任されていたんですって。話を聞くには、これ以上ないあいてでしょう」

「北の方さまづきの女房が、よくわたしたちに協力してくれる気になりましたね」

「すべての女房が仕える主人に忠実なわけじゃないからね。兵衛は勤め始めて三年目、古参女房が幅をきかせている北の対での仕事にうんざりして、自由な雰囲気の西の対への移動を希望しているんですって。鹿子たちを着飾らせて、好きに遊ばせていた甲斐があったわ」

(ああ、餌撒きっていうのは、そのことだったのね)

馨子の指示で、宮子は兼通からの贈りものの数々を、気前よく侍女たちにわけ与えていた。

宮子のお供で寝殿に渡る鹿子の衣装を、毎回とくに念入りに見繕っていたのもそのためだったのか、と宮子はようやく合点がいった。

「西の対にくれば、勤めぶりをうるさくいわれないし、下されものはたっぷりあるし、同僚は新参の若い者たちばかり……くら替えを考えるのもムリはない、いい条件よね」

「そのとりつぎを鹿子が？　あの子に、どこまで事情を話しているんですか」

「あの子はお早熟《ませ》で好奇心の強い、ただの子どもよ。煙のように消えちゃった大姫の事件を調べてみたくない？　ってわたしに煽られて、面白がって協力しているだけ」

うなずきながらも、宮子は複雑な気分だった。

（いままでそういうのは、すべてわたしの仕事だったのにな……）

おそば去らずの乳姉妹として、馨子の意を汲《く》み、細々と立ち働くことをつねとしていた宮子である。堀川邸にきて以来、その役目を小さな鹿子にとられてしまったようで、寂しかった。

（わたしって、つくづくお姫さまむきじゃないんだわ……すてきな衣装だって、自分が着るより、つくるほうが楽しいんだもん。貧乏は嫌いだったけど、労働は愛していたのね、わたし）

「宮子？　何、ヘンなため息ついて、針箱なんてもち出しているの」

「赤さまのものでも縫おうかと思いまして。ひたすら針を動かしていると無心になれるんですもの」

馨子はあきれた顔でいって、宮子の手から針箱をとりあげた。

「赤ん坊の襁褓《オムツ》なんか縫っている場合じゃないのよ」

「そんなことより、問題の塗籠を調べる算段を早いとこつけてちょうだい。鹿子の話によると、兼通さまは三日前の騒ぎのあとから東の対に移られていて、いま、寝殿には有子姫しかいないそうよ。いい機会じゃない、毒舌姫と仲良しになって、塗籠の中を見せてもらうのよ」

馨子にお尻を叩かれて、宮子は渋々、女の童を呼び、有子姫への文の遣いをいいつけた。

「何よ、またきたの」

書物にむかっていた有子姫は、じろりと宮子を見た。

「ご、ご機嫌よう、有子さま、あの、よかったら一緒に絵巻でもご覧になりませんか？」

「その大きなお目々はなんのためについているわけ。わたしは勉強中なのよ」

「少しご休憩されませんか、美味《おい》しい唐菓子をおもちしたのですけれど」

「けっこうよ、間食をすると胃の腑《ふ》に血があつまって、頭のめぐりが悪くなります」

とりつくしまもない。

有子姫のそばには、乳母らしき老女房がぽつんとはべっている。

鹿子の話によると、有子姫は大勢の女房たちに構われるのが大嫌いらしく、いつもせいぜいひとりかふたりの女房だけをそばに置いて、母屋の一室に籠もり、難解な歴史書を読んだり、書きものをしたりして、日々を過ごしているらしい。

「姫さま、せっかくですから、馨子さまのおっしゃる通り、少しご休憩なさいませ」

ひとの良さそうな老女房がおずおずといった。

「朝から晩まで難しい漢字ばかり読まれていては、お身体に、きっと障りがございますよ。姫君らしさがうしなわれて、四角四角した、鬼のように恐ろしいお顔になってしまいます」

「また少納言《しようなごん》は非論理的なことをいう。教養を積むことがいったいなんの障りになるというの。知識というものは、ひとを磨きこそすれ、損なうことなどしないのです」

滑舌よく、きっぱりといった。

「ですが、外聞が悪うございます……漢字の本ばかり読んで、高貴な姫君らしくない……」

「おまえは、わたしに、日がな一日寝っ転がって枝毛をいじくるしか能のない、そのへんの姫たちと同じ生活をしろというのね」

有子姫はうんざりといったが、最後には老女房の言葉を容れて、書物を閉じた。

少納言は宮子のもってきた高杯《たかつき》をふたりの前に据え、白湯《さゆ》を運んできた。

高杯にのせた揚げ餅の一つに有子姫が手をのばしたので、宮子はほっとした。

「──ハイ、食べ終わったわよ。それでは、休憩は終了です。ご機嫌よう、お帰りはそちらから」

「ひ、姫さま、お文が届いておりますよ。このすばらしい文箱をご覧なさいませ」

くるりと背をむけて文机にむかおうとする姫を、少納言があわててひきとめる。

青々とした楓《かえで》の一枝を添えた美しい文箱だった。有子姫が染め色も美しい組み紐を解くと、中には空色の唐紙《からかみ》を折った文が納められていた。

「まあ、なんともご趣味のよろしいこと。姫さま、さっそく、お返事をお書きなさいましよ」

風情のある恋文を前に、老女房はうきうきした口調でいった。

「歌の代作者にいったいいくら払ったのかしら。凝った外見に空っぽな内容、当人そっくりの文ね」

有子姫はまったく興味を示さず、求婚者からの文を放り出した。

「また、そのような辛らつなことをおっしゃって。某の君は、今業平《いまなりひら》と評判の公達《きんだち》にございますよ」

「今業平？　スリコギで百ぺん叩いてのばした餅みたいな、あののっぺり顔が？　あんまり余白が多いから、思わず明日の予定でも書き入れようかと思ってしまったわよ」

「ふ、ふくよかなお姿がいかにも優雅で、まるで絵巻から抜け出たようだと、世間では……」

「ああ、絵巻ね、鳥獣戯画《ちょうじゅうぎが》。いわれてみれば、あれに出てくる蛙《かわず》にそっくり」

有子姫の毒舌はやまず、少納言はがっくりと肩を落とした。

(有子さまは、男嫌いでいらっしゃるのかしら……兼通さまへのあの態度といい、男のひとにすごく手厳しくていらっしゃるみたい)

少なくとも、恋の訪れをうっとりと夢見る普通の姫君とは、そうとう異なる価値観をもっているようだ。

母親の北の方のように、東宮の妃候補として後宮にあがり、はなやかに寵を競うことを積極的にのぞむ性格には見えないのだが……。

「あの、有子さまは、絵にも詳しくていらっしゃるのですか？　わたし、絵巻をもってきたので、ご一緒に眺めましょうよ」

「あら、あなた、まだそこにいたの」

有子姫はフン、と笑った。

「あんまり小さくて目に入らなかったわ」

（ぐっ！　ひ、ひとが一番気にしていることを……）

「揚げ餅が余っているわ。どうぞ召し上がれ、馨子叔母さま、ちゃんと食べないと、大きくなれませんわよ？　身の丈と胸のあたりが、絶望的に足りなくていらっしゃるようですから」

（ううー、す、すごい直球のイジワルだ……）

しかし、負けてはいられない。

宮子はきっ、と顔をあげると、残った揚げ餅を次々、口に放りこんでいった。

一つ、二つ、三つ、四つ。五つ目を食べ終え、冷めた白湯をごくごくと飲み干した。

少納言があっけにとられた顔で宮子をながめている。

「ご馳走《ちそう》さまでした。わたしの背が伸びるのをまつあいだ、一緒に絵巻をご覧になりませんか？　有子さま」

胸のむかつきとおくびをムリヤリ抑えつけながら、宮子はいった。

「そう、ね……いいわよ、絵は好きだから」

宮子を見る有子姫の顔に、面白がるような表情が浮かんでいる。

「でも、わたし、絵は見るより、描くほうが好きなのよね。だからそちらで遊ばない？」

「もちろん、かまいませんわ」

「よかったわ。それじゃ、少納言、そこの硯箱《すずりばこ》をもってきて」

有子姫の機嫌があきらかによくなってきたので、宮子もきもちがあかるくなった。

(もしかしたら、有子さまは頭がいいだけに、意外と洒落のわかるかたなのかも。少々お口が悪いだけで)

「わたしは動物を描くのが得意なのよね、あなたはいかが？」

にこにこしながら有子姫がいう。少納言が硯箱を運んでくる。

「おまちくださいませ、いま、料紙《りょうし》をもってまいりますので」

「いいのよ、少納言、そんなものは不要だから」

いきなり、冷たい感触がぴしゃりと頬を打った。

「ひっ、姫さま？　何をなさっていらっしゃるのです！」

有子姫はたっぷりと墨を含ませた筆を宮子の顔の上でさらさらと動かしていった。

左右の頬に三本の長いひげ。鼻の頭に黒々とした大きな丸。

「どう？　猫の絵よ、なかなか上手く描けたでしょ」

ぼうぜんとしている宮子にむかって、有子姫は笑顔でいった。

「迷子の迷子の子猫ちゃん、なかなか根性があるのは認めるけれど、ここはやっぱりあなたには不似合いな場所よ。目の前をちょろちょろしていないで、元いたすみかにお帰んなさい。わかっていないようだから、はっきりいってあげるわ、あなた、ものすごーく目障りなの」

有子姫はふたたび文机にむかうと、書物の世界に没頭し、二度と宮子をふり返らなかった。

翌日も宮子は寝殿に渡った。

（負けるもんか――こうなったら、意地でもお友達になっていただくんだから！）

手加減のない毒舌や嫌がらせに音をあげて、すごすご退散してしまってはテキの思う壺《つぼ》だ。

宮子が前むきな決意表明をしたのは、猫のラクガキをされて西の対に逃げ帰り、馨子の膝でわあわあ泣いてからしばらくのちのことだった。

「本当に目障りだと思っているなら、おまえと会うのもはじめから拒否しているはずじゃない？　有子姫は不器用なひとなのよ、きっと。うまくできなくて、つい噛みついちゃうのよ」

「ヒック……そ、そうですよね。最初の黙殺期間に比べたら、面とむかって胸に刺さるイジワルをいわれたり、手ずから顔面にラクガキをされたりと、ある意味、お互いの距離は近づいていっているといえなくもないですものね……」

「その前むきな考えかたが宮子のいいところ」

馨子に褒《ほ》められ、慰《なぐさ》められて立ち直った宮子は、ふたたび有子姫のもとを訪れたのだった。

昨日のできごとを重ねて謝る少納言に、東面の間へと案内された。

箏の音が聞こえてくる、と思ったら、弾いているのは有子姫だった。

その音色は巧みにして流麗、危ういところが少しもない。紅に染めた有子姫の爪が、十三本の弦の上を滑るように動いている。

（ああ、お上手だな……自信に満ちて、正確な、有子さまらしい音色だわ）

馨子の琵琶とあわせたら、どんなに面白くひびくだろう。

その場に立ったまま聞き惚《ほ》れていた宮子の額に、ペシッ！　いきなり琴柱《ことじ》が飛んできた。

「あら——馨子姫？　悪かったわね、偶然弦が切れて飛んでいった琴柱が、偶然そこにいた、小さな的に当たっちゃったのね……ホホ、あなたって、本当に間の悪いひと」

（が、我慢するのよ、宮子……、鎮めて。ここで怒っちゃいけない）

逆さまに飛んできた琴柱が、額にVという跡を赤く残して、ひりひりする。

琴柱を返そうとそばによった宮子は、有子姫の押しやった大型の箏に気づいて、はっとした。

「有子さま……これは、もしかして、離星の琴ですか？」

竜頭と呼ばれる箏の側面部分に、凝った螺鈿装飾が施されている。

左側の少し欠けた十三夜の月のまわりには、虹色にかがやく星の細工がちりばめられてあった。

有子姫は一瞬、いぶかしげな視線を宮子にむけたが、すぐにその意味を察したらしく、

「そうよ」

とこたえ、沈黙した。

しばらく経って、ふたたび、口をひらいた。

「あなたはこの箏の対になる、渡月の琵琶をもっているんですってね……」

「はい。とてもふしぎですよね」

「何が？」

「あの……この二つの楽器が、会ったこともなかった兄妹の縁をひきよせてくれたっていうことが、です。渡月と離星がなかったら、兼通さまも、五条の邸を探しあてられることはなかったでしょう。わたしや乳姉妹がこちらにひきとられることも、なかったと思うんです」

『父親とひきあわせて、じつの娘として認めてもらってほしい』

馨子の母の遺言を継いだ宮子の母親や三条の夫人の努力が、渡月の琵琶の調べに離星の音色を呼応させたのだ。

もっとも、二つの琴を鳴らす運命という名の弦は、現在、宮子たちを巻きこみ、奇妙に複雑にからみあってしまっているが……。

「姫さま、そろそろ、琴を塗籠にお戻しくださいまし」

部屋のすみにひかえていた少納言がたしなめた。

「殿は塗籠への出入りを禁じていらっしゃるのですから、見つかったらお叱りをうけてしまいますすよ。それに、正直申しあげて、わたくしは少々気味が悪うございますわ……大姫さまがいなくなられた塗籠のそばで、大姫さまご愛着の離星の琴を弾かれるなどというのは……」

「わたしも大姫みたいに神隠しに遭うというの？　面白いわね」

「笑いごとではございませんよ、姫さま。そもそも、大姫さまが姿を消された原因は、その琴にあるようなものではございませんか」

宮子は耳を疑った。

大姫が離星の琴を気に入っていたことは兼通からも聞いて知っている。

だが、そのために大姫がいなくなったというのは、どういうことだろう？

「大姫さまがいなくなられた事件に、離星の琴が何か関係しているのですか……？」

宮子の問いに、少納言は戸惑った表情を見せた。

「大姫さまの事件については、軽々しく口にせぬよう、殿からのお達しがございまして……」

「大姫は箏の名手だった。そして、彼女は離星の琴に異常に執着していたのよ」

有子姫がいった。

「姫さま」

「かまわないじゃない、それくらい話したって？　このひとのいう通り、たしかにふしぎな縁かもしれないわ。離星に執着していた大姫が姿を消したあと、対である渡月を所有するこのひとが邸にひきとられ、大姫の代わりに御匣殿になるなんてね」

有子姫は肩をすくめ、宮子に悪戯《いたずら》っぽい視線をむけた。

「いなくなった大姫はね、まるで恋人を愛するように、この離星の琴を愛していたのよ、馨子叔母さま」

「恋人を愛するように……？」

「大姫は、この邸に遊びにくると、いつもひとりで塗籠にひき籠もり、長時間離星を弾くのをつねとしていたの。そのあいだ、一条邸からつれてきた自分の女房を戸の外にひかえさせ、お父さまや、寝殿の女房たちも決して塗籠に近よらせなかったのよ……離星とふたりきりで過ごす時間を誰にも邪魔されたくないというふうにね」

「あのような暗い、恐ろしい部屋に、高貴な姫君がたったおひとりで何刻ものあいだ！」

ぞぞとしますわ、と少納言は大げさに身を震わせた。

「塗籠というのは、閉ざされた、闇の凝《こご》るような場所ですものね。大姫さまは長くあの部屋にいすぎたのです。塗籠に巣食うものの怪《け》のたぐいに魅入られ、さらわれてしまったのですわ」

しゃべりながら、老女房の視線が有子姫の背後に据えられていることに宮子は気がついた。

屏風《びょうぶ》のうしろ、壁代《かべしろ》と呼ばれる布で遮られた部屋の奥をうかがうことはできない。

（もしかして、この部屋の奥って……）

「塗籠よ」

有子姫がいった。

いきなり、こころを読みとられたようで、宮子はびっくりした。

「あの塗籠がどんな場所か、あなた、知っているの？」

「は、はい。あの、いろいろな楽器が納めてあると、兼通さまからお聞きしましたけれど……」

「その通りよ。あの中には、堀川邸の前のもち主であられたひいお祖父《じい》さまの兄君と、お父さまがあつめた十二種類の楽器が納められているの。十二種類の楽器が一つずつ――つまり、あの塗籠は、たった十二個の楽器を納めるためだけに存在している部屋なのよ」

「たった十二個の楽器のためだけに……？」

「あの塗籠は、とても美しくて奇妙な部屋よ」

有子姫は歌うような口調でいった。

「あの部屋の中には、十三人の天女と見えない一匹の蜘蛛が住んでいるの」

（天女と……蜘蛛《くも》？）

宮子の顔に浮かんだ戸惑いの表情に気づき、有子姫は肩をすくめた。

「いっておくけれど、わたしは別に謎かけをしているわけじゃないわよ。あの部屋を見た人間なら、いまの言葉の意味がすぐに理解できるでしょう」

「どういう意味なのですか？　塗籠に住む天女と蜘蛛って」

「知りたいの？」

「はい、とっても」

「じゃあ、絶対に教えてあげない」

（ぐっ。こ、このかたは、ひとを怒らせる天才だわ）

必死に自分を抑えている宮子を有子姫はにやにやとながめている。

「知りたいなら、お父さまに聞けばいいじゃない、抱きついて膝に乗っかって可愛く甘えれば、なんでも教えてもらえるんじゃないの？　あなた、お父さまのお気に入りなんだから」

「そ、それは誤解です、有子さま」

必死に抗弁する宮子を、有子姫は楽しそうにからかい続ける。

宮子をいじめるときにだけ、この姫は笑顔を見せるのだった。

「有子さま、大姫さまは御匣殿になることをどのように思っていらっしゃったのですか？」

「……何よ、それ。どうして急に大姫が出てくるのよ」

「あのう、大姫さまがそれほど離星を愛していらっしゃったなら、後宮にあがられることで、離星を弾けなくなることをお辛《つら》く思われていたのでは、と思ったものですから」

「フン、離星の有無なんて関係あるもんですか。あんな問題児の不良東宮の妃候補として後宮入りをしなきゃいけないことが、胸躍るできごとのはずないじゃないの」

「ひ、姫さま、不敬なものいいはおひかえなさいまし」

不良東宮、という大胆な発言に少納言があわてる。

宮子も目を丸くした。

「何よ、そんな顔して。あなた、大姫の代理として後宮にあがるくせに、東宮がどんなひとかも知らないの？　あれだけ噂の多い東宮も珍しいっていうのに」

「は、はあ。少々、特異で、やんちゃなご性質のおかたらしいという話は聞いていますけれど……」

「やんちゃなんてものじゃないわよ。あれはもう、暴れん坊東宮よ」

「暴れん坊東宮……」

「一説には、ものの怪憑《けつ》きともいわれている前代未聞の奇人の宮よ」

「も、ものの怪憑き？」

「冷泉院の仮御所にいたときは、一日じゅう馬に乗って庭をかけ回り、寝起きも厩舎《きゅうしゃ》でしていたんですって。いきなり池に飛びこんで泳ぎ出したり、見境のない行動が絶えなかったそうよ。そのたびに、お父さまと兼家叔父さまは、中宮さまのもとに呼び出されていたもの」

おととしの火災後、仮御所となっていた冷泉院は、二条大路をはさんで、堀川邸の西側にある。

兼通の次弟、兼家の東三条殿は堀川邸のすぐ東にあるので、どちらも冷泉院にはごく近い。

「仮御所での自由な生活が忘れられず、新造の御所に入ってからも、あちらへ戻りたい、とぐずり続けているそうよ。先日も、勝手に内裏を抜け出そうとしたところを警護の侍に見つかって、大立ち回りの末、ムリヤリ連れ戻されたとか……ほとほとお困りになられた中宮さまが、お父さまに相談されて、いま、冷泉院への特別な行啓《ぎょうけい》を検討している最中なんですって」

(ああ、だから兼通さまは、当分堀川邸を離れられないといっていたんだ)

東宮が冷泉院に移るための準備をするには、近くの堀川邸にいるのが都合がいいのだろう。

(それにしても、なんともすごいかたが皇太子《ひつぎのみこ》の座につかれていたのね……)

馬を駆けらせ、池に飛びこみ、侍と立ち回りを演じる東宮。

宮子の頭に浮かんだのは、市にたむろする流浪のバクチ打ちの喧嘩《けんか》早い荒《すさ》んだ姿であった。

「御匣殿に就任する前に、仕えるあいてがどんなひとなのかわかって、よかったわね。

早いところ西の対に戻って、荷物をまとめたほうがいいんじゃないの？」

（それがゆるされるなら、とっくにやっています……）

楽しげな有子姫の前で、宮子は沈黙を守った。

と、廂《ひさし》の間《ま》にひとの気配がした。

名前を呼ばれた少納言が御簾をくぐり、とりつぎに出る。

「――どうかしたの、少納言？」

「はあ、奥さまから、姫さまにご伝言でございますよ。『有子へ。あなた宛に方々の公達からすてきなお文が届いていますよ。お母さまが一緒に返し文を書いてあげますから、早く対の屋に戻っていらっしゃい』とのことですが……どうなさいます、姫さま？」

有子姫は額を押さえ、勘弁してよ、と低い声でいった。

「恋文の返事を母親と共同執筆するなんて、わたしはどこのばか姫よ、もの笑いの種だわ！」

「姫さまにお任せすると、無視なさるか、添削して点をつけてつっ返されるかのどちらかなので、らちがあかない、と奥さまはお考えになられたのでしょうねえ……」

「わたしは戻らないわよ」

有子姫は頑《ここ》としていった。

「せっかく寝殿で、書物と琴を友にした知的な日々を過ごしているっていうのに」

「『帰ってこないなら母が色よいお返事を勝手に代筆しておきます』とのことですが」

「うう──……ヒマをもてあました主婦って、本っ当に、タチが悪いわね！」

有子姫は憎々しげにうなった。

「のっぺり蛙に色よい返事なんか出されて、たまるものですか……少納言、おまえ、北の対にいって、届いた文とやらをぜんぶ回収してきなさい」

「いやでございますよ。それでなくとも、強引に寝殿へ移られた姫さまをとめられなかったという理由で、少納言は奥さまから叱られてばかりなのでございますから」

「わかったわよ。じゃあ、あなた、代わりにいってきてちょうだい」

いきなりの指名を受けて、宮子はぎょっとした。

「わ、わたしですか？」

「他に誰がいるのよ。なんでだか知らないけど、あなた、わたしになつきたがっているんでしょ。頼みを聞いてくれたら、わたしたちのあいだに友情が芽生える可能性なきにしもあらずよ。もう発育不全のちんちくりんの洗濯板などとは呼ばないと約束してあげるわっ！」

（さりげなく悪口が増えていません？）

恐ろしく売り手本位の友情であったが、同じ売られるなら喧嘩よりもこちらのほうがいい。

宮子は有子姫の指示を受け、北の対に渡った。

北の方に見つかると面倒なので、有子姫の腹心の女房に事情を伝え、くだんの文の置き場所を聞いた。

文はすべて奥さまの御前にございます、と年若い女房はこたえた。

「ちょうどいいですわ、いま、御前にはあまりひとがおりませんの。わたくしが奥さまの気をそらしているあいだにおもちくださいませ。文は几帳のうしろに置いてあるはずですから」

他の女房たちにばれないよう顔を隠しながら、宮子はこっそり母屋に入った。

作戦通り、女房があれこれ北の方に話しかけているあいだに、几帳のうしろを手早く探す。

だが、それらしいものは見つからなかった。

きょろきょろ周囲を見渡した宮子は、廂の間に置かれた伏籠《ふせご》に気がついた。

なんだろう、こんな所に？　宮子は伏籠を手にとった。

「ニャア――ッ！」

中からいきなり子猫が飛び出してきたので、宮子は仰天して、尻もちをついた。

「まあ、たいへん、誰か、つかまえて、挿頭《かざし》の君《きみ》が……！」

廂の間を渡ってきた女房が、子猫に気づいて騒ぎたてる。

耳の下に茶色のブチがある白い子猫は、女房たちのあいだをひょいひょいとすり抜け、ついには御簾のあいだから、庭へと逃げ出してしまった。

宮子はその場に座りこんだまま、ぼうぜんとそれを見送った。

四

「挿頭の君は、冷泉院での殿の働きをおよろこびあそばされた主上《うえ》が、殿へと贈られ、そののち、わたくしがいただいた尊きおん猫、命婦《みょうぶ》さまの子どもですのよ」

北の方の叱責を宮子は平身低頭して聞いていた。

帝の飼い猫となると、人間同様、「殿上《てんじょう》を許された身分」として、位まで賜《たまわ》るらしい。

宮子が逃がした挿頭の君は、「五位《ごい》の殿上猫、命婦さま」の子どもだったのである。

「まだ小さくて、犬などに追われてはかわいそうだからと、手元で愛《いと》しんでおりましたのに、古い綱を変えようと、ほんの少し伏籠に入れておいたあいだに逃がしてしまわれるとは……」

「まことに申し訳ありません。わたしも探してまいりますから」

「当然ですわ！」

かくして「挿頭の君捜索隊」に参加した宮子であったが、北の対の周囲をくまなく探しても子猫は見つからなかった。

「庭で魚でも焼けば、匂いでよってくるんじゃない？」

西の対に戻り、動きやすい格好に着替えている宮子に、馨子が知恵をさずけた。

実行してみると、猫たちはよってきたものの、その中に、茶色のブチがある子猫の姿はなかった。

堀川邸の庭には、やたらと猫が多い。

冷泉院に仮御所が置かれていたころ、鼠の害がひどく、その対策のために多くの猫が運びこまれた。

そのままにしておいては、冷泉院の敷地内が繁殖した猫だらけになってしまうため、周囲の貴族たちの邸に、「猫のおすそわけ」が多くなされたのだそうである。

（どこにいっちゃったのかなあ、挿頭の君……こんなとき、お庭が広いのも困りものだわ、とても全部を見て回ることができないもの）

「――馨子さま、まだ子猫探しをなさっていらっしゃるのですか？」

西の対から寝殿の周辺を探し歩いていると、建物の中から少納言が現れた。

「本当に申し訳ございません。元はといえば、姫さまがおかしな頼みごとをなさったばかりに……」

「有子さまのせいじゃないわ、子猫を逃がしてしまったのは、わたしの失敗だもの」

くだんの文は、子猫の逃亡騒ぎのあいだに、機転をきかせた腹心の女房が探し出し、有子姫のもとへと届けておいてくれたようである。

「そろそろ日暮れでございますよ。お庭も暗くなりましょう。捜索の続きは雑色《ぞうしき》たちに任せて、お戻りあそばしませ」

有子さまも気にしていらっしゃるのですよ。少納言は声をひそめていった。

「有子さまが？」

「姫さまは、ご自分が馨子さまをおいじめすることには露ほどの反省もなさいませんけれど、奥さまが馨子さまをネチネチおいじめになられるのを見るのは、大嫌いなのでございます」

「複雑なご性格なのね」

「わが育ての君ながら、おへその曲がられた、難儀なご性質でございます。まあ、赤さまのころからその傾向はございましたけれどねえ……襁褓《オムツ》が濡《ぬ》れてもじっと我慢なさるのに、お気に召さない大人に抱かれたとたん、火がついたように大泣きをなさったりして……」

「くだらないことをしゃべっているんじゃないわよ、少納言ッ、丸聞こえよっ」

半蔀《はじとみ》のむこうから有子姫が怒鳴った。

頭だけでなく、すこぶる耳もいい姫君である。

「奥さまには、わたくしからも事情をお話ししておきますから……どうぞ、もう」

「ありがとう、少納言。もう少しだけ探したら、西の対に戻ることにする」

宮子はふたたび寝殿にむかった。

階《きざはし》の下を調べ、縁の下をのぞきこんでいると、頭上で女たちの声が聞こえてきた。

「――挿頭の君はまだ見つからないの？　本当に、どこへいってしまったのかしらね」

聞きおぼえのある声は、北の方づきの女房たちらしかった。

「放っておけばいいのよ。お腹がすいたら、勝手にここへ戻ってくるわ」

「そうそう、あのいたずらっ子が逃げ出すのなんて、しょっちゅうのことじゃないの」

「そうとも知らず、馨子さまは、相変わらずせっせとそこらを探していらっしゃるみたいよ」

ご苦労さまなこと。女たちのくすくす笑いがあたりにひびいた。

「奥さまもあのかたいじめに飽かれないこと……それにしても、いじめにも有子さまの毒舌にもおめげになられないんだから、馨子さまは、なかなか根性のあられるかたよねー」

「それはまあ、お育ちがお育ちでいらっしゃるから……打たれ強いというやつでしょ」

「後宮にあがられても、意外とやっていかれるかも。お妃というより下働きのお仕事要員で」

「他のかたがたとのお育ちの差があまりにありすぎるわよねえ……いってみれば、百花《ひやっか》繚乱《りょうらん》の花園の中に、一本だけ麦が混じって生えている感じ？」

どっと大きな笑いが起こり、やがて、女たちの声は遠ざかっていった。

宮子は軒下からそっと這い出した。

（もうすぐ日が落ちてしまう……早く挿頭の君を探さなくちゃ）

思うものの、なかなか足が動かなかった。

笑いながら悪意のつぶてを投げつけられて、胸がずきずき痛む。

宮子はため息をついて、袿の袖からのぞく自分の両腕に目をやった。

（花園の中の一本の麦）

日に焼けた宮子の肌からそんな連想が生まれたのだろう。

この邸にきてから、肌の白くないことを何度揶揄《やゆ》されたか知れない。育ちの悪さが知れる、と非難がましい目で見られても、どうしようもなかった。庭で野菜をつくり、鶏の世話をし、市をかけ回っていた五条の邸の生活の中で、白い肌など守れるはずがなかったのだ。

（でも、それがわたしのなすべきことだったんだもの……）

一生懸命生きてきたことを否定されたようで、宮子はかなしかった。

けれど、日に焼けた自分の肌を恥ずかしく思い始めていたのも事実だった。

馨子にいえば、生活の苦労をかけてきたことをうしろめたく思わせてしまうかもしれない。それに、育ちが云々というのは、馨子にむけられた言葉でもあるのだ。

（しっかりしなきゃ、丈夫で打たれ強いのがわたしのとりえでしょ……いじめられるたびに馨子さまの膝に逃げこんでやさしく慰めてもらうなんて、それじゃ、小さい子どもみたいだ）

甘えてばかりじゃいけない。きもちをしゃんとしてから、対に戻ろう。

宮子はふらふらと寝殿の東側へと歩いていった。

空には薄紅色の雲が天女の領巾《ひれ》のようにたなびいている。

空気は藍色に染まり、初夏の夕暮れは美しかった。乾いた風に桜の木がさわさわと枝を揺らしている。宮子は幹に顔を伏せ、少しのあいだ、泣いた。

「何を泣いているの？」

やさしい少年の声がふいに聞こえた。

宮子はびっくりした。

顔をあげ、涙に濡れた目で周囲を見回したが、誰の姿もない。

（誰？）

戸惑っていると、こっちだよ、とふたたび声がした。

「ここだよ……上をむいてごらん」

視線をむけると、中ほどの枝にひとりの少年が腰かけていた。

驚いてまばたきをした拍子に、目尻から涙がぽろりと一粒落ちた。

真珠をこぼしたみたいな涙だ。澄んだ声で少年はいった。

「きみはどうして泣いているの？　何かかなしいことがあったの？」

「子猫が……」

宮子はかすれた声でいった。

「子猫？」

「子猫が逃げてしまったの。見つからなくて……それで、麦が……」

「麦？」

少年は首をかしげた。

「よくわからないけど、猫が逃げたくらいで泣いてはだめだよ……名前はなんていうの？」

「挿頭の君……白い子猫よ。耳の下に茶色の大きなブチがあるの」

少年は笑った。

「ぼくは、猫じゃなくてきみの名前を聞いたんだけどな」

宮子は赤くなった。

少年はくすくす笑っている。

木の葉のつくるまだらな影が、少年の優美なおもてをうっすらと青く染めている。

（誰だろう、この子……）

木の上の少年は、十四か、五、宮子と同い年くらいに見えた。

左右に分けて、耳のうしろの元結《もとゆい》でたばねた角髪《みづら》の髪型は、少年がまだ元服前であることを表している。

萌黄《もえぎ》の濃淡を重ねた直衣姿が、爽やかにも貴《あて》やかにも映った。

（東の対に近いこの場所にいるということは、ご長男の君に関係する誰かなのかしら……）

一度も会ったことのない兼通の長男は、すでに二十歳《はたち》を越しており、本宅を別に構えているそうなので、あまり、堀川邸にはやってこない。そのひとの子どもにしては、目の前の少年は大きすぎるだろう。

宮子はそれまでの涙を忘れて、まじまじとあいてをながめた。

と、背後で足音が聞こえた。

宮子がふりむくと、大柄な体軀《たいく》がぬっと茂みから現れた。

「――お、これは、驚いた。そこにいらっしゃるのは、馨子さまではございませんか」

男はどんぐり眼《まなこ》を大きく見開いた。

愛嬌《あいきょう》のある笑顔。太刀を佩《は》いた狩衣姿《かりぎぬ》のその侍は。

「あなたは――ええと、友成さん！　ひさしぶりね！」

「はは、私めに、さん、はいりませんよ、馨子さま。ご機嫌よろしゅう。やんごとなき姫君が、このような所で何をなさっておいでですかな」

友成は笑いながら、のしのし、宮子に近づいてくる。

堀川邸にきてから、馨子はこの侍に何度か遣いを頼んだりと接触があったようだが、宮子は五条の邸以来の再会である。

「えーとね、わたし、うっかり逃がしてしまった北の方さまの子猫を探しているところなの」

「ほう、子猫」

「どこかで見なかった？　挿頭の君っていう、茶色のブチがある白猫なんだけれど」

「うーむ、厨《くりや》から魚を盗んで追っかけられているのが一匹いましたが、あれは、大人の黒猫でしたな。見つけたらつかまえておきましょう。北の対にお届けすればよろしいので？」

「ええ、ありがとう。ところで、友成は何をしているの？　お庭の見回り？」

「私めは、猫探しならぬひと探しの真っ最中でございまして」

友成は日に焼けた頰をぽりぽりと搔いた。

「逃げ出された次郎君《じろうぎみ》をお探ししているところでございます」

「次郎君？　東の対に住んでいらっしゃるのは、ご長男の君じゃなかったの」

「えー、その通り、次郎君は、こちらにお住まいではございません。こちらのご長男の君や、有子さまとは、母君が違いますからな。次郎君はおふたりの異母弟の君でございます」

宮子はちらりと木の上に視線をやった。

少年は宮子にむかって、さかんにくちびるに指をあてる仕草をくり返している。

「まだ元服前でいらっしゃいますから、近くにあるお邸に母君とお住まいなのですが、こちらの広いお庭を気に入られて、ちょくちょく、遊びにいらっしゃるのです。次郎君はご聡明《そうめい》で愛嬌にあふれた美少年、わが殿の秘蔵っ子……ただし、少々自由すぎる精神のもち主でいらっしゃいまして、毎度毎度、目付け役の私の胃の腑をきりきりさせてくださいます」

真面目くさった友成の口調に、宮子は小さく噴き出した。

「その次郎君は、何か悪さをして逃げ出したの？」

「そうですな、殿がお夜食で召しあがる予定の雉《きじ》を全部逃がしてしまわれたこと以外、いまのところ、悪さといったことはなさっていらっしゃいませんが……そのう、北の対にいかれては困ると殿が仰せでして。なにせ、他のご夫人の若君ですから……おわかりになりますかな」

宮子は大きくうなずいた。夫が他の妻に産ませた子ども——となると、あの嫉妬深い北の方としては、とうていおだやかではいられないだろう。

「有子さまは、次郎君を可愛がっていらっしゃるのですがね。よけいなもめごとが起こらぬうちに連れ戻すよう、殿からのお達しが下りまして。馨子さまは、それらしいかたをお見かけになられませんでしたか？」

「えーと……見なかったと思うわ」

「そうですか。どちらが先に目当ての君を見つけられるか、競争ですな」

私めはこれで。友成は巨体に似合わぬきびきびした動作で宮子のそばを離れていった。

「友成はいってしまったわ」

宮子はふり返り、木の上の少年を見あげた。

「ぼくのことを内緒にしてくれて、ありがとう」

少年は微笑んだ。

「友成をまくのには苦労をしたんだ……あれは、見かけよりもずっと優秀な侍だからね」

「知っているわ、わたしも彼に危ないところを助けてもらったことがあるから……」

宮子は桜の木をするするとのぼっていった。

たいした苦労もなく、少年の枝へと辿りつく。

「驚いた。きみ、猫みたいに身が軽いんだね」

「見つかるとまずいのでしょ？　それに、見あげておしゃべりするのは首が疲れるもの」

「木のぼりのできる姫君に会ったのは、はじめてだなあ……」

少年は愉快そうにいって、宮子をみつめた。

「きみにお礼をしないとね。挿頭の君を探すのを手伝うよ——ところで、さっきいっていた麦っていうのはなんのことなの、子猫によく似た泣き虫の姫君？」

いったい、木の上になど座って何をしていたのかと宮子が尋ねると、

「絵を描いていたんだよ。枝にとまりにくる鳥の絵を」

直衣の懐から画帳らしきものをとり出し、次郎君はいった。

「わあ……上手ね！　かわいい、これは雀だわ……こっちの鳥は——これは、雉？」

「羽根が美しいだろう？　後夜《ごや》の肴《さかな》に出すために、下屋《しもや》の近くの小屋で飼われているんだよ」

「それをあなたは逃がしちゃったのね」

「勝手に裸を描かせてもらったからね、それくらいのお礼はしないといけない」

冗談らしくもない口調でいう。

裸の鳥、という発想がおかしくて、宮子は笑ってしまった。

「きみは、動物は好き？」

宮子の笑顔を見つめ、次郎君は尋ねる。

「好きよ。前のお邸の庭にはいろいろな動物がいたから……」

「どんな動物？」

「飼っていたのは鶏よ。滋養の薬になるから、卵をとっていたの。それから、近所の子どもたちが連れてきた猫とか、犬、池にはたくさん亀がいたわ。それから、馬、あとは、牛が半分」

「半分の牛？」

次郎君は目を丸くした。

「近くの邸の牛飼い童が、うちの庭草を牛の餌にしていたの。『浮かせた飼い葉《かば》料ぶん、我が家にも牛を使う権利があるはずだわ』って、かお……わたしの乳姉妹が牛のもち主に交渉して、お乳をもらったり、時どき、牛車を使わせてもらうようになったのよ。それで、牛が半分」

「なるほど、賢い乳姉妹だね」

「賢くて、きれいなの。自慢の乳姉妹なの」

「ぼくは鳥が好きなんだ」

次郎君は梢《こずえ》のあいだから夕暮れの空を見あげる。

「空の上から地上をながめるってどんな感じだろうといつも考える……考えて、気がつくと、木にのぼったり、屋根にのぼったりしているんだ。見つかって、母上にひどく叱られるけど」

「高いところが好きなんて、あなたのほうが猫みたい」

「うーん、魚を食べるのはあまり好きじゃないな……そうだ、挿頭の君を探さないとね。一つ、居場所にこころ当たりがあるよ」

次郎君は身軽に地上へと飛びおりた。

「でも……友成たちに見つかったら困るのでしょ？」

「そうだった。じゃあ変装をしよう、きみの袿を一枚貸してもらえるかな」

宮子が木からおりるあいだに、次郎君は元結の紐をほどき、角髪の髪を長くおろしていた。

手櫛で梳《す》いた黒髪がさらさらと肩下へすべり落ちる。

宮子の渡した薄紅梅《うすこうばい》の袿を被衣《かずき》にし、次郎君はにこりとした。

たそがれどきの青闇《あおやみ》の中でもそれとわかる白い肌がいっそう映える。

「あなた、女の子になっちゃったのね」

「こうすると、もっと女の子に見えるはずだよ」

宮子のくちびるに小指をすべらせ、とった紅《べに》を自分のそれに移した。

「あきれた……ずいぶん手馴《てな》れているのね！」

「うーん、まあ、小さいころ、しょっちゅう女の子の格好をさせられていたからね」

「誰に？」

「いとこの姫。男嫌いでね、きれいな女の子にならなきゃ、一緒に遊んでくれなかったんだ。さ、いこう！」

次郎君は宮子の手をとり、早足で木々のあいだを進み始めた。

（なんだか、ふしぎな子……）

屈託がない、というのだろうか。少年には初対面の戸惑いをまるきり感じさせないひとなつこさがあった。涼風《すずかぜ》のようにするりとこころに入ってきて、宮子の憂いを払ってしまった。

「この邸の中は隅々まで探検したから、住んでいる人間よりも詳しく知っているよ」

その言葉は嘘ではないようで、少年は、

「あそこの軒下に毎年燕《つばめ》が巣をつくる」

とか、

「この竹林の根は建物の下まで伸びている」

などと解説しながら、迷いなく庭を進んでいくのである。

ひとの動きも把握しているらしく、ひょっこり現れる雑色や侍たちから巧みに身を隠しつつ、宮子を敷地の南へと導いていく。

茂みに飛びこんだり、岩陰に伏せたりと、少年のあとを追いながら、宮子はだんだん楽しくなってきた。まるで、隠れ鬼でもしているようだ。

池に沿ってしばらく歩くと、鬱蒼《うっそう》とした林に出た。

薄暗い木々のあいだを進んですぐに、ふたりは足をとめた。

ぽっかりとひらけた広場のような一画にぶつかった。

壊れた古井戸が中央にあり、まわりには十匹ほどの猫たちがいた。

挿頭の君の姿もあった。朽木《くちき》によじのぼり、そこから飛びおりる遊びをくり返している。

「猫の陣《じん》の座《ざ》だよ。いつも、この時刻にあつまるんだ」

陣の座は、宮中で公事《くじ》のさい、公卿たちが列座《れつざ》する場所のことである。

「挿頭の君が遊んでいるし、今日の会議はもう終わったみたいだね」

次郎君は猫たちに近づいていった。

寝そべっていた数匹がぴくりと身を起こし、遊んでいた猫が動きをとめる。だが、ふしぎなことに、逃げ出す猫は一匹もいなかった。

彼は土まみれになっている子猫をひょいとつかみ、懐に抱いた。

「お迎えだよ、いたずらっ子。たっぷり遊んで満足しただろう?」

もう鳥も帰る時間だよ。夕べの空をふりあおぎ、次郎君はいった。木々のあいだを舞う翼の影。鳴き渡る鳥たちの声が梢を揺する。少年の横顔が柔らかな橙光《とうこう》に染まっている。

挿頭の君が短く鳴いた。

宮子はふと周囲を見た。

陣の座は解散されたらしい。猫たちの姿はどこにもなかった。

五

「寝殿の塗籠……？　ああ、わかったよ、楽器の置いてある、あの変わった部屋のことだろう」

宮子と並んできた道を戻りながら、次郎君はいった。

さすがに遊び疲れたのか、やんちゃな子猫は宮子の腕に抱かれたまま、じっとしている。

「あの部屋にあつめられた楽器類に興味があったから、見せてもらったことがある。ぼくは、あの部屋はあまり好きじゃないな……窓が一つもないし、天井も低いから、なんだか息の詰まるような感じがした。あそこにいる十三人の天女は、それは、美しかったけれどね」

「十三人の天女を知っているのね」

それじゃ、見えない蜘蛛のことは？　宮子は思わず次郎君の袖をつかんで尋ねた。

林の中にあった猫たちの集会場所まで把握している少年である。

有子姫が意味ありげに話していた塗籠内のようすも知っているのでは、と思いつき、聞いてみたところ、

「うん、知っているよ」

次郎君はあっさりいった。

「見えない蜘蛛は、例の〝細小蟹《ささがに》〟のことだね」

（細小蟹……？）

宮子はますます戸惑った。

細小蟹というのは、蜘蛛の別称である。

「次郎君、その細小蟹がなんのことか、わたしに教えてもらえない？　それから、十三人の天女のことも。わたし、あの塗籠について、できるだけたくさんのことを知りたいの」

現在、塗籠への立ち入りが禁じられていることを聞くと、

「そうなんだ。土壁かどこか、崩れでもしたのかな」

次郎君はいたってのんびりいった。

いとこにあたる大姫の事件は知らないらしい。

「まあ、いいや、とにかく、きみは塗籠について知りたいんだね？　それじゃ、絵に描

いてあげよう。あの塗籠はね、寝殿の昼《ひ》の御座《おまし》の北側――東面《ひがしおもて》の間の隣にあるんだよ……」

池のそばに腰をおろした次郎君は、懐から画帳と、細い木の筒をとり出した。筒の先に墨壺をつけ、中に筆を納めた、携帯用の文房具である。

「――こんな感じだね。塗籠の戸口はこの東側の一箇所だけ、ふつうはもう一つくらい戸口があるか、明かりとりの窓がついているものだけど、あの部屋にはそれも存在しないんだよ」

「じゃあ、ここの戸をしめたら、中は昼間でも真っ暗になってしまうんじゃない？」

「そういうことになるね。妻戸も、四方の壁も、かなり厚くつくってあったから、扉をぴったり閉めてしまうと、中の音は室外にほとんど届かないと思う」

寝殿造りと呼ばれる貴族の邸は、間仕切りの几帳や、壁代の布、障子や御簾といった、とり外しの容易な道具で、住居空間を仕切っている。

季節や儀式などの用途に応じて、建物の中を大きくも小さくも使えるようにしてある、応用のきく、開放的なつくりだ。

しっかりと固めた土壁と、錠の鎖《さ》せる戸をもった塗籠という部屋は、その中では例外的に「閉ざされた空間」と呼べる場所である。

その家の宝物《ほうもつ》などを納める他、主人の寝室として使われる場合も多かった。

「あの塗籠の変わったところはね、天井の格子飾りと、壁にかけられた色紙にあるんだよ」

次郎君はさらさらと筆を動かしながらいった。

「こう、格子天井全体に、彩色された木彫りの装飾が施されているんだ。すばらしい装飾だよ。唐風《からふう》の衣装を纏った十三人の天女が、それぞれに異なる楽器をたずさえている姿だ」

「あ——それが十三人の天女なのね……！」

「その通り。そして、四方の壁には、笛や琴といった楽器を詠《よ》んだ歌が、十三枚の色紙となって飾られているんだ」

「楽器をもった十三人の天女と、楽器を詠んだ十三枚の色紙」

宮子はつぶやいた。

「でも、塗籠に納められているのは、十二個の楽器なのよね。それじゃ、数が一つあわないんじゃない？」

「子猫の君は察しがいいなあ……違う違う——おまえのことじゃないんだよ」

みゃあ、と泣き声をあげた挿頭の君の頭を、次郎君は楽しそうになでた。

「きみのいう通りだよ。数があわない。それが、あの塗籠の一番変わった点なんだ」

「どういうこと？」

「ぼくはさっき、十三人の天女がそれぞれに楽器をたずさえている——といったけれどね、正しくいうと、十三人の天女のうち、楽器をたずさえているのは、十二人の天女だけなんだ。十三番目の天女は楽器の代わりに、ただ、糸のようなものを手にしているだけなんだよ」

「糸？」と宮子は首をかしげた。

「十二人の木彫りの天女がたずさえている楽器と、実際塗籠に納められている十二個の楽器の種類はきれいに一致している。そして、十二個の楽器には、それぞれ名前がつけられているんだ。たとえば、箏の琴は離星《りせい》、和琴《わごん》は枯野《からの》、高麗笛《こまぶえ》は柘《つみ》の枝《え》……といったふうにね」

「ち、ちょっとまって、次郎君」

すらすらと楽器の名前をあげていくあいてに必死についていきながら、宮子はいった。

「あなたは、あの塗籠に何度も入ったことがあるの？」

「一度だけだよ」

「一度だけ？　そ、それで、ぜんぶの楽器の種類と名前をおぼえているの？」

「十三枚の色紙に書かれていた歌もおぼえてるよ。それから、色紙を書いた作者の名前もね」

宮子はあぜんとした。

本人は淡々としたものだが、宮子から見ると驚異的な記憶力だ。

（兼通さまの秘蔵っ子……あの有子さまが可愛がっていらっしゃるのも納得だわ……）

「ぼくは一度見たものはだいたい記憶してしまうからね……子猫の君は、おぼえられそうにない？　じゃあ、ここに楽器の種類と名前をぜんぶ書いていってあげよう」

宮子は急いでうなずいた。

次郎君は面倒がるようすも見せず、筆を動かしていく。

「塗籠の壁に貼られた十三枚の色紙中、十二枚の色紙には、それぞれ、いまいった楽器の種類・名前・その楽器にまつわる歌・歌を詠んだ作者の名前の四つが書かれてあった。たとえば一つ例をあげると、こんなふうだよ」

『九　和琴《わごん》　枯野《からの》に寄する歌
　言《こと》に出《い》でて心のうちに知らるるは
　神の筋《すぢ》なはぬけるなりけり
　　　　　　　　　　　　　　　　つらゆき　』

「つらゆき？」

「紀貫之《きのつらゆき》のことだよ。これは言《こと》に琴《こと》をかけた歌だね。『言葉にしなくても琴の音色で聴く者のこころに伝わるものがある。なぜなら、この琴は神が弦《いと》をはったすばらしい品だから』。こんなふうに、十二枚の色紙は、歌の中にそれぞれの楽器を詠みこんでいる。……ところが、十三人目の天女同様、十三番目の色紙だけは、他とは少しようすが違っているんだ。そこには楽器の種類も作者の名前もない。ただ、楽器の名前らしきものと歌だけが書かれてある」

次郎君がそういってしるしたのは、次のようなものだった。

『十三　細小蟹《ささがに》に寄する歌
　恋《こ》ひ居《を》れば心も髪もさみだれの
　閨《ねや》のひまへに蜘蛛《くも》の訪《おとな》ふ　』

(細小蟹――蜘蛛！)

細小蟹というのは、十三番目の楽器の名前だったのだ。

蜘蛛は糸を吐く。その点では天井に彫られた十三番目の天女とも一致している。

しかし。

「現実に、塗籠に納められている楽器は十二個だけ……つまり、細小蟹という名をもつ十三番目の楽器がどんなものなのかは、わからないのね」

――あの部屋の中には、十三人の天女と見えない一匹の蜘蛛が住んでいるの。

有子姫の言葉の意味が、ようやく宮子にも理解できた。

「それにしても奇妙な話ね、どうして十三個の楽器のうち、十三番目の細小蟹だけが、楽器の種類も所在も不明にされているのかしら……?」

宮子は首をひねった。

「兼通さまも、細小蟹がどんな楽器か、ご存知ではないの?」

「そうみたいだよ。この堀川邸は、前太政大臣だったひい祖父さまの兄君から伝領された邸で、塗籠のしつらえもそのかたの手によるものだそうだから。もちろん、多少の修理や改修はしているけれどね、十三番目の楽器の謎に関しては昔から不明のままなんだと聞いている」

「昔から……じゃあ、謎のこたえは誰にもわからないのね」

「そういうことになるね。ただ、ぼくは細小蟹は琴の一種じゃないかと思っているんだ。糸は弦のことだろうし、現実に塗籠に納められている楽器も、和琴や琵琶など、半分近くが琴だからね。八本足の蜘蛛になぞらえてあるところから考えると、たとえば、八弦の琴だとか」

現代では、弦楽器の総称を琴と呼ぶ。

琵琶は正式には琵琶の琴であり、箏は箏の琴である。

「琴の一種か……たしかに、細小蟹が笛だったりしたら、いやかもしれない。吹くたびに、蜘蛛とくちづけしているみたいな気分になりそうだわ」

宮子のつぶやきに、次郎君は笑った。

「どんな名前の笛なら、くちづけしてもいい気分になるの。〝子猫〟とか〝挿頭〟とか？」

「〝挿頭〟はどうかな。この子、やんちゃだから、死んだ鼠とかくわえていそうだもの」

「じゃあ、〝撫子〟はどう？」

「撫子という笛？　それは、とてもきれいね」

次郎君は池の汀《みぎわ》に植えられている撫子の一本を摘んだ。

池の水が撒かれたあとなのか、紅色のつぼみには小さな雫《しずく》がついていた。

宮子の前にかざした花へ、次郎君が息を吹きかけた。

小さな花はほろりと雫を落とした。

かすかに震え、たたんだ翼をひろげるように、紅色の花びらがゆっくりとひらかれる。

宮子は目をみはった。

摘まれた撫子がこんなふうに花ひらくのを見るのははじめてだった。

「次郎君、あなたって、ふしぎな子ね……！」

「ぼくは、きみに似ているのは麦じゃなくて、この撫子の花だと思う、子猫の君。小さくて、可愛らしくて、ほんの少し泣き虫だ」

泣き顔を見られていたことをいまさらのように思い出し、宮子は頬を染めた。

「こんなふうに笑っておいでよ。ぼくは、きみの花がひらくみたいな笑顔が好きだな」

次郎君は、小さな花を宮子の髪に挿し、立ちあがった。

「帰るの？」

「うん、いつまでも友成を走り回らせていてはかわいそうだからね……いいよ、その画帳は預けておく。何か考えることがあるんだろう？　今度会うときまで、もっておいでよ」

「今度会うときって？」

「そうだね――きみがまたぼくに会いたいと思ってくれたとき、かな」

次郎君は元結の紐を宮子に渡した。

「そのときには、あの桜の木の枝にこれを結んでおいて。このしるしを見つけたら、ぼくは必ずきみに会いにいくよ。困ったことがあったら、また助けてあげる。だから、かなしいことがあっても、もう泣いてはだめだよ」

「次郎君……」

「さようなら、子猫の君。会えてよかったよ。きみの賢い乳姉妹にもよろしく……」

清《すが》しい微笑が青闇に溶ける。

さよならを返すいとまもなかった。

被衣《かずき》の袿《うちぎ》をひるがえし、少年はあっという間に宮子のそばを離れていった。

翌日の夕刻。兼通が西の対を訪ねてきた。

「昨日、有子と上がまた姫君にご迷惑をおかけしたそうで……」

本当に申し訳ありません、と頭をさげたあと、兼通は深いため息をついた。

――おそらく、逃げた子猫の一件を女房たちから聞き、有子姫に注意をしたところ、得意の毒舌をもっていい返され、次に北の方へ宮子へのしうちをたしなめたところ、

「殿は馨子姫のお味方ばかりをなさいますのねっ」

と、例によって悋気《りんき》の嵐に見舞われたのだろう。

疲れきった兼通のようすに、宮子はこころから同情をおぼえた。

「このところ、有子はわたしたち両親に何かと反抗的なのです」

兼通はいった。

「大姫の事件以来、やたらと不機嫌で、まわりの女房たちも困っているのですよ。……まあ、あの子の口の悪さは、いまに始まったものではないのですが……」

「有子さまは、大姫さまとお仲がよろしかったのですよね」

「そうですね、有子は理詰めでせっかちで、大姫は感性豊かでおおらかで――と性格はだいぶ違っていましたが、どこか通じるところがあったようです。その大姫が、あのよ

うに不可解なかたちで姿を消してしまったのですから、有子のきもちが不安定になるのも、ムリはないのかもしれません。……そのあたりのきもちを解さず、母親が大姫の代わりに有子を御匣殿に、と、ひたすら希望していることに、あの子は苛立ちをおぼえているようで」

兼通はためらったように言葉をとぎらせた。

「……私も、有子を御匣殿に、と考えなかったわけではないのです。条件的に、大姫の代理をつとめさせるには、有子が一番適任だと思いましたから。ですが、そのために、今後私たち兄弟の関係がまずくなることは避けたかったですし、何より、有子本人が強い拒絶を見せたので、あきらめたのです。……しかし、上はいまだにそのことに未練をもっている」

「はなやかな御所に姫君をおあげすることは、誉《ほま》れですものね」

「上を責められない部分もあるのです。彼女が有子を御匣殿に、と希望するのは、私のためでもあるのでしょう……娘の有子が東宮の妃になれば、私の立場は、兄弟の中でも一歩抜きん出たものになりますからね。上は、出世の遅れがちな私をもどかしく思っていますから」

「そのような……」

「いいえ、事実なのですよ。兄の伊尹は宮中での人望もあつく、若いころから文雅《ぶんが》に通じ、帝からもご信頼を得ている、有能な長男です。下の弟の兼家は、死んだ父がもっとも目をかけていた息子で、豪放な気質が父親に瓜《うり》二つです。やや直情型で敵も多いが、それ以上に味方をつくるのが上手い。あれは、この先、必ず出世するでしょう」

兼通は憂いのある微笑を浮かべた。

「……優秀な兄弟にはさまれた私は、幼いころから、ふたりのあいだでオロオロしてばかりいました。いまも、それはたいして変わっていないのかもしれません。本来ならば、娘の有子を御匣殿にすべきところを、兄との確執を恐れて、異母妹のあなたにその役目を押しつけてしまいました……そのために、上の理不尽な怒りがあなたへむくことになってしまった。ゆるしてください、馨子姫。私が頼りないばかりに、あなたにまで迷惑をおかけして」

「かね……お兄さま、謝ったりなさらないでください。それに、昨日の騒ぎで有子さまとも少し仲良しになれましたから、かえってよかったですわ」

少なくとも、次の訪問からは、顔面ラクガキや琴柱投げ攻撃に怯《おび》えなくてすむだろう。

突然うるわしい友情が花ひらくとは思えないが、少しは友好的な雰囲気が期待できそうだ。

「あなたが有子と仲良くなってくれるのは、私としても嬉しいかぎりですよ。私はしばらくこちらにうかがえないと思いますが、何かありましたら、遠慮なく女房にお伝えください」

「まだお仕事がお忙しくていらっしゃるのですか？」

「東宮の冷泉院への行啓が三日後と決定いたしましたので、その準備に追われているのです。急なことなのですが、その日の他にふさわしい吉日がないとのことなので」

どうやら、離宮へ移りたいという暴れん坊東宮のワガママは通ったらしい。

兼通を見送りながら、宮子は思った。

（兼通さまはご自分のご器量がご兄弟よりも劣っているとおっしゃっていたけれど……問題の多い東宮さまの対処に始終走り回っていらっしゃるのだから、少なくとも、東宮の母君であられる中宮さまからは、重い信頼をいただいているのではないかしら）

宮子と馨子が真実を打ち明け、御匣殿の役目を蹴って逃げ出したら、兼通はその中宮の信頼もうしなってしまうだろう。

宮子はそのことを想像し、胸が痛んだ。

（こうなったら、何がなんでも事件を解決しないと。大姫さまに戻ってきていただいて、御匣殿のお役目に就いていただかなくちゃ、こちらのお邸に平和はやってこないわ）

宮子は西面の曹司に駆けこんだ。

「馨子さま、大姫さまのゆくえについて何かわかりましたか？　事件のからくりで判明した点が少しでも——あら……真幸？」

脇息によりかかる馨子のそばに、恋人の姿を見つけて、宮子はきょとんとした。

「ずいぶんとはりきっているようだな、宮子」

「いつ来たの、真幸？　五日ぶりね」

「さっきだよ。有益と思われる情報がようやく手に入ったので、姫君にご報告したところだ」

有益な情報？　宮子と真幸の視線が馨子にむけられる。

馨子は頰杖《ほほづえ》をつき、両目をとじている。

空いた左手で大きな腹をさすっているところを見ると、何やら考えをめぐらせている最中のようだ。

脇息のそばには、次郎君の画帳が置かれている。

「真幸、どんな情報を馨子さまにご報告したの」

馨子の思索を邪魔しないよう、ひそひそと真幸に顔をよせて、宮子は尋ねた。

「一条の大姫君は、以前にも一度、神隠しに遭っていたことがわかったんだ」

「えっ！」

宮子は思わず声をあげ、あわてて口をおさえた。

「……それって、いつのこと？」

「約七年前、大姫君が十歳のときのことだ。賀茂の祭りを見にいって、その途中、牛車の中からいつの間にか姿を消してしまったらしい」

「七年前……」

「ただし、このときはひとりではなく、乳姉妹の女の童も一緒にゆくえ知れずになっていた。ふたりが見つかったのは、五日後のこと、一条邸の井戸端で眠っているところを雑仕女《ぞうしめ》に発見されたそうだ。ふたりとも、五日間のことは何もおぼえていないとこたえたそうだが」

（以前にも神隠しに……大姫さまは神隠しに遭いやすいご体質なのかしら……）

わかったことはそれだけじゃないんだ。真幸は熱心な口調でいった。

「大姫君が堀川邸で姿を消したとき、姫のそばには一条邸から連れてきた女房がいた。その女房というのが、七年前、大姫君と一緒に神隠しにあった、紀伊《き》という乳姉妹なんだよ」

宮子は目をみはった。

二度の神隠しに居合わせた女房がいた。

これは単なる偶然なのだろうか？

「真幸は紀伊という女房に会ったの？」

「会っていない。事件後、紀伊は大姫のぶじを祈るという理由で邸をさがっていた。宇《う》治《じ》にあるゆかりの寺に籠もったと聞いたので、その寺を訪ねてみたが、紀伊はいなかった。彼女が寺にいたのはわずか二日ばかりだったそうだ。大姫君同様、紀伊のゆくえも不明なのさ」

「まあ……」

「それと、これは関係あるかどうかわからないが、事件直後に、一条邸から男の童がひとり辞めている。この少年が紀伊の局《つぼね》に頻繁に出入りしていたと、朋輩《ほうばい》の女房が証言している」

なんだか急に大姫の周辺が怪しくなってきたようだ、と宮子は思った。

「一条殿はどんなようすでいるの？」

ふいに馨子が口をひらいた。

「一条殿……大姫君の父君の伊尹さまですか。事件後は、体調不良を理由に、しばらく出仕をとりやめていらっしゃいますね。家内で加持祈禱《かじきとう》などおこなわせているそうで。こちらの兼通さまやご三男の兼家さまが、頻繁にお見舞いにうかがっているようですが」

「大姫の事件後、伊尹さまと兼通さまの関係が悪くなったということはないのかしら」

「調べたかぎりでは、特にそのような噂は聞きませんでしたが……ただ、伊尹さまはもともと、兼通さまより、三男の兼家さまとのつながりのほうが深くていらっしゃるようです。このおふたりは陽性な性格と派手好みなところが似通っていらっしゃるようですね。兼通さまは、おふたりのご兄弟よりも、妹君の中宮さまとのご関係を重んじていらっしゃるようです」

「上出来よ、真幸」

馨子はにっこりした。

「わずか五日のあいだに、ずいぶん頑張って調べてくれたのね。その顔からすると、あまり寝ていないみたいね？　ご苦労さま、ここで少し休んでいくといいわ」

「どちらにいらっしゃるのですか、馨子さま？」

よいしょ、と大儀そうに立ちあがる馨子を手助けしながら、宮子は尋ねた。

「鹿子たちの裁縫を見てあげる約束なの。みなはわたしが足どめしておくから、しばらく、ふたりきりの時間を過ごすといいわよ。わたしはそのあいだに、頭の整理を終えておくから」

「整理、というと、少しは見通しが立ったということですか？」

「そうねえ、わかったこともあるし、はっきりしないままのこともあるわね。たとえば、いまの段階では、大姫のゆくえはわからない。ゆくえを知るための糸の端はすでに握っているけれど、手繰るための準備がまだ整っていないの。それから、十三番目の楽器の謎も。実際、現場にいかないと、細小蟹の正体はあきらかにできそうにないわね」

「わかったこともあるとおっしゃいましたね、姫君」

真幸がいった。

「それはなんですか？」

「犯人よ」

「は……？」

「だから、犯人よ」

馨子は平然とくり返した。

「犯人がわかったといったのよ。この事件を起こした犯人。閉ざされた部屋の中から大姫を煙のように消し、神隠しを演出した、一連の騒ぎの真犯人」

宮子と真幸はあぜんとした。

「これはもう間違いないのよねえ、なにせ動機も証拠もきれいに揃っているのだし……」

「かか、か、馨子さま！」

「あら、どうしたの、宮子、そんなに面白い顔をして」

「は、犯人がわかってるって、そ、それじゃ、いったい、誰なんですか、それは！」

「いったでしょう？　まだ、はっきりしない点がいくつか残っているの。それがあきらかになって、細部まできちんとつじつまがあったら、おまえにも教えてあげるわ」

「そんな！　いますぐ知りたいです」

「そんなに焦らなくても、この犯人は逃げたりしないから大丈夫よ——いっておくけれど、わたしとおまえの手にしている情報は、ほとんど変わらないものなのよ、宮子？」

つまり、おまえにも犯人を推理するのは可能ということね。

馨子はトントン、と腰を叩きながらのんびりいった。

「ま、恋人同士で話すにはあまり色っぽい話題ではないけれど、よかったらふたりで考えてみなさいな。いまの真幸の情報と、昨日の兵衛の証言と、この画帳に書きこまれた情報。三つをすべてあわせれば、この堀川邸をとりまいているふしぎな霧を払うことができるはずよ」

言葉もないふたりにむかって、馨子はひらひらと手をふりながら部屋を出ていった。

六

（わたしはもう犯人を推理できるだけの材料を得ている……？　でも、次郎君から聞いた話は、大姫さまの事件ではなくて、あの塗籠に伝わる謎に関することだけだったし、いまの真幸の情報にしたって、ズバリ犯人をいい当てられるほどの手がかりがあったようには思えない。と、なると、必要な材料は、昨日の兵衛の証言の中に隠されているってことかしら……）

宮子は頭をひねりつつ、兵衛の証言を記憶の中からひっぱり出した。

くだんの情報提供者、兵衛との対面がおこなわれたのは、前日の宵《よい》のことである。

「……このたびは、お目通りをおゆるしいただきまして、まことにありがとうございます、馨子さま」

鹿子の先導を受けて現れた兵衛は、やや緊張したようすで頭をさげた。

兵衛は二十歳そこそこ。

目立つ容貌ではないが、丸顔で愛嬌のある顔立ちの女房だった。

その日の天気や北の対のようすなど、とりとめのない会話をしばらく交わしたあと、兵衛の緊張がほぐれたころをみはからって、馨子は事件について切り出した。

「兵衛さんは、大姫さまのご滞在中、そのお世話係をつとめていらしたのですよね」

兵衛はうなずいた。

「年齢が近いほうがいいだろうとの北の方さまのご判断でした。もちろん、大姫さまが一条のお邸からお連れになられていた女房もいらっしゃいましたけれど……はい、いつも同じ女房でしたわ。乳姉妹の紀伊の君という若女房です」

「大姫さまはどれくらいの頻度でこちらへ遊びにいらしていたのですか」

「以前は、そう多くなかったと思います。そうですね、三カ月に一度くらいでしょうか。今年に入ってからは毎月のようにいらっしゃって、お泊まりになられていらっしゃいましたけれど」

「今年になってから、なぜそう頻繁にお出でになられるようになったのでしょう？」

「さあ……やはり、内裏にあがられることが、ご内定なさったからではないでしょうか？　後宮の長官というお役目に就かれてからでは、これまでのように、軽々しくお邸を出ることも難しくなるでしょうし……」

「大姫さまがお泊まりになられていたのは、北の対の屋ですか？」

「はい、東面の有子さまのお部屋です」

「兼通さまのお話ですと、大姫さまは、たびたび寝殿に渡っていらっしゃったとか」

「はい、塗籠に納められた琴をお弾きになられるために、朝となく夕となく、寝殿に渡っていらっしゃいました。大姫さまは離星という琴にたいそうご執着なさっておられたのですけれど、塗籠に納められた楽器はすべて、寝殿からの持ち出しを禁じられておりましたので」

兵衛はなかなか賢い女房のようだった。

ひかえめな態度を崩さぬまま、馨子の問いによどみなくこたえを返していく。

「あの日は、早朝から雨がふっておりましたわ」

事件当日のことを聞かせてほしい。

馨子の言葉に応じて、兵衛はそんなふうに回想を始めた。

*

「兵衛、有子はどこにいるの?」

巳《み》の刻《こく》(午前十時)過ぎ。有子姫の部屋で朝餉《あさげ》の膳《ぜん》を片づけている最中だった。

兵衛に北の方からのお呼びがかかった。

「有子さまは、大姫さまとご一緒に寝殿へお渡りになられましたが……」

「まあ、またなの」

兵衛のこたえに、北の方は眉をひそめた。

「また、殿の書庫に籠もって、漢字だらけの書物を読み耽《ふけ》っているのでしょう……困った子。午後には香合わせの遊びがあるのだから、必ず参加するよう有子に伝えておくのですよ」

かしこまりました、とこたえて、兵衛は北の方の御前をさがった。

本来ならば、有子姫づきの少納言あたりが受けるべき伝言なのだが、少納言は有子姫に従って寝殿に渡ってしまっているので、しかたがない。

部屋に戻った兵衛を次の用がまっていた。一条邸から遣いの者がきているというのである。

廊下に出ると、美しい箱をもった顔見知りの男の童が、行儀よく庭先にひかえていた。

「本日、こちらで香合わせの遊びをなさるとか。母君から大姫さまへ香壺《こうご》のお届けものを運んでまいりました。紀伊の君にとりついでいただけませんか」

「紀伊の君は大姫さまと一緒に寝殿にいらっしゃるの。呼んでくるからおまちになってね」

（なんだか今日はやけに忙しい日だわ）

早足で寝殿へとむかいながら、兵衛は思った。

一条の大姫が滞在して、今日で五日目。

四日間の大姫の行動は、ほとんど毎日同じものだった。

朝餉をすませてしばらく経ってから、離星を弾くため、有子姫とともに寝殿へ渡る。

そのまま夕餉《ゆうげ》どきである申《さる》の刻（午後四時）まで、ふたりの姫は北の対に戻ってこない。

兼通はじしんの外出中、大姫が塗籠に入ることを咎めはしなかったが、

「その際には、必ず有子か北の方を同伴させるように」

という条件だけはつけ、守らせていた。

塗籠は、寝殿の昼の御座の奥に位置している。

主人にとって、邸の中でも最も私的な空間といえる場所だ。本来ならば家人の他に出入りをゆるす場所ではないのである。

大姫は紀伊を、有子姫は少納言を連れて、毎日一緒に寝殿へ渡ることをつねとしていた。

寝殿に渡った兵衛は、塗籠の前で離星にむかっている大姫を見つけ、足をとめた。

(今日は塗籠の中で演奏をなさらないのかしら? それに、紀伊の君の姿がおそばにない)

兵衛はふしぎに思ったが、大姫の真剣な表情に、声をかけるのがためらわれた。

ぴん、ぴん、と弦を弾く音がひびく。琴柱を動かし、調子を整えている最中のようだった。

ほどなくして、調弦が終わった。

大姫は居ずまいを正した。

とん、と右手の小指が琴の頭を叩く。大姫が離星を弾き始めた。

兵衛はそのまま、動けなくなった。

感動というよりも、驚きだった。衝撃といったほうがよかったかもしれない。

これほどまでに魂をこめて奏でられた音色というものを、兵衛ははじめて耳にした。

(箏の琴が歌っている……なんて艶やかな音だろう、弦《いと》の上で星が砕けているようだわ!)

押《お》し手《で》に震え、嫋々《じようじよう》とひびく十三本の弦の余韻。

流麗な音色は雨音をかき消し、柱を伝い、梁《はり》を渡って、積もった塵《ちり》をも舞い躍らせるかと思われた。

大姫の腕がこれほどのものであることを兵衛は知らなかった。大姫は毎日離星を弾いていたが、それは閉じた塗籠内でのことで、彼女の演奏が他人の耳に届くことはなかったからだ。

しばらくして、大姫は兵衛の存在に気がついた。

が、意識をむけたのは一瞬で、彼女はすぐまた演奏に没頭してしまった。

兵衛も大姫の邪魔をしたくはなかったので、自分で紀伊を探すことにした。

塗籠をのぞこうとすると、中から鍵がかけられている。

兵衛は戸を叩き、声をかけた。

紀伊の声が返ってきた。が、戸がひらかれるまでには、ずいぶんと長い間があった。

「……紀伊の君、塗籠の中で何をなさっていたのですか？」

「いえ、別に。申し訳ありません、珍しい室内のようすに、つい目を奪われてしまいまして」

頬を上気させながら、紀伊がこたえた。

ちらと視線をめぐらせたかぎり、灯台の火が入った室内に、変わったようすは見られなかった。

ただ、妻戸の鍵がかけられていたこと、紀伊の息があがっていたこと、そして、彼女の衣装が妙に乱れ、袴の帯があきらかに急いで結び直されていたことが兵衛の気にかかった。

遣いの者の件を伝えると、紀伊はすぐに北の対へと渡っていった。

兵衛が隣の部屋に戻ると、大姫は演奏を終えて、ぼんやりと離星をながめていた。

（そうだわ、念のため、北の方さまのお言葉を有子さまにお伝えしておかないと）

部屋を出ようとすると、

「兵衛はどこへいくの？」

と大姫に声をかけられた。

「有子さまのところです。北の方さまからのおことづけがございますので」

「有子のところ？　それなら、わたしも一緒にいくわ」

大姫はふらりと立ちあがった。

兵衛は大姫の代わりに離星を片づけると、塗籠にしまった。

有子姫のもとへむかうあいだじゅうずっと、大姫は箏の曲らしきものを口ずさんでいた。

こころはまだ離星に残している、というように、琴爪をはめていた三本の指をさかんに空中で動かし、うっとりとしている。まるで酔っているようだわ、と兵衛はひそかに思った。

ふだんの大姫は、鷹揚で朗らかで、薔薇《そうび》の花にも似た容姿そのままの、あかるい、はなやかな姫君だった。

ただ、離星に関してだけ、ひとが変わったような熱狂を見せるのである。

「朝《あした》に添い、夕べに触れずにはいられない」

という耽溺《たんでき》ぶり。まったく、離星という琴に魅入られてしまったとしか思えなかった。

「――あら、兵衛、ずいぶん珍しいひとを連れてきたわね」

大姫の姿を見て、有子姫がいった。

有子姫はいつも通り、兼通の書庫がある西の母屋《もや》の一室で書物を読んでいた。

「同じ母屋内にいさえすれば、お父さまのいいつけを違《たが》えることにはならないはずよ」

というのが有子姫のいいぶんだった。

毎日、共に寝殿に渡ってはいたが、有子姫は母屋の西に、大姫は東側の塗籠に、と、ふたりの姫たちは、まったくの別行動をとっていたのである。

少納言はいったん西の対へ戻るというので、兵衛が有子姫のそばにひかえることになった。

まわりに散らばった書物や反古紙《ほごがみ》の片づけをしていると、大姫が、

「わたしも手伝うわ」

といいだした。

書物を整理するといっては盛大に埃《ほこり》を立たせて咳《せ》きこんだり、シミだらけの古紙を手にするたび悲鳴をあげるので、気を削《そ》がれた有子姫は、うんざりした表情で大姫を見た。

「何しにきたの、大姫？　ヒマなら、塗籠にいって離星を弾いていればいいじゃないの」

「雨はすっかりやんだみたいね」

大姫はとんちんかんな返事をした。

それから、有子姫を見て、「怒らないでよ」といった。

「もう、塗籠には入りたくないのよ。あそこには、大きな蜘蛛がいることがわかったから」

大姫の言葉に有子姫がけげんな顔をした。

塗籠の蜘蛛、と聞いて、兵衛はすぐ、あの部屋にまつわるふしぎな楽器の謎のことを連想した。それは有子姫も同じだったらしい。

「あの塗籠にいる蜘蛛なら、細小蟹《ささがに》というんでしょう。それならわたしも見てみたいわね」

「有子はへんなことをいうのねえ。あれは、見るものじゃなくて聞くものなのに」

大姫は笑った。有子姫と兵衛は戸惑い、視線を交わしあった。

大姫のいいかたが、まるで、細小蟹がどんな楽器であるのかを具体的に知っているかのようだったからだ。

「そうよ、わたし、細小蟹がどんな楽器なのかを知っているわ」

大姫はあっさりとこたえた。

「なんですって？」

「毎日、塗籠に籠もっているうちに見つけたの。蜘蛛の糸ならぬ長年の謎を解きほぐした、というところかしら。細小蟹はあの部屋にあるのよ……他の十二個の楽器と同じようにね。だけど、たいていのひとには見えないのよ」

大姫の言葉に、有子姫はがぜん好奇心を刺激されたようだった。書物を閉じ、すぐに塗籠へとむかった。兵衛と大姫もそれに従った。

塗籠に入った有子姫は、兵衛に命じて、二つの灯台に火を入れさせた。戸を開け放っても、三間の広さがある塗籠の奥は、昼なお、薄暗い。火が入ると、有子姫は部屋の中を熱心に調べ始めた。兵衛も同じように室内を点検した。

天井には、十三人の天女の舞い。

壁には、色とりどりの十三枚の色紙。

戸口を背にした正面には、笛や鼓《つづみ》などを納めた大きな厨子《ずし》が二つ置かれている。

和琴や箏といった大型の楽器は、すべて錦の袋に包まれ、右側の壁に並べられてあった。

「どこにもないわ、細小蟹なんて。この部屋にある楽器は、何度数えても、十二個だけだわ」

厨子の中を丹念に調べ、楽器の陰まで点検したあと、有子姫がいった。

——いつの間にか、部屋の外が騒がしくなっていた。

北の方をはじめとした北の対の女たちが、にぎやかにつどっている。すでに香合わせの準備が始まっていたのだった。

(雑色が梅の木の根元を掘っている……そうか、北の方さまがあそこに香を埋めていらしたのだっけ。だから、香合わせの場を北の対ではなく、寝殿のこの東面になさったのだわ)

香合わせは、調合した香の優劣を競いあう「もの合わせ」と呼ばれる遊びの一種である。

香りをより深めるために、調合した香を庭の木の根元や遣《や》り水《みず》の汀《みぎわ》などに数日間埋めておくのは、昔からよく知られている方法だった。

「大姫、こたえを明かしてよ。悔しいけれど、細小蟹の謎は、わたしにはお手あげだわ」

塗籠の中から有子姫が大声をあげた。

知らぬうちに戻っていた紀伊と共に、一条の邸から届けられた香壺をながめていた大姫がふらりと立ちあがり、塗籠の戸口に立った。

「教えてあげたら、いずれ、わたしに離星を譲ってくれる？」

（あ。大姫さまらしいお顔だわ）

大姫のおもてに浮かぶ、からかうような表情を見て、兵衛は思った。

家柄も美しさも嗜《たしな》みも申し分のないこの少女の中には、ひどく悪戯好きで奔放な一面が、たしかにあった。

「いいわよ。譲ってあげる。わたしには、暗い部屋の中で木のかたまりを溺愛するおかしな趣味はないもの」

「ひどいいいかたをするわね」

大姫は楽しそうに笑った。

離星はむろん、兼通の所有物だが、将来は堀川邸ごと有子に譲られることになっていた。両親の財産は息子ではなく、娘に譲られるのがふつうである。

「いまの約束を忘れないでね、有子。いいわ、それじゃ、いまから蜘蛛の正体をあきらかにしましょう。ちょっとした準備が必要だから、ふたりとも、わたしが呼ぶまで外に出ていてちょうだい」

大姫はふたりと入れ替わりに塗籠へ入ると、重い妻戸をみずから閉めた。

暗闇の中、揺れる火影《ほかげ》に大姫の謎めいた微笑がまぼろしのように浮かび、一瞬後、消えた。

有子姫と兵衛は長いあいだ無言でいた。

どちらも、細小蟹の謎について考え続けていたのである。

そのあいだに、紀伊は北の方のいる隣の部屋へと移っていった。

有子姫はしだいに苛立ったようすを見せ始めた。いつまで経っても大姫が姿を見せないからだった。塗籠の中からは、なんの音も聞こえてこない。

とうとう、有子姫が戸を叩いた。

「大姫、まだなの？　ずいぶん時間が経ったわよ」

返事はなかった。

有子姫は厚い妻戸に耳をよせた。もの音はするが、大姫の声は聞こえないという。

戸には閂《かんぬき》がかかっている。兵衛も声をかけたが、返ってきたのは沈黙だけだった。

ふたりは戸を叩き続けた。

声が届いたらしく、紀伊があわてたようすでかけつけてきた。

隣室から他の女房たちもあつまってきた。

最後に、北の方が姿を現した。

「塗籠の前でみながあつまって、これはいったい、なんの騒ぎなの、兵衛？」

兵衛がこたえあぐねていたとき、隣の有子姫が、はっ、と息をのんだ。

有子姫は戸にぴったりと耳をよせている。横顔にありありと動揺の色が浮かんでいた。

急いで彼女をまねた兵衛の耳に、塗籠の中からふしぎな音色が聞こえてきた。

カアァァ――――ン……！

テイィィ――――ン……！

（この音色――これが、十三番目の楽器、細小蟹なの？）

兵衛は混乱した。

（これは、琴？　なんて奇妙な音だろう……こんな音色の楽器は、聞いたことがないわ！）

聞こえてくる音は、曲とはいえないものだった。

そこに、旋律と呼べる調べはなかった。美しく、奔放で、ひたすら自由なただの音だった。それでいて、ふしぎな深みと哀切なひびきがある。無邪気で繊細で幽遠な音色。

美しいが、冷たい音だった。絹や木が生みだす楽器の温もりがそこには感じられなかった。

キイィィ――――ン……！

ポオォォ――――ン……！

（細小蟹……いったい、どんな楽器なの？　琴のようにも、鉦《かね》のようにも、鈴のようにも聞こえる……まるで、印象が定まらない。これはどんな材質が生み出している音なの）

兵衛ははっとした。

突然、音色に変化が起こったのだ。

ふしぎな細小蟹の音に混じり、かすかに箏の音色が聞こえてくる。

離星、と兵衛は思った。きらめくように華麗な音色は大姫の演奏に間違いないと思われた。

だが、音色はそれだけでは終わらなかった。

箏の音色に重なって、さらに、巧みな和琴の音色が聞こえてきたのだ!

(和琴……これは、枯野!)

そんなばかな。美しくも妖しい三重奏を聞きながら、有子姫がうめくようにいった。

「どうして三つの楽器が同時に弾けるの……部屋の中には大姫ひとりしかいないのに!」

(そうよ、不可能だわ。それこそ——蜘蛛のように八本の手足でももたないかぎり)

箏の音色がぴたりとやんだ。

代わって聞こえてきたのは、琵琶の音色だった。

それを追うように和琴がやみ、琴《きん》の琴《こと》がひびき始めた。それから、笙《しょう》の音が、鼓が、悲しげな高麗笛《こまぶえ》が……と、音色はめまぐるしく変わっていった。

(部屋の中にあるすべての楽器を鳴らしている? これはいったい……!)

音はしだいに乱れていった。演奏と呼ぶに値したのは、せいぜい琴の琴くらいまでで、それ以降はただめちゃくちゃに弦をかき鳴らしたり、笛を吹き鳴らしているだけだったのである。

子どもの悪戯のようなその音が、兵衛の不安をますます掻きたてた。楽を愛する大姫が、こんなふうに乱雑に楽器を鳴らすはずがない。

塗籠の中でいったい何が起こっているのか？　だが、閂は堅く鎖《とざ》されたまま、何度試みてもびくともしないのだ。

兵衛の混乱が頂点に達したときだった。

すべての音が、唐突にやんだ。

不気味な静寂が陰々《いんいん》と兵衛の耳にこだました。

「この戸を破りなさい！」

有子姫が怒鳴った。

兵衛は飛びあがるほど驚いた。

仰天したのは他の者たちも同様だった。塗籠を囲む厚い壁と戸に阻まれて、次々に聞こえた楽器の音は、背後にいたみなの耳にまでは届かなかったらしい。

それでも、有子姫の説明と、塗籠の中にいる大姫の応答がまったくないことに異常を認めた北の方が雑色を呼び、扉を壊すよう指示を出した。

斧《おの》で破った戸がひらかれる。

有子姫に続いて室内に入った兵衛は、言葉をうしなった。

――塗籠内のようすは、一変していた。

厨子に納められ、あるいは錦の袋に包まれていた十二種類の楽器すべてが、床の上に無造作に並べられていた。楽器のあいだには、錦《にしき》の袋がだらしなく放り出され、琵琶の撥《ばち》や、琴爪や、琴柱が、投げ捨てたように散らばっている。

二つの灯台の火は点《とも》ったままだったが、部屋の隅にまで大きく移動されていた。

厨子の扉は開け放しになっていた。壁にかけられていた細小蟹の色紙はなくなっていた。

そして、何よりも――大姫の姿が、どこにもなかった。

(そんなばかな。大姫さまはどこへいってしまわれたの?)

楽器一つ隠すのも困難と見えた部屋である。人間の隠れる場所などあるはずがなかった。

天井全体には、びっしりと木彫りの装飾が施されているから、天井板を外すこともできないはずだ。四方の壁は厚い土壁で、窓もない。唯一の戸口には、内側から閂がかけられてあった。

室内にいた人間がいなくなるはずがない。

完全に密封された部屋――そう、密室、とも呼ぶべき部屋の状況なのである。

にもかかわらず、大姫ひとりしかいなかった室内で、三つの楽器が同時に弾かれ、扉をあけるとすべての弾き手が姿を消していた。

そして、十三番目の楽器はどこにも存在しなかった。

いったいどういうことなのか。

混乱しながら室内に視線をめぐらせた兵衛は、ふと、床の上に落ちている色紙に気がついた。壁から消えていた十三番目の細小蟹の色紙だった。

恋ひ居れば心も髪もさみだれの
閨のひまへに蜘蛛の訪ふ

ぼんやりとその歌を読んだ兵衛は、拾いあげた色紙を何気なく裏返した。

（！　これは……もしかして、大姫さまの書いたもの？）

兵衛はわけもなくぞっとした。

色紙の裏には、紅をぬぐった指でしるしたらしい、

「十三階段」

の乱れた四文字が、まがまがしいほどの赤さで躍っていたのである。

「以上が、あの日起こったことのすべてでございます」

兵衛はそういって、長い語りを締めくくった。

*

七

「聞けば聞くほどわからない事件だな」

画帳をめくりながら、真幸がいった。

宮子の語った兵衛の証言を聞き、次郎君の画帳を読んだあとの感想がそれだった。

「大姫君の事件が、十三番目の楽器の謎、なんて怪奇めいた話につながっているとは思わなかった……そのときの状況は、まさしく神隠しとしかいえないものだったんだな」

「でも、神隠しなら、馨子さまに犯人がわかるはずないものね」

宮子は腕を組み、うーん、と首をひねった。

「細小蟹の正体をあきらかにする、といって、大姫さまは消えてしまった……十三番目の楽器の謎がわかれば、大姫さまの事件の謎も解けるということなのかしら」

しかし、頭のいい有子姫が丹念に現場を調べてもわからなかった謎である。

宮子と真幸が揃って頭をひねったところで、容易に解答に辿りつけるとは思えなかった。

（見えない蜘蛛の正体かぁ……天女のもっている糸から、次郎君は細小蟹は琴の一種だろうといっていたのよね。色紙に書かれたこの歌のほうは、いったい何を示しているんだろう）

――恋ひ居れば心も髪もさみだれの閨のひまへに蜘蛛の訪ふ
歌そのものは、意味も技巧も複雑なものではない。

『あのひとを恋しく思うわたしの心も髪も千々に乱れてしまっている……ぼんやりと五月雨《さみだれ》の音を聞きながら伏せている寝所のすきまに、慰めのような蜘蛛の訪れを見ることよ』

という意味だ。

昔から、夜に蜘蛛がきて糸を吐くのは、恋人が訪れるしるしであるといわれている。

「さみだれ」は心と髪の「乱れ」に恋人の足を遠のかせている「五月雨《さみだれ》」をかけている。

「ひまへ」はすきまや空間のことだから、寝所の戸のすきまのことを指しているのだろう。

塗籠は寝室に使われる場合も多いので、閨という単語は塗籠を指していると思われた。

「何度読んでも、ただの恋歌としか思えないのよね。蜘蛛って単語が使われていること以外、この歌の中に、細小蟹の楽器の謎につながる部分があるとは思えないんだけれど……」

「ああ、そもそも、なぜ恋歌なのかがわからないな。他の十二の楽器を詠んだ歌は、すべて楽器だの晴れの日だのを寿《ことほ》ぐ献歌《けんか》のたぐいばかりなのに。真面目な詠みぶりの歌の中で、この細小蟹の歌だけが、妙に色っぽいというか……異彩を放っている」

いいながら、画帳をめくっていた真幸が、ふとその手をとめて、

「異彩を放っているといえば——十二の楽器の中にも、毛色の変わったのが一つあったな」

「どれのこと?」

「この、双身《ふたつみ》と名づけられた瑟《しつ》の琴だ。瑟というのは、たしか、唐渡《からわた》りの楽器だな? 名前は聞いたことがあるが、実物は見たことがない。わが国においては、ずいぶんと珍しい楽器だろう」

宮子もこの楽器を知らなかった。

瑟についての詳しい説明をしてくれたのは、馨子である。

「瑟は箏によく似た、弦《いと》が二十五本もある八尺近く（約二百四十センチ）の大きな琴だそうよ。馨子さまによると、十三弦の箏の琴は、もともとこの瑟から生まれたものなんですって……その昔、瑟を二つに割ったひとがいて、それが十二弦の琴と、十三弦の箏の琴の起源になったんだとか」

「瑟を二つに……？　そうか、双身という名前もその伝承からきているんだな」

「双身は、前の堀川邸のもち主が天井の装飾にあわせて、琴の職人につくらせたものなんですって。豪華な装飾が施された、美術品みたいな琴だと兵衛がいっていたわ――ただし、琴柱が固定されてしまっているから、実際に楽器としては使えないものらしいんだけど」

「琴柱が固定されている？」

なぜまたそんなまねを、と真幸はふしぎそうにいった。

琴にもいろいろ種類があるが、七弦の和琴、十三弦の箏、二十五弦の瑟は、演奏のたびに柱《じ》と呼ばれる二股《ふたまた》の道具――通常は木製のもの――を弦《いと》にくぐらせて、音階を設定する楽器である。

曲によって、あるいは季節やその日の天候によって、琴柱を立てる位置は異なる。そのため、奏者は毎回演奏の前に、正しい音を探して琴柱を動かす、調弦と呼ばれる作業をしなくてはならないのだ。

「双身には象牙でできた太い琴柱が使われているんだけど、その琴柱はすべて内側から固定されているそうなの。柱が動かせないと調弦ができないものね、なんのためにそんな細工がされているのかは、よくわからないみたい。兵衛は、この瑟は観賞用につくられたもので、実用性より見た目の美しさを重視させたんじゃないか――っていっていたけど」

「弾くためではなく、見るための楽器ということか……たしかに、二十五本の弦にずらりと正しい位置で琴柱が立てられているのが、琴としては、見た目に一番美しい状態ではあるな」

「大きさも八尺と大きいぶん、見栄えがするだろうしね。もっとも、双身に美術品と呼べるほどの豪華な装飾を施したのは、兼通さまの代になってからだそうだけれど」

「なるほど」

真幸は画帳を閉じた手で、眉間を強くもんだ。

「大丈夫、真幸？　目が赤いわ」

「ああ……寝不足のせいだな。宇治までの往復が強行軍だったから」

「寝間をととのえてあげようか？　それとも、何か滋養のつくものでも食べる？」

「いい。これがあれば、じゅうぶんだ」

真幸は宮子の膝に頭をのせて、ゴロリと横になった。

いつの間にか、静かな雨の音がしとしとと宵の邸を包んでいた。

(そういえば、真幸と、こんなふうにゆっくり過ごすのは何日ぶりのことかしら)

目をとじてくつろいでいる恋人の顔を見つめていると、温かい感情が胸にあふれてくる。

「ちょっと痩せたね、真幸。……ごめんね、ムリをさせちゃって」

削げた頬をそっとなでると、

「宮子が謝ることじゃないさ」

と真幸はいった。

「姫君の決めたことだからな……いまさら、グチをいってもしかたがない。一日でも早くことを片づけて、おまえを五条の邸へ帰したいんだ。そのためのムリならいくらでもするよ」

「ちゃんと休んで、食べなくちゃだめよ？　また、いい加減にお酒だけ飲んで寝てしまったりしているんでしょう……心配だな、わたしがいないと、真幸はすぐそうなるんだもの」

宮子にやさしくにらまれ、真幸は苦笑をもらした。

「心配はいらないよ、食事はきちんととっているし、この半月、酒の匂いも嗅いでいない。だいたい、いまは酒なんか飲んでいる場合じゃないだろう。おまえはおれが心配だというけど、おれのほうがずっと宮子を心配しているんだぞ……眠れないのも、そのせいだ」

「わたしを心配？　そりゃ、いろいろ苦労はあるけど……このお邸での生活は安全なものよ」

「ちっとも安全じゃない。宮子のそばには兼通さまがいる」

急に不機嫌になった真幸の口調に、宮子は目を丸くした。

「もしかして、馨子さまのご冗談を真に受けているの、真幸？」

「冗談だと思いたかったが、兼通さまご本人をお見かけしたら、そうも思えなくなった……ああいう優美なかたに微笑まれ、やさしくもされたら、それは、どきどきもするだろうと」

仏頂面の恋人を見て、宮子はくすっと笑った。

「真幸ったら、急にやきもち焼きになっちゃったのね」

「やきもち焼きのおれは嫌いか？　宮子」

「嫌いじゃないけど、怖い顔じゃない真幸のほうがもっと好きよ。やさしい真幸が好き」

宮子はにっこりした。

それがうつったように、真幸の顔にも笑みが浮かぶ。

真幸は身を起こすと、宮子を床に横たえ、その上に覆いかぶさるようにして顔を近づけた。

「真幸」

「好きだ、宮子。世界で一番……このまま、おまえをさらっていきたいよ。いつになったらおまえをおれのものにできるんだろう？　もう、いっそ、このまま、ここで……」

「馨子さまァーッ」

鹿子の声がいきなり背後で聞こえたので、宮子は仰天した。

上になっていた真幸を突き飛ばすと、両手をひろげ、がばっとその上に覆いかぶさった。

「あ、やっぱりいらっしゃった、馨子さま……こんなところで大の字になって何なさっているんですか？」

早足で曹司にかけこんできた鹿子は、珍妙な主人の格好に目を丸くした。

「あ、あら、鹿子。ええ、ちょっと就寝前の柔軟体操をね」

「和泉の君のお部屋で、ですか」

「夜に北むきの部屋で腕立て伏せをすると、健康運が上昇するのよ」

でたらめな知識を吹きこまれた女の童は、戸惑った表情を浮かべていたが、

「そんなことをいっている場合じゃなかった。馨子さま、すぐに母屋へお戻りください」

「どうしたの」

「和泉の君の具合が……おしゃべりの途中で、突然、ひどく苦しまれて」

宮子は驚きのあまり、真幸の存在を忘れて身を起こしそうになった。

すぐにいくからと鹿子を追い出すと、うまく部屋を出るよう真幸にいって、宮子は母屋にかけつけた。

「かお……和泉の君！」

「まあ、馨子さま。曹司でのご用事はもうおすみになりましたの」

けろりとした顔で馨子がいった。

え？　勢い余った宮子は、その場でたたらを踏んだ。

「和泉の君？　……あの……ええと、具合が悪かったんじゃないの？」

「ええ、少し。もう直りましたわ。ちょっと痛みが起こっただけですもの。お知らせするには及ばないととめましたのに……また、鹿子が早合点をして騒いだのでしょう」

思わず鹿子を見ると、

「だって、本当に苦しそうに見えたんですもの」

と早口に弁解する。

「それに、和泉の君、昨日一昨日《おととい》にも、同じようにひどく苦しまれていたじゃないですかァ……やっぱり、馨子さまにもお伝えしておいたほうがいいと思ったのですわ」

「そりゃ、産み月まで、もう一月ないのだもの。赤ちゃんもそろそろ暴れだすころよ。どうやら、わたしに似て、この子もせっかちな気質のようだし」

お腹をさすって笑う馨子を見て、宮子は心底ほっとした。

どうやら本当に大丈夫のようだ。

それでもなんとなく心配が残ったので、宮子は馨子をそのまま母屋にとどめ、今夜は一緒に休むことにした。

畳を敷いてつくらせた寝間にふたりで入り、他の女房たちをさがらせる。

「馨子さま、窮屈じゃありません？　わたしにかまわず、楽な姿勢で眠ってくださいね」

「ありがとう」

と宮子の髪をなでながら、馨子は微笑んだ。

「ゆるしてね、もっと真幸とふたりきりにさせてあげたかったのに、邪魔してしまったわ」

「いいんです、そんなこと」

「宮子と一つ衾《ふすま》にくるまって眠るのも、ひさしぶりね。昔はよく、おまえを帳台《ちようだい》に入れて、おしゃべりしながら眠ったものだわ。夜中に何度も蹴っ飛ばされて起こされたけれど」

ふたりは幼いころを思い出し、くすくす笑った。

（父さまと母さまが死んだあとも、毎晩一緒に眠ってくださった、姉さまが東国にいってしまったあとも……泣いているわたしに気がついて、帳台の中に入れてくださったん

だ)

「宮子、お腹に顔をくっつけてごらん。赤ちゃんがバタバタしているのがわかるわよ」

宮子はいわれた通りにした。

とん、とん、と腹を蹴る小さな力が感じられる。

元気な赤さまだ。宮子は嬉しくなって何度となく腹をなでた。

この腕に抱き、可愛がれるのが一月も先なのが本当に待ち遠しい。

生まれてくるのは男の子だろうか、女の子だろうか?

「真幸と事件のことを話していたの? 宮子」

「はい、話しましたけれど、十三番目の楽器の謎も犯人もまるでわかりませんでした」

「ふたりで頭を絞っても? やれやれ、しかたがないわね。あの画帳と兵衛の証言があれば、八割がたのことはわかるはずなのよ」

「馨子さまとわたしたちでは、お頭《つむ》の出来が違いすぎるのですわ」

馨子の腹に頬をよせながら、宮子はいった。

「そういえば、兵衛のことはどうしましょう? 北の対から移ってもらうなら、兼通さまにそのことをお願いしなければいけませんものね。北の方さまのご機嫌を損ねないように」

「そう、兵衛はいい女房ね。なかなか頭がいいし、観察力があって気がきくわ……だから、西の対に引き抜くのはやめましょう。理由をつけて、しばらくこのまま置いておくのよ」

宮子は戸惑い、薄闇の中で馨子をみつめた。

「あの観察力をわたしたちにむけられたらどうするの？　有能すぎる女房は危険だといったでしょう。情報だけ提供させて、放置というのもかわいそうだから、見返りは与えるつもりだけれど、身近には置けないわよ。わたしたちには秘密があるんだから、当然でしょう」

「は、い……わかりました」

「おまえは他人の長所にばかり目をむけがちね、宮子。悪いことじゃないけれど、短所も承知しておかないと。ひとを使う立場にある人間は、そういうこともおぼえておかなくてはね」

「だって——わたしはいまだけのお姫さまですもの、そんなことまでおぼえなくてもいいんですもの……そういうのは馨子さまのお役目ですわ」

宮子は甘えるきもちで馨子の豊かな胸に顔を埋めた。

「おまえはまだまだ子どもなのね」

馨子はやさしく笑い、宮子の額にくちづけをした。

「この邸にきて、もう半月が経ったのね、早いものだわ」

「そうですね」

「きた当初こそ、豪華な建物や調度にいちいち驚いていたけれど……雲の上のように見えた上つ方の暮らしも、結局、わたしたちの生活とさほどかけ離れたものじゃなかったわね」

人間がいて、悩みがあって、時にいき違う愛情があって。馨子の言葉に宮子はうなずいた。

(財産があるから苦労がないわけじゃないし、身分の高い人間だから幸福に悩みなく暮らしていけるわけでもない)

貧乏で働きづめの毎日だったけれど、自分は五条の邸で、とてもしあわせだったのだ。宮子は改めて気がついた。やるべきことがあって、愛情をむけるひとたちがいて、そのひとたちからも同じように愛情を返されていたから。

足りないものは山ほどあったけれど、一番必要なものは、満たされていたから。

「五条のお邸が恋しくなってきましたわ、馨子さま……。早くお邸に帰りたいです」

「雨漏りだらけのあの家に？　おまえももの好きね、宮子」

「あちこちの雨漏り箇所に盥《たらい》や桶《おけ》を置いて……一晩中、お邸の中で水音が鳴っていましたよね。うるさくて眠れなかった。でも、こんなふうに静かすぎる雨夜もおちつきませんわ」

真幸は、いまごろひとりで雨漏りの対策をしているのだろうか……ぼんやりとそんなことを考えていた宮子は、ふと、馨子の身体が小刻みに揺れていることに気がついた。

「──馨子さま？　何を笑っていらっしゃるんですか」

「宮子、おまえはまだ気がつかないのね」

「は？」

「十三番目の楽器の謎よ。こたえはもう、おまえの手の中にあるというのに」

きょとんとしている宮子の頭をぽんぽん、と叩いて馨子は笑った。

「ま、いいわ。たしかに、こういうのはわたしの役目だものね。わたしはおまえよりも少しばかり賢くて、おまえよりもだいぶひとが悪いから……」

「馨子さま？」

「頭の整理は終わったわ」

馨子は暗い天井をみつめていった。

「ここからは謎解きの時間ね。糸のようにからみあった謎を解きほぐし、神隠しのからくりをあかすときだわ……手伝ってちょうだいね、宮子、ふたりで力をあわせて、暗闇の中から見えない蜘蛛と犯人をひっぱり出すのよ」

# 第三章　純情値千金《あたいせんきん》

一

翌日、宮子は寝殿の東庭にある桜の木に、元結《もとゆい》の紐《ひも》と短いことづけを結んだ。

「頼みごとがあるのです。もう一度会うことは難しい？」

次郎君がまだ堀川邸に滞在しているのかどうかもわからなかったが、

「困ったことがあったらまた助けてあげる」

といった少年の言葉を、宮子はふしぎと疑わなかった。

次郎君からの反応は、その日のうちに、東の対の男の童からの文によって返ってきた。

明日の夜、友成の目を盗んで会いにいくので、西の対の端にある釣り殿でまっていてほしい、という内容だった。

宮子は指示通り、池にかかる釣り殿の廊下で次郎君をまった。

そろそろ約束の時刻だ、と思ったときだった。真っ暗な池の上を淡い光がだんだんと近づいてくるのが見えた。

宮子は手すりから身を乗り出すようにして、光の正体に目を凝らした。

「――次郎君？」

「こんばんは、子猫の君。きみの袿《うちぎ》を返しにきたよ」

小舟の棹《さお》を操りながら、被衣《かずき》の下で次郎君が微笑んだ。

「こっそり塗籠《ぬりごめ》に入りたい？　きみの乳姉妹と一緒に？」

池の中島の陰で小舟をとめ、次郎君は棹を置いて、宮子の前に座った。

「そうなの。どうしてもわたしたちふたりで、あの部屋の中を調べてみたいの」

宮子ひとりでも、ひと目を盗んで寝殿に渡り、塗籠の中を調べるのは容易なことではない。

ましてや、お腹の大きな馨子と一緒に行動するとなると、さらに困難だ。

渡月の対である離星の琴を見てみたい、といった適当な理由をつけて、兼通に頼むのが一番早道なのではないか、と宮子は思うのだが、馨子は、とにかく極秘で塗籠の中に入りたい、の一点張り、考えあぐねた宮子は、次郎君に相談することを思いついたわけである。

「極秘で、か……そうだね、まあ、方法がないわけでもないと思うけど……」

「本当に？　それってどんな方法？」

宮子は思わず前のめりになり、そのとたん、小舟がぐらりと大きく揺らいだ。

へりにつかまろうとしてじたばたする宮子を、次郎君が笑いながら支えた。

「ぼくの隣においでよ、子猫の君……水が怖い？　木のぼりはできても泳ぎはできないの？」

「残念ながら、泳ぎを練習できるほど大きな池のあるお邸には住んでいなかったの」

宮子は次郎君と並んで座り、手燭《てしょく》の火に照らされた少年の横顔をみつめた。

「次郎君、うさん臭い相談をもちかけたりして、ごめんなさいね」

「うさん臭い？」

次郎君のおもてに、ふしぎそうな表情が浮かぶ。

「だって……うさん臭いでしょ？　このお邸にきたばかりの人間が、塗籠の中をこそこそ調べてこっそり入りこみたいなんて。わたしと乳姉妹が、あの部屋に納めてある由緒正しい楽器を盗むつもりなんじゃないかとか、あなた、思ったりしない？」

「うーん、猫を逃がしたくらいで泣いていた子が、盗賊になれるとは思えないけど。でも、そうだね、きみは身が軽いし、小さいけど体力もありそうだし、いわれてみれば、たしかに、盗賊稼業にはむいているかもしれないな」

もしかして、褒めているつもりなのだろうか。宮子の複雑な表情を見て、次郎君は笑った。

「でも、うさん臭いとは思っていないよ。……わかっている。きみがあの塗籠を調べているのは、一条の大姫があの場所でいなくなったからなんだろう？」

「……大姫さまのこと、知っていたの、次郎君？」

「有子姫から聞いた」

　驚く宮子に次郎君はいった。どこかで魚の跳ねる音がした。

「きみがどうしてあんなに塗籠のことを知りたがっていたのか、気になったからね……有子姫のほしがっていた東風筆《とうふうひつ》の古今集とひきかえに、話を聞かせてもらったんだよ」

「まあ……有子さまらしいわ」

「子猫の君、きみは大姫のかわりに御匣殿《みくしげどの》になる予定のひとだったんだね。そのきみが大姫の事件を調べているのは、大姫の失踪の原因が、御匣殿の就任に関わるものじゃないかと考えたからなんだろう？　もしもそうなら、大姫の代理で御匣殿になるきみも、この先、同じような事件に巻きこまれる可能性があるから」

「え？　えーとね、次郎君、それは……」

「きみはそう考えて、不安になった。だけど、事件がこの邸内で起こっている以上、誰を信用して協力を求めていいのかわからない。だからきみは、乳姉妹と一緒に、自分たちだけでこっそり事件を調べてみようと考えついた……どう？　違っているかな？」

（なるほど。外から見れば、わたしたちの行動はそういうふうに映るのね）

「事件を解決して兼通さまに恩を売り、たっぷり口どめ料をもらっておいとまする」のが本当の目的だとはさすがに告白できないので、宮子はとりあえずうなずくことにした。

「自分もいつか神隠しに遭うのかもしれない、なんて不安を抱えながら後宮で生活するのは、辛いことだね。だから、ぼくは、きみが事件を調べるのを協力してあげたいと思っている」

「次郎君はやさしいのね」

「やさしい？　ぼくは、わがままで自分勝手だよ」

「そうなの？　でも、わたしにはやさしいわ。会ったばかりのわたしのことをそんなふうに心配してくれるし、猫を一緒に探してくれたし……それに、可愛いお花もくれたでしょ」

「なるほど、そう聞くと、たしかにぼくはずいぶんきみにやさしくしているな」

次郎君のいいかたがおかしかったので、宮子はくすくす笑い出した。

「ぼくはきみの笑っている顔が好きなんだ、子猫の君。だからやさしくしたくなるのかもしれないね。とにかく、塗籠の件は引き受けたよ……うまくいきそうな作戦を、一つ思いついた」

「どんな作戦？」

「それは秘密。池をもう一周したら、釣り殿に戻ろうか。少し風が出てきたようだから」

次郎君は立ちあがり、棹をとった。小舟はゆっくりと動き出した。

棹のしずくが月明かりに鈍く光る。灯籠《とうろう》と篝火《かがりび》に照らされた建物が繊細な陰影を帯びて、夢のように美しく見えた。

「有子姫から話を聞いたあと、ぼくも事件について少し考えてみたんだけれど……」

慣れたようすで棹を操りながら、次郎君がいった。

「鍵のかかった部屋の中から大姫の姿が消えてしまった、という、例のあの謎なんだけど、あれには、一つ盲点があるんじゃないかなあ」

「盲点？」

おうむ返しにした宮子に、次郎君はこくりとうなずいた。

「大姫は塗籠に入って、内側から鍵をしめた。出入りができるのはその戸口だけ、天井にも壁にも抜け道はない……だったら、次に戸をあけたとき、大姫は絶対に部屋の中にいなくちゃいけないはずだね。だって、人間が煙のように消えたりするわけはないんだから」

「でも、じっさい、大姫さまはいなかったのよ」

「大姫はいたんだよ」

次郎君は微笑んだ。

「でも、有子姫たちは気がつかなかったんだ」

「部屋のどこかに隠れていたってこと？　でも、室内はみんなが隅々まで探したはずよ」

「見落としがあったのさ」

「見落とし？　楽器と二つの厨子《ずし》だけしか置いていなかったのに？　何人もの人間が厨子の中や楽器の裏を調べたけれど、大姫さまはいなかったのよ。見落としなんて……」

「楽器の中は？」

え？　きょとんとする宮子にむかって、

「楽器だよ」

次郎君はくり返した。

「あのとき、みんなは楽器の中まで調べたのかな？　琴の中に一条の大姫が隠れていないか、きちんと点検したんだろうか」

宮子は絶句した。

「琴の内部は、空洞になっているからね」

次郎君はのんびりいった。

「箏の琴は、長さがだいたい六尺（約百八十センチ）、瑟《しつ》にいたっては、八尺もある。

二十五弦の瑟は横幅もあるから、かさばる衣装を着た大姫でも隠れられるんじゃないかな」

「琴の中に隠れる、って……だって、そんなこと、不可能でしょう？」

「普通の琴ならね。でも、あの瑟は、演奏するためにつくられた楽器じゃなかった。もともと、そういう目的でつくられていたとしたら、細工がしてあった可能性は大いにあると思うんだ」

「そういう目的って……」

「ものを隠すという目的さ。子猫の君は、十三番目の楽器の謎をおぼえているだろう？」

「細小蟹《ささがに》の謎のこと？　おぼえているわ、でも、それが大姫さまの行動とどう……」

いいかけて、宮子は、はっと気がついた。

もしかして。

「木を隠すなら森の中、琴を隠すなら琴の中――というところかな」

「細、小、蟹はずっと瑟の中に隠されていたというの？」

「『細小蟹はずっと塗籠にあったけれど、たいていのひとは気がつかない』……大姫の言葉もこれならぴったりくるだろう？」

「たしかにその通りだわ……」

「そう考えると、細小蟹を詠んだ例の歌にも、それらしい符号が見てとれる気がするんだ。閨《ねや》のひまへに蜘蛛の訪ふ……閨、は塗籠のこととして、ひまへ、というすきまや空間を現す単語は、琴の内部の空洞を示唆していたのかもしれない。訪《おとな》ふ、は音《おと》、につながる掛詞《かけことば》だね。つまり、あの歌は、塗籠の中のある空間内に蜘蛛の音——細小蟹という名の楽器——があるよ、ということを暗示するものだったんじゃないのかな」

「すごいわ、次郎君！　わたし、全然、気がつかなかった！」

宮子は興奮のあまり、座ったまま、ぴょんぴょんと身体を弾ませた。

舟が左右に大きく揺れる。

宮子も次郎君も「わ、わ」とあわててへりにつかまった。

「お、おちついて、子猫の君。暴れるとあぶないよ」

「ご、ごめんね、つい、興奮しちゃって……でも、そうすると、大姫さまは、自分から琵の中に隠れられた、っていうことになるわよね。いったいどうしてそんなことをなさったのかしら？」

「うーん……ぼくは、あの日、大姫が塗籠に入ったもともとの目的は、細小蟹の謎解きとひきかえに、有子姫から離星を譲り受ける約束をとりつけるためだったんじゃないかと思うんだ。大姫は離星にたいそう執着していたそうだからね」

次郎君はふたたび棹を動かしながらいった。

「大姫は有子姫の性格を把握していた。謎をちらつかせて煽れば、短気な有子姫が離星の譲渡という条件を承諾するとわかっていた。でも、有子姫の承諾だけでは、大姫が離星を手にできるのは数十年先のことになってしまう。

すぐに離星を自分のものにする方法はないだろうか？　そこで、大姫は、北の方を巻きこむことを考えたんじゃないだろうか」

「北の方さまを……？」

「鍵のかかった部屋の中には大姫ひとりしかいない。にもかかわらず、中からは三つの楽器が同時に鳴りひびいている。次々聞こえてくる楽器の音色に、有子姫はびっくりするね。そこで、大姫が扉をあける予定だった。

中にはやっぱり大姫しかいないし、ふしぎな音色をひびかせていた細小蟹もない。有子姫の話を聞いて、北の方も好奇心を募らせるだろう。もう一度同じことをくり返してみせたかもしれない。ふたりは当然、謎解きを要求する。大姫は解答とひきかえに離星を求める。大姫は、叔母の北の方が有子姫に弱く、叔父がこのふたりに弱いことを知っていた。ふたりの承諾が得られれば、離星を自分のものにできるかもしれないと考えて、こんな計画を考えついた」

「ち、ちょっとまって」

宮子はあわてていった。

「その、三つの楽器を同時に弾くっていうのは、どういう方法でやったの？」

「細小蟹がどんな楽器かわからないけれど、聞こえてきた音色は曲とは呼べないものだったらしいからね、この楽器には、からくりじかけで弦を弾く細工みたいなものが施されていたんじゃないかな。だとすると、これには奏者が必要ないことになる」

「もうひとりの奏者はもちろん、大姫さまよね……」

「そして、第三の奏者はあらかじめ琵の中に隠れていた謎の誰かだ。大姫の邸の者だろうね。大姫は、いまいった派手な演出で、琵の中に大きな空間があること、そこに長年の謎とされていた十三番目の楽器が隠されていたことを明かして、念願の離星を手に入れるつもりだった。でも、計画通りにはいかなかった——大姫は裏切られ、自分が琵の中に閉じこめられた」

「裏切られた……誰に？」

「女房たちだろうね」

次郎君は淡々といった。

「計画の準備をしたのは、女房たちだろう。紀伊という女房は、大姫が兵衛と一緒に有子姫のもとにいたあいだ、寝殿に戻り、第三の人間をこっそり塗籠に招き入れて、琵の中に隠した。ここまでは、計画通りだった。でも、紀伊と第三の人間は、ここで、大姫の知らない作業を一つした。離星の琴と、よく似た細工を施した箏の琴とをこっそり入れ替えたんだ」

「なんのために？」

「もう一つ、人間の隠れる空間をつくるためだよ。瑟の中に隠れていた人間が大姫を襲い、意識をうしなわせて瑟の中に押しこむ。そのあと、この人間もどこかに隠れなくては、神隠しの演出ができないだろう？　瑟の次に大きい楽器は箏の琴だ。ただ、箏は長さはともかく、幅や厚さはさほどないからね、離星は箏にしてはかなり大型のものだったけれど、大人はとても隠れられないと思う。かなり小柄で痩せている人間か、子どもでないとムリじゃないかな」

——事件のあと、一条邸を辞めた男の童がいた。

宮子は真幸の言葉を思い出した。

「塗籠にまつわる細小蟹の謎と、大姫の消えかたの派手な演出が効いて、みなはすっかり神隠しと思いこんだ。知らせを聞いたお……父上が帰ってくるまで、ほとんどの人間が塗籠に近づかなかったそうだよ。例外は有子姫だけれど、彼女だってずっと塗籠に居座っていたわけじゃないからね。紀伊はスキを見て、共犯者である第三の人間と、身体の自由を奪った大姫を塗籠の中から出し、ひそかに堀川邸から脱出させたんだろう」

「でも……わからないわ。どうしてそんなややこしい細工をして、大姫さまをかどわかす必要があったの？」

「そうだね……断定はできないけれど、あんなふうに大姫が邸から姿を消したら、外部の者の犯行だと考える人間は、まずいないだろう？」

「それは、そうね」

「一番疑われるのはこの邸の人間たちだ。大姫の父親である一条の伯父上は弟に対してどんな感情をもつかな。一条の伯父上と仲のいい東三条殿の叔父上も、堀川邸の人間に不審の目をむけるだろうね。一条の大姫が後宮にあがることを阻止すると同時に、九条家の内部に亀裂を入れさせることを狙った人間がいたのかもしれない」

（そういえば、兼通さまもそんなことをおっしゃっていたわ……）

　この邸で御匣殿に就任する予定の大姫がいなくなり、その後釜に自分の娘の有子姫を据えたりしたら、兄弟たちは、おそらく自分に疑いをむけるだろうと。

　兼通が北の方の要望を容《い》れず、異母妹の馨子を探し出してきたことで、そうした事態をかろうじて回避することができたのだ。

「ただし、いま話したことが真実かどうかはわからないよ、ぼくは拾いあげた手がかりから、勝手に一つの物語を描いてみせただけだから」

　黙りこんだ宮子を見て、次郎君は急いでいった。

「……ただ、真相がどうであれ、この事件が御匣殿の就任を……東宮の妃候補をめぐるものであることに、間違いはないと思うんだ。昔から、東宮の周囲では、こうした不穏なできごとが数多く起こっているようだから」

「どうして?」

「東宮じしんに、いろいろと問題が多いから、だろうね。幼少のころから精神的に不安定な東宮の即位に、不安をおぼえている重臣たちは少なくないようだよ。現東宮に皇太子の地位を辞退させて、一つ下の弟皇子、三の宮をその地位に据えたいと考えている人間も多いみたいだ」

「まあ……」

「もしかしたら、大姫の事件も、そうした動きと関係があるのかもしれない。東宮の代わりに三の宮を皇太子に立てるなら、東宮が元服して妃を迎え、皇子や皇女をもうける前——つまり、いま——のほうが、都合がいいからね。皇子をもつ前に、東宮が弟皇子に地位を譲れば、帝位をめぐって起こるだろう、将来のややこしい事態も回避できる」

思いがけない政治の裏事情を聞かされて、宮子は言葉もない。

強い風が暗い水面《みなも》をさざなみ立たせ、中島の松がざわりと大きく枝を揺らした。

「それでもきみは、大姫の代理として御所にあがるの、子猫の君? いつ廃太子になるかもわからない東宮の妃候補として。きみは、本当にそれで後悔しないの?」

「次郎君……」

月を背に立つ少年のおもてを見あげて、宮子は戸惑いをおぼえた。

「どうして？　なぜあなたがそんなに辛そうな顔をするの？」

ぼくはいま、すごく混乱しているんだ。次郎君はつぶやくようにいった。

「さっきまで、きみが心配なく後宮にあがれるよう、手助けしたいと思っていたはずなのに……だんだん、きもちが変わってきている。あんな問題児の東宮の妃になって、きみは本当にしあわせになれるのか、疑問に思えてきたんだ」

「問題児って……次郎君、あなたまで有子さまみたいな毒舌を吐かなくてもいいのよ」

「馬と一緒に厩舎で寝起きして、枯れ草だらけの格好のまま帝の御前にあがるような東宮は、どう考えても問題児だろう？」

「次郎君ったら……それに、御匣殿は公の官職なんだから、後宮にあがったからといって、必ずしも絶対に東宮さまのお妃になるわけじゃないのでしょう？」

「でも、東宮がのぞんだら、きみはそれに逆らうことはできないんだよ」

「それは、まあ、そうなんだろうけど……」

「きみはまだ御匣殿じゃない。いまなら、まだ間にあうんだよ、子猫の君。きみは自分の人生を、自由に、君じしんで決めることができる」

「次郎君……」

「ぼくはのぞまない場所で暮らし、のぞまないあいてに添って生きていくきみを見たくない」

次郎君は大人びた口調でいった。

「……御匣殿になりたい、子猫の君？　その選択を本当に後悔しない？　小さな撫子の花は、九重《ここのえ》の内の花園に植え替えられても、同じようにきれいな花を咲かすことができる？」

「次郎君――わたしは……」

（わたしは御匣殿になんてならない。だって、わたしはニセモノの姫君なのよ、次郎君）

そんな真実がするりと口からすべりそうになったとき。

ガン。舳先《へさき》が何かにぶつかり、舟が大きく揺れた。暗い水面に杭《くい》のようなものが見えた。

次郎君の短い叫び声に、宮子は顔をあげた。

体勢を崩した少年の手から棹が逃げていく。

棹をうしなっては岸に戻れない。

次郎君が急いで腕をのばした。宮子も棹をつかもうと、大きく身を乗り出した。

その瞬間、一点に重心のあつまった舟が、ぐらりと大きく傾いた。

（あれ？）

「いけない――子猫の君！」

次郎君の悲鳴を聞きながら、宮子は冷たい池に落ちた。

水中は怖い夢の中に似ていた。
一生懸命もがいているのに、身体が思うように動かない。
重ねた衣は水を吸って、宮子を水底へとひきずりこんでいく。
落ちるとき、杭で打ったのか、頭のうしろがひどく痛んだ。
(苦しい……どうしよう、もう、息が続かない)
(空気がほしい。呼吸がしたい。助けて、誰か……)
――次郎君。
そのとき、少年の手が宮子の腕をしっかりとつかんだ。

送りこまれる息は熱かった。
重ねた次郎君のくちびるは、ひどく冷たかったというのに。
意識をとり戻した宮子は、ぼんやりと彼の顔をみつめた。
少年の肩先に月が宿っている。
(次郎君)
「大丈夫だよ、子猫の君……怖いことはもう起こらないから、安心して」

ここは中島の上だよ。頬に貼りついた宮子の額髪をかきやりながら、次郎君はいった。ほどけかかった角髪《みずら》からぽたぽたとしずくが落ち、宮子の頬を打った。助かったのだと思い、ありがたいとも思ったが、身体がひどく重くて、それを言葉にできなかった。

心配そうにみつめる次郎君に、宮子はかろうじて微笑んでみせた。

次郎君のくちびるがもう一度宮子のそれに重なった。

宮子は目をつむった。暖かい力が胸の中にゆっくりとながれこんでくる。口移しで元気の薬を飲ませてもらっているようだった。

「眠っておいで、子猫の君。次に目がさめたら、何もかもよくなっているから」

約束は果たすよ。くちびるを離し、次郎君は宮子の耳元でささやいた。

「きみののぞむ通りにしてあげる。きみがその目でたしかめ、自分で真実を知るといい――内裏にあがることを選ぶのか、拒むのか、きみの道を決めるのは、きみじしんなのだから」

それまでは、まだ休んでおいで。

やさしいささやきと抱擁《ほうよう》が宮子を包み、まどろみの手が瞼《まぶた》をなでる。

宮子はそれを拒まなかった。

宮子の意識はそこで途切れた。

二

めざめたとき、そばには誰もいなかった。

宮子は筵《むしろ》を敷いた畳の上にぽつんと寝かされていた。

(ここはどこだろう……天井があかるい。お腹がすいた。頭が痛い。次郎君はどこ)

混乱したまま、宮子はむくりと起きあがった。

半覚醒の状態で、宮子はほとんど本能的に行動していた。

気がつくと、枕元に置かれていた水をごくごく飲み、冷めた粥《かゆ》を半分以上たいらげていた。

黙々と食欲を満たすうちに、本格的に目がさめてくる。

混乱もしだいにおさまってきた。

(部屋の調度に見おぼえがある。ここはたぶん寝殿の西側……昼《ひ》の御座《おまし》の隣の部屋だわ)

あのあと、次郎君が運んでくれたのだろう。

だが、なぜ西の対ではなくて、寝殿に自分を運んだのか、宮子は少しふしぎに思った。

半蔀《はじとみ》のむこうはあかるく、邸の奥からひとのざわめきが聞こえてくる。

すでに、日はすっかり高くなっているようだ。池に落ちたとき、杭にでもぶつけたのだろう。後頭部に小さなこぶができていた。濡れた髪は、丁寧に布を巻かれて髪箱《かみばこ》に納められてあった。

宮子はそれをほどくと、近くに置かれていた整容《せいよう》道具で手早く身づくろいをすませた。長袴をはき、袿を重ね、寝間をととのえて部屋を出る。

何もかも用意されているのに、どうして誰もいないのだろう？

（気のせいかな、お邸の中の雰囲気が、いつもと少し違う気がするんだけど……）

北の対のほうから、さかんにひとの声が聞こえてくるのだが、寝殿にはまったくひとの姿がないのである。歩いても歩いても、ひとりの女房にも会わない。

邸の中心である寝殿に、女房の姿がひとりも見えないなどというのは、ありえない事態だ。

（ひとの声は聞こえるのに、誰もいないなんて……いやだ、怖い夢の続きみたい）

昼の御座をのぞいてみた。ひっそりと静まり返り、誰の姿もない。

南面の庭先にも、東側の廂《ひさし》の間にもひとの姿はなかった。宮子は無意識に足を速めていた。

北の対にいってみよう、と宮子は考えた。声はそちらから聞こえてくる。いけば、誰かしらに出会えるはずだ。

と、そのときだった。ふいに、巧みな筝の音が聞こえてきた。

音色は壁代の布のむこう側から聞こえてくる。すなわち、塗籠の中からだ。

（からっぽの寝殿の中で、誰かが離星を弾いている……？）

ぞっとした。思わず、足がすくんだが、次郎君の言葉がふいに耳によみがえった。

——きみがその目でたしかめ、自分で真実を知るといい。

塗籠の戸はあいていた。

思いきって室内に足を踏み入れると、箏の演奏がぴたりとやんだ。

「——ああ、ようやく目がさめたのね、宮子」

「馨子さま！」

離星から顔をあげた乳姉妹は、戸口に立つ宮子を見て、微笑を浮かべた。

「おまえがなかなか起きないから、ちょっとひま潰しをしていたのよ」

琴爪を置き、馨子はのんびりといった。

「馨子さま、どうして馨子さまが寝殿にいらっしゃるんですか」

「昨日の夜、有子姫に呼ばれたからよ」

「有子さまに？」

「池に落ちたおまえを次郎君が寝殿に運んできた、と有子姫から連絡があったの。『舟遊びをしていて釣り殿にいた姫に声をかけたら、足をすべらせて落ちてしまった。至急西の対にいる馨子姫の乳姉妹を呼ぶように』――それだけいって、次郎君はいなくなってしまったそうよ。事情がよくわからないといって、有子姫も戸惑っていたわ」

宮子が次郎君にこっそり会っていたことを、有子姫に話すわけにもいかないので、

「馨子さまは、時どき寝ぼけてそこらを歩き回るクセがあるんです」

と、馨子がごまかしておいたそうである。

「池に落ちたと聞いて驚いたけれど、おまえはすやすや眠っているし、見たところ、けがも大したことはないようだったし、女房たちの耳に入ると、また騒ぎになるだろうから、わたしと有子姫のふたりで、おまえの手当てをしたのよ」

「有子さまがわたしの手当てを……？」

驚く宮子に、馨子は笑いながらうなずいた。

「お腹の大きいわたしの手には余ったからね。濡れた身体をふいたり、服を着替えさせたり、てきぱき作業してくれたわよ。『ちんちくりんの上にぺったんこでおっちょこちょいの主人をもつと苦労が多いようね』と労《ねぎら》いの言葉までかけてもらったわ」

（う……。もうちんちくりんっていわないと約束してくださったのに）

「いまはもう、昼近くよ」

馨子は部屋の中に目をむけながら、いった。

「おまえが起きるのをまって塗籠にこようと思っていたんだけれど、我慢ができずに、

ひとりできてしまったわ。渡月の対だという離星も一度弾いてみたかったしね」

そうだ、と宮子は思った。

ようやく念願の塗籠に入ることができたのだ。しかし。

「あのう、馨子さま……寝殿に全然ひとがいないようですけれど、どうしてですか？　有子さまや女房たちは、どこにいってしまったのですか」

「みんな、北の対にあつまっているわ」

「北の対に。寝殿にいる兼通さまづきの女房たちも、ですか？」

「兼通さまづきの女房たちも、兼通さまご本人も。ついでに西の対の女房たちの大半もよ」

「西の対の女房たちも……」

「早い話が、いま、邸の人間のほとんどが北の対の屋にあつめられているのよ。おかげで、寝殿はからっぽだから、この塗籠の中も自由に調べることができるというわけね」

「どうして全員、北の対に？　あちらでいま、何かなさっているんですか」

首をかしげる宮子を、馨子はなんともいえない表情でながめていたが、

「――むこうみずで、怖いもの知らずな、いい友達をもったわね、宮子」

「は？」

馨子の言葉に、宮子はますます戸惑った。

「おまえ、次郎君に、こっそり塗籠へ入る方法を相談しにいったのでしょう？」

「ええ、そうですけれど……」

「次郎君はそれを叶えてくれたのよ、池に落ちたおまえを寝殿に運んだのも、そのためよ」

「次郎君が？　でも……どうやって？」

「今日が東宮の冷泉院への行啓の日だということは知っている？　兼通さまはそれに従って、昨日の夜から宮中に入っていらっしゃったの。陰陽師《おんみょうじ》の指示で、内裏を出るのは、午前の早いうちと決まっていたからだそうなんだけど」

冷泉院は、大路を一つはさんだ大内裏の南東にある。

大内裏の東にある郁芳門《いくほうもん》から出れば、冷泉院の北の入り口へは目と鼻の先といえるほど近い距離なのだが、この朝、思いがけない穢れ《けが》がこの行啓の邪魔をした。

東宮を運んでいた御車の前に、どこからか汚物が投げられ、路上を汚したのだという。

不敬きわまりない行為だが、お忍びの行啓であるから、大げさな対応もできない。

穢れを避けるために道を変えたところ、今度は冷泉院の築地の内からいきなり十数羽の雉が飛びたち、一行の前を横切って去った。

これは瑞兆《ずいちょう》か凶兆《きょうちょう》か？

重なる不慮の事態に兼通たちも当惑し、いったん大内裏に戻ることを検討したが、この日を逃すと当分行啓が叶わないことを知っていた東宮は、頑としてそれを許さなかった。

結局、急遽呼ばれた陰陽師により、穢れを避けて冷泉院に入るためには、方違《かたたが》えが必要だと判断され、異例のことながら、東宮一行はいったん冷泉院のすぐそばにある堀川邸に、西門から車を入れることになったのである。

「本来なら、邸の正殿である寝殿に東宮を迎えるのが当然なんだけど、邸内にあがるとなると、その準備や出入りに何かと時間がかかるでしょう、早く冷泉院に入りたい、と駄々《だだ》をこね続けている東宮は出発が遅くなることを嫌がったので、大急ぎで北の対の庭に臨時の御座所《おましどころ》を設け、行啓の一行を迎え入れることになったのだそうよ」

「じゃあ、いま、北の対のお庭には……」

「その通り、東宮そのひとがいらっしゃっているのです」

宮子は言葉をうしなった。

「兼通さまは、女房たちを総動員させて北の対を整えさせる、北の方さまは、邸に東宮を迎える誉れにのぼせて失神しそうになる……と、さっきまで、邸じゅうが上を下への大騒ぎだったのよ。有子姫だけは無関心を決めこんでいたけれど、北の方の命令で、強制的に北の対へと引きずられていったわ。と、いうわけで、わたしたち、当分はここで自由に動けそうよ」

よかったこと、と馨子はのんびりしたものだが、宮子はそれどころではない。

――一つ作戦を思いついたんだ、といった次郎君の言葉。

約束は果たすよ、きみののぞむ通りにしてあげる、といった意識をうしなう前のやさしい声。

(まさか、本当にわたしのために？　そ、そんな、嘘でしょ、次郎君！)

「行列の前に汚物を投げつけて逃げたのは、童髪《わらわがみ》の少年だったのですって」

馨子の言葉に、宮子はぎくりとした。

「次郎君は昨日の晩から姿が見えないそうよ」

馨子は面白そうに宮子の反応をみつめている。

「雉を放ったというのも、どこかで聞いたことのある行為よねえ、たしか、動物好きの少年がつい先日も同じことをして、邸の中を逃げ回っていたんじゃなかったかしら」

「か、か、馨子さま……」

「お忍びの行啓の件も、兼通さまあたりから聞いていたんだろうし。寝殿をからっぽにするために東宮そのひとを利用するなんてねえ、その次郎君って若君は、将来、大物になるわよ」

「感心している場合じゃありませんわ、馨子さま！　お、畏れ多くも、あいては東宮さまですよ！　行啓の妨害をしたなんてことがバレたら、どんなことになるか……」

「少年はあっという間に逃げてしまったと聞いたから、まあ、大丈夫でしょ。雉を捕まえたところで言葉が話せるわけでもなし、誰のしわざかなんて、バレやしないわよ」

動転している宮子とは対照的に、馨子はどこまでも楽観的であった。

「もう起こってしまったことだもの、いまさらおまえがあれこれ悩んでも意味はないわよ。ま、今度会ったら、次からはもう少し穏便な方法でお願いします、といっておきなさいな」

泣きそうな顔の宮子を見て、馨子はくすくす笑った。

「それはそれとして、おまえの友達がせっかくつくってくれた好機をむだにする手はないわね。そろそろ塗籠の中を調べなきゃ……いくつかたしかめたいことがあるのよね」

離星を押しやり、馨子は腹をかばいながら立ちあがった。

――そうだ、ここが事件の現場だったのだ。

宮子は改めて塗籠の中をながめやった。

次郎君の絵や兵衛の詳細な証言を何度も検討していたせいか、はじめて入る場所という感じがしなかった。

四方の壁に貼られた十三枚の色紙。

左右に並んだ二つの厨子。

錦の袋に入れられ、壁に並べられた琴までも、ほぼ想像の通りだった。

想像と違ったのは、部屋全体の印象だった。薄暗いせいか、天井が低いせいか、三間という広さよりもずいぶん狭く感じられる。

室内の空気はひどくひんやりとしていた。今日はだいぶ暖かい日であるのに、肌寒いほどである。壁がよほど厚いのだろうか、と宮子は思った。

天井の木彫りの装飾は、想像以上にみごとなものだった。

格子にめぐらせた蔦《つた》のあいだを花が散り、鳥が舞い、楽器をたずさえた天女たちがしなやかにその身をくねらせている。宮子は十三番目の天女を探した。

彼女はすぐに見つかった。

部屋の右の壁近く、琴の並べられた上部あたりにいた。

結いあげた高髻《こうけい》。たなびく領巾《ひれ》。艶然《えんぜん》たる微笑。

彼女が手にしているのは、一見、ひだのある長い布のように見えた。数百の糸の束だといわれれば、なるほど、そのようにも見える。

「宮子、この袋をとってくれる？」

馨子は床に置かれた大きな琴らしきものの前に立っていた。

瑟だ、とすぐにわかった。琴を包む袋の紐をときながら、宮子は次郎君の推理を思い出していた。

あの推理が正しいのなら、この楽器の中には、細小蟹が隠されているはずなのだが。

布がのけられ、漆塗りに豪華な螺鈿の装飾を施した二十五弦の大きな瑟が現れる。

（兵衛のいっていた通りだわ。太い琴柱《ことじ》がしっかりと固定されている……びくともしない）

一番遠くにある一の弦をかけた柱《じ》は低音を出す左端に、二番目はそれより少し右側に……と少しずつ右によっていくかたちで、二十五本の象牙の柱は琴の表面に美しく並べられていた。

「うーん、かなりの重さだわ、これを女ひとりの力で動かすのは、まずムリね」

馨子は瑟を揺さぶって重さをたしかめながら、うなずいている。

「裏返せないとなると、細工は表か、側面にあるはずよね……さて、どこかしら」

「馨子さまの推理でも、やっぱりこの瑟が細小蟹の隠し場所につながっていたんですね？」

「そうよ。すごいじゃないの、宮子。池に落ちた衝撃でそんな閃きを得たの？」

「わたしの閃きじゃないんです。じつは昨日、次郎君がそのことを教えてくれたのですわ」

宮子は次郎君の推理を馨子に話した。

馨子はフンフンとうなずきながらそれを聞いていた。

そのあいだにも、瑟のあちこちを探る手をとめることはなかった。

「——そういうわけで、次郎君はこの瑟の中に細小蟹があるんじゃないか、と推理したんです。瑟の中に大きな空洞があると考えれば、神隠しのように見えた大姫さまの消失劇もきちんと説明がつきますでしょう？」

「たしかに、この瑟の大きさなら、中にひとが隠れることも可能でしょうね」

うなずいたあと、馨子は、

「理屈の上ではね」

とつけ加えた。

「理屈の上？　それじゃ、大姫さまがこの中に隠れていたというのは……」

「まず、現実的にあり得ないと思うわ」

「そんな！」

「宮子、この室内をもう一度よく見てみなさいな。二つの厨子の他には、調度と呼べるものは何もない部屋よ。そんな状況で部屋の中からひとりの少女が消えた——となったら、この大きな瑟にみなが注目しないと思う？　有子姫たちが部屋の中を隅々まで調べた、ということは、当然、ここにある琴も動かして調べたのでしょう。この瑟はたしかにかなり重たいけれど、人間ひとり入っているかいないか、それくらいのことは判断できるわよ」

宮子はうっと詰まった。

いわれてみれば、たしかにその通りのような気がする。

「百歩譲ってこの瑟に大姫が隠れられたとしても、次郎君のその推理だと、箏の琴にも人間がもうひとり隠れていなくちゃいけないのでしょう？　それは絶対に不可能だと断言できるわね。箏の琴は女でも運べる重さの楽器だもの。裏面には音穴《おんけつ》と呼ばれる穴もあいている。中に人間が入っていれば、部屋を調べた人間が絶対に気づかないはずがありません」

「じ、じゃあ、細小蟹は、この中に入っていないのですか？」

「わたしの推理が正しければね」

「だったら、馨子さまは、さっきから何を探していらっしゃるんですか」

「うふふ、それをいまから見せてあげるのよ。あ、あいた」

ガタリ。重い音がして、瑟が大きく揺れた。

宮子は仰天した。

(ええッ？　な、何これ！　どうやったらこうなるの？)

いきなり、瑟が真っ二つに割れたのだ。

いや、正確には、真っ二つではない。

瑟の真ん中あたりを境にして、十二弦と十三弦の二つの琴にわかれたのである。

ぱっくりとあいた側面から、二つの琴の内部が見える。

宮子は急いで二つの空洞に目を凝らし、順々に手を入れて中を探った。

だが、どちらも、本物の空洞だった。細小蟹らしき楽器どころか、弦の切れ端すらも見つけられない。

「次郎君の推理は惜しかったわね。この双身《ふたつみ》に注目した点まではよかったのだけれど」

この細工はものを隠すためのものじゃないのよ。

混乱する宮子にむかって、馨子はいった。

「ついでにいうと、問題の楽器、細小蟹はこの十二弦の琴のことでもないわよ。双身を十二弦と十三弦の琴にわけると、新しく十二弦の琴は出現するけれど、代わりに瑟がなくなって、十三弦の箏が二つになる——つまり、楽器の種類は十二種類のままで、十三番目の楽器の謎は、解消されないことになってしまうから」

「じ、じゃあ、十三番目の楽器は、どこにあるんですか？　琴の中に隠れていなかったのなら大姫さまはどこに消えたのです？　この瑟の細工は、なんのためのものなんですか？　ああ、もうわけがわからない、早くこたえを教えてください、馨子さま！」

「わかった、わかった、いま教えてあげるから、そう興奮しないのよ、宮子」

「宮子って誰？」

馨子が宮子をなだめていたときだった。

突然、背後からかけられた声に、宮子はびっくりしてふり返った。

（あ！）

「どういうこと。あなたの名前は馨子じゃなかったの、小さな叔母さま?」

そこには、きらびやかな衣装を纏った有子姫が険しい形相で宮子たちをみつめていた。

秘密の会話を聞かれた! ——と焦ってみても、すでに遅い。

「乳姉妹の和泉の君……だったわよね。どうしてあなたが馨子さまと呼ばれているの?」

「有子さま、こっそり北の対を抜け出していらっしゃったのですか?」

青くなっている宮子の横で、馨子は冷静そのものの態度である。

「お母さまがお怒りになるのじゃありません? 北の方さまは、有子さまを東宮さまのお妃に、と切に願っていらっしゃるのですもの、今日のようなまたとない機会に、さりげなくおふたりを接触させて情緒ある文のやりとりでも……と願っていらっしゃるはずですわ」

「わたし、年下の男はシュミじゃないの」

有子姫はすげなくいった。

「ましてや、あんな問題児東宮。お母さまのばかげた妄想につきあっているほど、わたしはヒマじゃないのよ。それより、いまの質問のこたえをまだ返してもらっていないんだけれど?」

二つに割れた瑟に、有子姫の視線がとまった。

切れ長の目がすうっと細められる。

「あなたたち、いったい、ここで何を……」

「この瑟のしかけを見ても、驚かれないのですね、有子さま」

馨子はいった。

「それは、有子さまが、すでにこのしかけを試されたことがあるからですわね？」

「！」

「そうだと思っていましたわ。聡明と評判の有子さまが、この程度のからくりに気がつかないはずがありませんもの。有子さま、あなたは事件の真相を知っていらっしゃる。神隠しを装って大姫さまをこの部屋から消した犯人が誰なのか、すでに気づいていらっしゃるのですね」

「わたしの質問にこたえてちょうだい、和泉の君」

あなたが本物の馨子姫なの？

きびしい口調で有子姫がいった。

「どうやらわたしたちは、お互い秘密を抱えているようですわね、有子さま」

「わたしには秘密なんてないわよ」

「では、いいかたを変えますわ、有子さまは他人の秘密を抱えていらっしゃる。それも複数の。秘密をもつ当事者たちは、秘密を共有することで、あなたにその重みを半分預けている」

「いったい、何を……」

「彼らはあなたが真相を知っていても、口外しないとわかっている。あなたの愛情と信頼に甘えているんですわ、有子さま。わたしにいわせれば、とても勝手なひとたちですわね」

有子姫は目をみひらき、馨子をみつめた。

馨子は彼女に微笑みかけた。

「わたしたちに協力していただけません、有子さま」

「協力……？」

「わたしたちの秘密をお明かししますわ」

馨子は宮子に視線をむけた。

「わたしたちの秘密は、まあ、すでにだいたいおわかりでしょうけれど、現実的な理由からなる、ささやかなものですわ。貧乏暮らしの長かったわたしたちにとって、九条家からご落胤の認知を受けられるかどうかは、大きな問題だったのです。とはいえ、嘘がいつまでもバレない保証もない……。いざというときの取引材料になるかもしれないと思って、大姫さまの事件を調べることにしましたの。政治に関わる男たちの思惑で、好き勝手に立場を利用されることにも抵抗がありましたし。有子さまなら、そのきもちをわかっていただけるのじゃないかしら」

有子姫は黙って馨子の言葉を聞いていたが、

「ええ。そうね、わかるわ、わたしにも」

静かにいった。

「でしたら、事件解決のために力を貸してくださいな……やはり、悪人には悪人の顔をして歩いてもらわないと、おちつきませんものね。善人や被害者のようなふるまいをせずに」

「いったい、わたしに何をしろというの」

「そうですわね、とりあえず、細小蟹を鳴らすのを手伝っていただけません？」

「細小蟹を鳴らす？　今日の、この天気で？　本気なの？」

「代用のもので間に合わせますわ。そのためにひと手が入用《いりよう》ですの、おわかりでしょ？」

「協力って、何よ、要するに肉体労働を手伝えってことじゃないの」

有子姫はぶつぶつと不満を漏らした。

宮子には、ふたりの会話がさっぱりわからなかった。

「あ、あのう、おふたりとも、いったい何を話していらっしゃるのですか？」

馨子と有子姫の視線が、同時に宮子へむけられた。

「……細小蟹を鳴らすのは、このぺったんこ姫の役目でしょ？」

(ぺったんこ姫……)

「まあ、それが適役でしょうね」

(ひ、否定してください、馨子さま)

「だったら、早く説明なさいよ。やるなら早く始めましょう。わたしは気が短いのよ」

「気があいそうですわね、有子さま、わたしもかなりのせっかちですのよ」

「そういうわけだから、ぺったんこ姫」

「そういうわけだから、宮子ちゃん」

背の高いふたりの姫にじりじりと迫られて、宮子はその迫力に身をすくめた。

「な、なんなんですか、おふたりともっ」

「お仕事の時間よ」

ふたりは宮子の袿に手をかけながら、声を揃えていった。

「いますぐ袴を脱ぎなさい」

三

東宮の再行啓を見送って数刻ののち。

堀川邸からようやく興奮のざわめきがひき始めたころ、北の対に一通の文が届けられた。

朝からの騒ぎで疲れていた北の方は、母屋の奥でうたたねをしていた。

かすかなもの音にまどろみを破られ、ふと見ると、枕元に文が置かれている。

「中将？」

女房を呼んだが、返事はない。

誰が置いたのだろう。ふしぎに思いながら文をひらいた北の方の手が、内容を理解するうちにぶるぶると震え出した。

血の気がひく。激しい動悸《どうき》がする。彼女は思わずつぶやいていた。

「なんてこと……！」


その夜、寝殿には、女房たちを除いた家人の姿はないはずだった。

主人の兼通は東宮に従って冷泉院にいったきり帰っていなかったし、ここ数日、寝殿に起居していた有子姫は、母親のいいつけで北の対の屋に戻っていた。

だが、多くのひとびとが眠りに落ちた深夜、寝殿の東面を歩く人物の姿があった。

北の方である。

彼女は足音を殺して、暗い廊下をひたひたと進んだ。

明かりをつけることはできなかった。それでは、彼らに気づかれてしまう。

北の方は、はっとした。

闇の中を大小二つのひと影が近づいてくる。

烏帽子をかぶった長身の直衣姿と、小袿姿の女の影。

北の方は急いで几帳の陰に身をひそめた。

ふたりは予想通り、その場所にむかった。壁代のむこう側に。塗籠に。

塗籠には灯が入れてあったらしい。扉をあけた拍子に、淡い光がふたりの姿を照らし出した。

顔をそむけていたそのひとの表情は見えなかったが、見おぼえのある直衣の織模様だけは、かろうじて確認ができた。そのいっぽう、隣にいる彼女の横顔ははっきりとたしかめられた。

大きな目。健康そうなふっくらとした頰。

彼女の肩に回された手に気づき、北の方はかっとなった。

塗籠の戸が閉められた。北の方は急いで几帳の陰から出ていった。

「――殿！　この戸をいますぐおあけになって！」

塗籠の戸を乱暴に叩きながら、北の方は叫んだ。

「わかっていますわ、馨子姫がそこにいらっしゃるのでしょう！　わたくし、この目でたしかめましたのよ、こんな場所で逢瀬《おうせ》を……隠れてもムダですわ！」

戸には閂《かんぬき》がかけられていた。

だが、いつまでも中に閉じこもっているわけにはいくまい。

北の方は戸を叩き続けた。それから、その音色に気づき、驚いてその手をとめた。

「――離星？」

塗籠の中から、箏の音色が聞こえてくる。

それから、遅れて和琴のひびきが。箏から琴《きん》へ、和琴から琵琶へ、音色は次々変わっていった。北の方は怯え、塗籠からあとずさりした。

やがて、すべての音がとまり、ギイ……妻戸が内からひらかれた。

北の方はしばしためらい、だが、結局、塗籠の中に足を踏み入れた。

二つの灯台の火に照らされた室内を見たとたん、彼女は強いめまいをおぼえた。

――これはいったい？　自分は夢を見ているのだろうか？

それは、たしかに悪夢の再現のようだった。

室内にひろげられた十二種類の楽器。落ちた一枚の色紙。

そして、いまさっきまでたしかにいたはずの人間の不在。塗籠の中には、兼通の姿も馨子姫の姿もないのである。

バタン！　いきなり、背後の戸が閉まり、北の方は驚きの声をあげた。

とじこめられた？　なぜ？

急いで戸にかけよろうとしたとき、灯台の火がいきなり消えた。

悲鳴をあげ、その場に座りこんだ瞬間だった。唐突に奇妙な音が大音量で鳴り始めた。

カァァ――――ン……！

テイィイ――――ン……！

北の方はうろたえた。

これは鉦《かね》の音？　それとも琴？　耳元で鳴っているようなこの凄《すさ》まじい反響音はどこからくるのか。室内には、楽器を鳴らしている人間などいないというのに！

キイィイ――――ン……！

ポオォォ――――ン……！

部屋じゅうに鳴りひびくその音は、冷たい哄笑《こうしょう》のようだった。

北の方は座りこんだまま耳をおさえ、悲鳴をあげた。

「やめて！」

「誰か！　誰かきて！　早く！」

彼女の声にこたえる人間はいなかった。やがて、北の方の身体はゆっくりと崩れた。

なおもひびいていた哄笑は、闇の中で、しだいにその声をひそめていった。

しばらく経って、妻戸があいた。

手燭をもった人物は、床に倒れた北の方にすぐに気がついた。

抱き起こした彼女の身体を手早く調べ、失神しているだけであることを確認すると、小さく息を吐いた。

それから人物は、彼女の胸元から落ちた文らしきものに気づいて、拾いあげた。

手燭の光に照らされた文には、柔らかな女の手蹟《て》が躍っていた。

「馨子姫は兼通さまの実の妹君にあらず

ふたりは今夜塗籠にて秘密の逢瀬を果たすべし」

「これは……」

「そのまま、動かないでくださいな」

背後から声がした。

ふりむいたとたん、ぴしり！　手にした文が弾き飛ばされた。

「動かないで、といいましたでしょう？」

塗籠の戸口に立ち、Y字型の飛び道具をかまえながら、彼女は花のように微笑んだ。

「あなたは……」

「百発百中を誇る特技ですのよ。額を狙っていますから、おとなしく従われたほうが賢明ですわ……ご自慢の美しいお顔にキズをつけられたくはございませんでしょう、兼通さま？」

「和泉の君か」

兼通はいつもと変わらぬおだやかな声でいった。

「こんばんは、兼通さま」

「姿を見るのはひさかたぶりだな……妙な時間に妙なところで会うものだね」

「そうですか、秘密の逢瀬にふさわしい場所を選んだつもりなのですけれど」

お気に召されませんでした？

馨子もまた、つねと変わらぬおちつきようでこたえる。

「そう、場所はともかく、あいては気に入らないね。『内密のお話があるので、今夜、寝殿の塗籠にておまちしております』……冷泉院にまで文を届けてこの私を呼び出したのは、馨子姫のはずではなかったかな。そんなぶっそうな遊び道具をかまえたあなたではなく、ね」

兼通は微笑み、床に横たわる北の方へ視線をむけた。

「嫉妬心をあおるニセの密告文で彼女を呼び出したのだね、しかし、なぜまた上を？」

「もちろん、たしかめたかったからですわ。事件の犯人があなたであることを、北の方さまはご存知なのか、北の方さまがあなたの共犯者なのか、そうでないのかを」

馨子はゆっくりと、塗籠の中に足を踏み入れた。

「大姫が姿を消したとき、香合わせの遊びのために、多くの女房がこの寝殿の東面にいた。あの催しがなかったら、大姫のそばにいたのは、おつきの女房の他には、有子姫と少納言だけだったはずですわね。北の方は、有子姫に事件の嫌疑がかからないよう配慮し、自然なかたちで現場に居合わせ、事件の進行を見守っていた……そんなふうな仮定も成立しますから」

「なるほど。それで、あなたの結論はどうだったのかな」

「北の方さまは、事件に無関係と判断しましたわ」

「その根拠は？」

「北の方さまの前で、事件の再現をしましたの。塗籠に入ったふたりの人間を消し、細小蟹を鳴らしました。結果、北の方さまは怯えて、気をうしなってしまわれた……事件のからくりを知っていたら、そんな反応をするはずがないですものね」

ですから、と馨子は兼通の背後に視線をむけた。

「お母さまは無実ですわ……最後の疑いを捨てることができてよかったですわね、有子姫」

ガタン。瑟《しつ》が揺れた。

わかれた琴の中から現れた有子姫を見て、兼通は目を丸くした。

「有子？　その格好は、いったい」

有子姫は長い髪を高く結い結び、直衣に指貫《さしぬき》という男装姿だったのである。

「兼通さまの役をしていただきましたの。有子姫は背が高いから、よくお似合いでしょう」

「これは、驚いたね。じつに凛々《りり》しい美少年ぶりだ。十代のころの私にそっくりでほれぼれするよ」

「さりげなく自慢をしないでいただけます？」

有子姫は不機嫌にいって、父親をにらんだ。

「わたしは、お父さまの、そういう自惚《うぬぼ》れたところが大嫌いなのよッ」

「そなたが事件の真相に薄々気づいていることは、私も知っていたよ、有子」

どこまでも柔らかな口調を崩さず、兼通はいった。

「そなたははじめから私を疑っていた。上が熱望していたにもかかわらず、御匣殿の役を蹴った理由もそれだね。私の手の中で踊らされることに、我慢がならなかったのだろう？」

「お父さまにも、大姫にもよ」

男装の有子姫は憤然といった。

「自分勝手なふたりが共謀してわたしを利用しようとしたことに、我慢がならなかったの！」

「それでも、そなたはその自分勝手なふたりのために、事件の真相に口をつぐんでいたのだね。御匣殿の役に馨子姫が据えられることを知ってからは、彼女が私の野心に利用されることを心配し、わざとひどい言葉と態度をぶつけて、彼女をこの邸から追い出そうとした」

「あんなちんちくりん姫のことなんか、誰も心配していないわよ」

「かわいそうに、そなたは賢すぎるのだよ、有子。女人《にょにん》というものは、少し愚かなくらいのほうがしあわせになれるというものだ。……そなたのお母さまのようにね」

兼通は北の方を抱きあげた。

「上への疑いは晴れたのだろう？　そう、お母さまは事件の真相をまったく知らない。安心しなさい、有子。そなたが怒りをぶつけるべきはこの私だけだということだよ」

「ひらき直ったわね、お父さま」

「口は悪いが、そなたはお母さまに深い愛情をもっている。事件の真相を知らせて上に余計な心配をさせることは、そなたにとっても好ましい事態ではないだろう」

黙りこんだ有子姫の背に、兼通は妻の身体をあずけた。

「いまのうちに、上を対の屋に戻しなさい。今夜のことは、すべて夢だったと思わせるんだ」

「ムリよ、そんなこと」

「大丈夫だよ。彼女との話が終わったら、私も上のもとへいく。上は私のいうことに、最後は必ず従ってくれるのだからね、心配はいらない」

有子姫は馨子を見た。馨子はうなずいた。

結局また肉体労働なのね……文句をいいながら、有子姫は母親を背負って、よろよろと塗籠から出ていった。

「おみごとですわ、兼通さま。一見、嫉妬深い妻と気の強い娘にふり回されているように見せながらも、本当の主導権は、つねにあなたが握っていらっしゃったのですね」

「妻の嫉妬は半分趣味のようなものだし、有子の毒舌は頭のよさの表れだからね。私は彼女たちを愛しているから、ふり回されることをまったく苦痛に思わないのだよ」

だが、手綱をとるのは私だ。兼通はにっこりと微笑んだ。

「さて、和泉の君、あなたにはいろいろと聞きたいことがあるんだがね……あなたは私が神隠し事件の犯人だと、いつから気づいていたのかな」

「いつからといわれれば、まあ、最初からですわね」

「最初から？」

「最初から、人間的に信用できなかったんですの」

馨子はあっさりいった。

「理屈ではなく、カンですわね。わたし、カンと男性を見る目には、自信がありますのよ。だてに十四のころから、恋愛の経験を数々積んではおりませんので……。あなたはやさしくて顔がいいだけのお坊ちゃんじゃありませんわ、兼通さま。頭のいい、かなりの曲者《くせもの》ですわ」

「それは褒められているのかな」

「あなたはご自分の魅力をよく知っていらっしゃる。頼りないほどひたすらやさしいところがあなたの魅力ですわ。ぽろりと弱さを見せることが女のこころをくすぐることを、あなたは熟知していらっしゃる。ついでに、研究しつくされたような魅力的な微笑の効果も、ね」

　兼通は苦笑した。

　それすらも無意識によるものなのか、甘い媚《こび》が含まれていた。

「ふたりのお子をもうけた奥方に、いまも熱烈に恋されていらっしゃるほどですし、妹君の中宮さまがご兄弟の中であなたを一番ひいきにされていらっしゃるのも、そのあたりの理由によるものなのではありませんか？　ま、わたしや有子姫にいわせれば、あざとい、のひと言ですけれど、それは個人のシュミの違いということで……」

「つまり、あなたははじめから、犯人を私と仮定した上で、事件を推理したのだね」

　馨子はうなずいた。

「神隠しのからくりには、どうやって気づいたのかね」

「細小蟹の謎を解いたら、からくりも同時に解けましたわ。この塗籠内に十三番目の楽器が隠されているということは、つまり、どこかにものを隠しうる空間が存在しているということですものね。細小蟹のありかは、そのまま、大姫さまの隠れ場所につながるわけですから」

「では、どうやって細小蟹のありかを探し得た?」

「それは、十三番目の色紙の歌ですわ。——恋居れば心も髪もさみだれの閨《ねや》のひまへに蜘蛛《くも》の訪《おとな》ふ」

馨子は呪《まじな》いのような口調で歌を詠《えい》じた。

「この恋歌は、いくつかの掛詞《かけことば》を使って細小蟹のありかを暗示していたのですね。掛詞は、髪、さみだれ、訪ふ、の三つ、そして、それ以外で重要なのが、閨のひまへ、という言葉でした。すきまを表す、ひまへ、というこの単語。大姫の事件に照らして考え、閨をこの塗籠とすると、すきまというのはどこを指しているのか? 閂のしまっていた戸のことではない。この部屋には明かりとりの窓もない。となると、すきまが存在すると考えられる場所は三箇所ですわ。つまり——床下か天井裏か壁の中です」

馨子はそばの壁をコン、と叩いた。

「この部屋の天井は低く、壁は厚い。その構造を考えたとき、一つの仮定が浮かびました。そして、その仮定に、いまあげた三つの掛詞がぴたりぴたりとおさまっていったのですわ。

髪《かみ》、は上《かみ》、にかけてあり、部屋の上部を示唆している。さみだれ、は五月雨《さみだれ》のこと、そう、事件当日の朝は、雨がふっていたそうですわね。訪《おとな》ふ、は音《おと》にかけてあり、つまり、この下《しも》の句は『塗籠のすきまに細小蟹の音がする』といっていることになる。

有子姫たちの聞いた、冷たく、奇妙な細小蟹の音色。閉ざされた部屋の中から消えた大姫。以上のことから導かれる結論は一つですわ。細小蟹の正体とは、つまりこれ」

馨子は天井にむかって飛び道具をかまえ、つぶてを飛ばした。

カン！

つぶてが十三番目の天女にあたった、次の瞬間。

冷たい哄笑にも似た先ほどの音が、部屋いっぱいに鳴りひびいたのである。

カアァァ――――ン……！

テイィィ――――ン……！

キイィィ――――ン……！

ポオォォ――――ン……！

「細小蟹の音色の正体は五月雨、つまり水です」

馨子はいった。

「天井裏に設置された大きな甕《かめ》に屋根からとりこんだ雨水をため、蜘蛛の足のように伸びた管（くだ）を伝わらせて、土壁の中に落としていく。土壁の中には、水音のひびきやすい陶器のようなものがいくつも置かれており、それがこの幻想的な音を生み出しているわけですわね。

陶器に水を落とす管には穴があいているようなので、そこから落ちる水の筋を糸に見立てたのか、あるいは硬質の糸を弾いているような音色の印象から、十三番目の天女に糸をもたせたのでしょう。琴だとするなら、これは、水琴《すいきん》と呼ぶべきでしょうか。

つまり、細小蟹はこの部屋にある、といった大姫さまの言葉は、少々正確さを欠いていたわけですわね。この部屋が細小蟹である、といったほうが正しかったのです。十三番目の謎の楽器、細小蟹は、この塗籠そのもののことだったのですわ」

兼通はおちついた表情で幽遠な水琴の音色を聞いていた。

「昨日も、今日も、雨はふらなかった」

微笑んで、馨子をみつめた。

「細小蟹を鳴らすために、わざわざ天井裏に水を運びあげたのかね」

「ええ、有子姫に手伝っていただいて。三人がかりでも、けっこうな重労働でしたわ。ですから、最低限必要な程度の量しか甕には入れられませんでしたの」

その言葉を裏づけるように、細小蟹の音色は徐々に弱々しくなっていく。

栓を抜いて管の中にいっせいに水を落としたときの勢いが、そのまま細小蟹の音量となっているのである。

「その三人目が先ほどから不在だね。暗い天井裏にのぼって、ひとりで栓をあけたりしめたり、大忙しだ。そろそろ、おりてきてもらってもいいのではないかな」

「では、手伝っていただけます？　なにせ、わたしはこのお腹なものですから」

兼通はうなずいた。

二つにわかれた瑟に歩みよると、十三弦の琴を壁に立てかけた。

琴の表裏をひっくり返し、裏板の上部を探る。

と、ぽっかりと裏板の一部が横長に外れた。

次に兼通は十二弦の琴をもちあげると、その頭を十三弦の外れた裏板部分にはめこんだ。

十三弦の琴を少しずつ手前に傾けていきながら、角度を調整する。

やがて、正しい位置が見つかったのだろう、二つの琴の上部は、がっちりとかみあい、動かなくなった。

支えあう二つの琴は、ちょうど、「入」という字に似た格好である。

「双身《ふたつみ》は、天井裏にのぼる脚立として使うしくみになっていましたのね」

なるほど、と馨子が感心していった。

兼通の顔に驚きが浮かぶ。

「知らなかったのかね？」

「ええ、『十三階段』という書き置きから、十三弦の琴を壁に立てかけて梯子《はしご》のように使うのだと単純に考えていましたわ。壁に立てた琴を横から見ると、ちょうど十三の段をもった階《きざはし》のように見えますものね。階の足場として使用されるため、すべての琴柱が固定されている。

琴柱部分は、おそらく中を金属か何かで補強しているのでしょう。その上に象牙の柱をかぶせて、ごまかしている。金属をしこんでいるため、重さがあって動かすのが困難になるから、瑟を半分にわけて使用していたのだろうと考えておりましたわ」

兼通は弛んだ十三弦の弦《いと》を琴柱の横へずらすかたちで外していった。

二つの琴の上には、十三番目の天女が微笑んでいる。

馨子はもう一度彼女にむかってつぶてを飛ばした。

合図に気づいた天井裏の宮子は、床のでっぱりに手をかけた。

がたがたと音がして、十三番目の天女ごと、格子天井の一部が外れた。

「このしくみには、すぐに気がついたのかな」

「ええ、まあ。水琴の装置は天井裏にあり、大姫さまは梯子を使ってその場所に隠れていた。梯子は壁に立てかけなければいけませんから、出入り口も壁に近い場所にあるはずだ、と考えたのです。天井を見たところ、十三番目の天女がまさにその位置にありましたので。もっとも、瑟が梯子ではなく脚立だったとなると、必ずしも壁に近い場所に出入り口がなくてもいいことになりますから、これは本当にまぐれ当たりでしたわね」

宮子は天井裏からそろそろと琴の脚立へ足をのばした。

裾の短い切袴《きりばかま》をはいているから、動くのはずいぶん楽である。が、足場になる琴柱部分は、爪先を置ける程度の大きさしかないので、おりるのは、のぼるよりもさらに一苦労だった。

「大丈夫ですか、馨子姫」

抱きかかえるようにして床におろしてくれたあいてを、宮子はまじまじと見あげた。

馨子と有子姫から事件のからくりを聞かされたときの驚きは、いまも完全に去っていない。

「弾けない琴」である瑟の細工が露見しないよう、豪華な装飾を施して美術品にみせかけていたことからも、彼が天井裏の水琴のしくみに気づいていたことは、あきらかだった。おそらく塗籠内の改修をしたときにでも、からくりを発見したのだろう。

馨子の説明は筋が通っていた。

だが、宮子の感情が、まだそれについていけなかった。

「あなたにそんな目で見られるのは辛いですね、馨子姫」

「わたしには、まだ信じられません、兼通さま。ご自分のご出世のために、娍の大姫さまを利用されて、このような事件を計画されたなんて……外戚の地位を争って、ご兄弟仲が悪くなることを避けたいとおっしゃっていたではありませんか、あれはすべて嘘だったのですか？」

いままでのやさしさもすべて、内なる野心を隠すための偽りにすぎなかったのか。

兼通はしばらく黙って宮子の顔をみつめていたが、

「私は男が嫌いです」

唐突にいった。

「……は？」

宮子はぽかんとした。

「なぜ嫌いなのかといえば」

戸惑う宮子にかまわず、兼通は淡々と言葉を続ける。

「男は私を愛さないからです。昔から、女たちが無条件に私にむけてくれた好意や愛情を男たちは私にむけなかった。臆病で小心者で男らしさに欠ける私を、彼らは否定した。死んだ父も、兄もそうでした。豪放磊落《らいらく》な父によく似た性格の弟とも、私は反りがあわなかった。そのぶん、母や妹たちは、私に愛情をむけてくれましたが」

兼通は微笑んだ。

「私は女たちに守られて育ったのですよ。私は自分を変えませんでした。むしろ、男たちが否定した部分を磨き続けた……つまり、弱さを、女たちに愛される才能を、です。そして、私の選択は間違っていなかったと思いますよ。父亡きいま、私たち兄弟が拠るところは、妹の中宮と彼女の産んだ東宮のふたりです。後宮に妃は多くあれど、帝がもっとも重きを置いているのは中宮です。そして、中宮は兄弟の中で、この私を一番愛してくれている」

兼通の笑みには自信があふれていた。

「父の遺言に従い、長男の伊尹が娘の大姫を東宮の後宮に入れることは決まっていました。それでは、兄に権力が集中しすぎる。私はこれを阻止したかったのです。兄は私よりも、弟の兼家を高く買っていますから、そうなった場合、私の出世がこの先大いに滞ることは目に見えている。大姫の後宮入りを回避させる術《すべ》はないものか、私は考え、大姫の周辺を調査しました。——その結果、大姫じしんも、後宮入りをのぞんではいないという事実を知ったのです」

「大姫さまには秘密があった……」

馨子はいった。

「彼女には恋人がいたのですね」

「そう、地位も身分もない、それどころか、貴族でもない、身分違いの恋人がね」

「どんな経緯《いきさつ》でそんなふたりが恋仲になったのです？」

「大姫は十歳のときに誘拐されたことがある。神隠しということになっているが、実際は盗賊による金品目的の犯罪だった。そのとき、賊の一員だったひとりの少年が危険を犯して仲間を裏切り、大姫と乳姉妹を邸に戻したのだそうだ。それが、大姫の秘密の恋人だよ」

兼通はかすかに目を細めた。

「大姫は一見おおらかだが、激しい情熱を内に秘めた少女だった。抵抗むなしく御匣殿への就任を決定された彼女は、約束されていたかがやかしい将来のすべてを捨てて、その男との恋に生きることを決意した。これはいいわけではないよ。大姫は私の協力を得て駆け落ちを決行したが、私の助けがなくとも、必ず邸を出ていたはずだ。嵐のようなふたりの恋に比べれば、私の野心など、頬をなでるそよ風程度のささやかなものにすぎないだろう」

「彼女は、恋人を愛するように離星を愛していた……」

馨子は室内に視線をめぐらせながらいった。

「あなたという協力者を得た大姫さまは、離星の演奏に夢中になっているフリをして、この塗籠で恋人との秘密の逢引《あいび》きを重ねていたのですね」

「後宮入りが内定して以来、一条邸における大姫への監視の目はきびしくなっていたからね。私は若い悲運な恋人たちに、逢瀬のための安全な場所を提供していたのだよ。……ところで、私と大姫が共謀していることに、どうして気がついたのかね」

「大姫さまの最も信頼している乳姉妹の紀伊が、協力してことに当たっているんですもの、この神隠しが大姫さまの意思による狂言であったことは、あきらかでしたわ。

細小蟹を鳴らすには、まず、天井裏にあがり、屋根から甕に雨水を入れるための弁《べん》をひらかなければいけない。その準備をしたのは紀伊ですわね。塗籠に入った彼女は邪魔な袿と長袴を脱いで瑟の脚立をのぼり、弁をひらいた。必要な量がたまったことを確認してから、ふたたび弁をしめる。細小蟹を鳴らした時間は短かった。それほどの量は必要なかったはずですわね」

「そもそも、細小蟹を鳴らす必要じたい、まったくなかったのだよ」

兼通は苦笑した。

「むしろ、不要な行為だった。壁の中からひびく水琴の音を聞いた者が、天井裏のしかけに気づく可能性は高いからね。三人目の協力者である男の童があらかじめ天井裏に身をひそめ、大姫の入ってくるのをまつ。ふたりは塗籠内の楽器を鳴らし、戸の外にいる有子たちを驚かせる。そのあと、大姫が瑟の脚立を使って天井裏に隠れ、男の童は瑟を元通りにしてから、縄を使って天井裏にのぼる。神隠しの演出としては、これでじゅうぶんなはずだった」

「細小蟹を鳴らしたのも、色紙の裏に『十三階段』という言葉を残したのも、たぶん、大姫さまの有子姫への伝言でしょう。これが狂言であること、自分の身を心配しなくてもいいことを、十三番目の楽器の謎と共にさりげなく有子姫に伝えようとした。……それにしても、駆け落ちをごまかすためだけにしては、ずいぶんと凝った演出を考えましたこと」

「大姫は自邸以外の場所で神隠しに遭うことで、父親の立場を少しでも守ろうとしたのだよ。御匣殿の役を蹴って好きな男と出奔――となると、父親の立場があまりにもないからね。

兄は大姫のもとに通う男がいることに薄々気づいていた。大姫の腹心の女房である紀伊が事件後に姿を消したことで、この神隠し騒動が大姫の自作自演である可能性に気づいたが、それを口にはできなかった。おかげで、私は兄と対立することなく、大姫の代理の姫の後見役に就くことができたのだよ。兄の承諾と決定には、弟の兼家も反対はできなかった」

「中宮さまを含め、ごきょうだい全員が九条家を守るために結束し、大姫さまの事件を秘密にした。それぞれに立場があり、打算があり、それを守るための嘘があった……」

「そう、あなたたちふたりを含めてね」

兼通は微笑んだ。

馨子の眉がかすかにあがった。

四

「さて……ここまできたら、お互いすべてを打ち明けたほうが話が早いのではないかな」

兼通はさばさばした口調でいった。

「あなたたちは、それなりの目的や要求があって、大姫の事件を調べたのだろう？」

「ええ、まあ」

「のぞみをいってもらいたいね。実際、いま、あなたたちに逃げられては困ってしまうのだよ。有子は頑固な娘だ。こうなっては、絶対に御匣殿の件を承知はしまい。ここまでしてようやくつかんだ後見役なのだから、ニセモノだろうと身代わりだろうと、かまいはしない。とにかく、御匣殿の役に就いてもらわないと、私としても苦労が報われないというものだ」

宮子は耳を疑った。

ニセモノ、だ、ろ、う、と、身、代、わ、り、だ、ろ、う、と？

「立場が反対になりましたわね」

馨子は苦笑した。

「さっきと同じ質問を、今度はわたしがする側になるなんて。……それで、兼通さま、わたしとこの子が立場を入れ替えていることに、いったい、いつから気づいていらっしゃったのです？」

（！）

「最初から、といいたいところだが、実際は、あなたたちを邸に迎え入れた翌日だね」

（！　！）

「何かボロが出るようなヘマをしましたかしら」

「あの牛車の中でのあなたのふるまいがひっかかったのでね、翌日、友成をもう一度五条の邸にやって、調べさせたのだよ……和泉の君、いや、馨子姫か、あなたは知るまいがね、平然とわたしをやりこめたあのときのあなたは、死んだ父や弟の兼家にそっくりだった」

兼通はおかしそうに笑った。

宮子はぼうぜんとして、言葉もない。

（さ、最初から……わたしが身代わりのニセモノだと気づいていらっしゃった……？）

では、秘密を守ろうとし、懸命に馨子としてふるまってきた、あの苦労はなんだったのか。

宮子は脱力し、ぺたりとその場に座りこんだ。

「この子がご落胤でもなんでもないと知っていながら、お兄さまと呼ばせてよろこんだり、甘やかしたりなさっていましたの？　悪い趣味ですわね、兼通さま」

「反応がいちいち新鮮で可愛かったのでね」

兼通は悪びれるふうもなくこたえる。

「正直いって、本物の妹がどちらかなど、私にはどうでもいいことだった。父の娘である証拠があり、東宮の妃候補となれる条件に適《かな》ってさえいれば……あなたたちがこんなふうに私を追いつめなければ、このまま、知らぬフリを通すつもりでいたのだがね。事件の謎解きをした目的は、なんだったのかな？」

「わたしたち、もともとこちらに長居するつもりはなかったんですの。事件が狂言とわかりましたから、その口どめ料をたっぷりいただいて、そろそろ、五条の邸に帰ろうかと思いまして」

「いやいや、それは困る。宮子姫にはぜひとも御匣殿となって、後宮にあがっていただかなくては」

すかさず握ってきた兼通の手を、宮子はあわててふりほどいた。

「わ、わたしは、姫なんかじゃありませんわ、ただの、乳姉妹の女房ですっ」

「ああ、私はすっかりあなたに嫌われてしまったのですね、宮子姫」

兼通はふり払われた手をかなしそうにみつめた。

「そ、そんな傷ついたようなお顔をされてもだめですわ、兼通さま、もう騙《だま》されませんわ」

「もう、お兄さまとも呼んでくれないのだね。恥ずかしそうに私を呼ぶあなたを見ることが、いつの間にかこころの慰めになっていたのに……」

「め、目をうるうるさせながら、お顔を近づけないでください」

「私はどうすればいいのだろう、どうすればあなたにゆるしていただけるのですか？」

どうか、私を嫌わないでください。

世にも切ない声で懇願され、手を握られ、いつの間にかしっかりと抱きしめられていた。おそろしくやさしい手で髪をかきやられる。甘いささやきを吹きこまれる。指の一本一本に口づけされる。宮子は腰が抜けそうになった。

「か、馨子さまァ！」

「さすが、といいたいところですけれど、そのへんにしていただけません、兼通さま？この子はウブな子どもですのよ」

宮子の反応を見ながら、馨子はくすくす笑っている。

「この初々しさ、可憐《かれん》さこそが貴重なのです」

渡すものかというふうに、宮子をひしと抱きしめたまま、兼通はうなずいた。

「まだ若い東宮の妃となるにふさわしい。母親である中宮にしても、いとこの大姫にしても、有子にしても、九条家の女たちは、みな、美しく聡明だが、我が強すぎるのが難点だ。東宮は何も仰《おつしや》らないが、こころの安らぎになるようなやさしい妃を求めておられることを私は知っていた。東宮そのかたの気質を鑑《かんが》みても、宮子姫は御匣殿となるのに、ぴったりなのです」

「ぴ、ぴったりも何も、わたしはご落胤でもなんでもない、ただの乳姉妹ですわ、兼通さま」

「血筋の近い乳姉妹は、姉妹も同然ではありませんか。ならば、馨子姫の妹である宮子姫は、私にとっても大切な妹ですよ」

「そ、そんな屁理屈を」

「屁理屈も理屈の内ですよ、宮子姫。真実ばかりを声高に叫べばいいというものではありません。男女の仲も、政治の世界も、嘘と真実を使いわけて、はじめてうまくいくのです。これは私の苦い経験と失敗から得た教訓ですがね、はっはっは……理屈と詭弁《きべん》は政治家の友《おとこ》」

(か、兼通さまってこういう性格のひとだったの?)

「やさしくおだやかな常識人」という兼通像がガラガラと音を立てて崩れていった。

「と、とにかく、御匣殿のお役目はムリですわ。池に飛びこまれたり、侍たちと立ち回りを演じられるような荒々しい東宮さまのお世話が、わたしにつとまるわけありませんもの！」

破天荒な東宮の手綱を握るのには、我が強い九条家の女たちのほうが適役ではないか。

「荒々しい？　東宮はおやさしい、おだやかな気質のかたですよ」

「え？　だって……有子さまからお聞きしましたわ、仮御所の冷泉院で大暴れをなさった、ものの怪憑《けつ》きとも噂されている、前代未聞のおかただとか……」

「噂は、あくまで噂です」

兼通はきっぱりいった。

「悪意をこめてささやきあえば、いくらでも悪い方向に膨らんでいくもの。有子は、東宮の悪い噂を聞けば、あなたが御匣殿の役目を辞退し、私の政治的手段として利用されなくなるだろうと考えて、わざと誇張した話をあなたに聞かせたのでしょう」

「それじゃ……」

「たしかに、東宮は問題の多いかたです。生まれ育った御所での暮らしを嫌い、大人たちを嫌い、ものいわぬ動物や植物ばかりにこころを傾けていらっしゃる。幼少のころは極端に無口で、自分の世界に閉じこもられ、文字をお教えしても、学書を読んでお聞かせしても、なんの反応もお見せになられませんでした。理由はわかりませんが、数年前から変化が訪れ、ひとよりも優れた頭脳をもったかたであることを私たちもようやく知ったのです……いまではすっかり普通の少年となられ、言葉を操られるようになりましたが、人間よりも動植物を深く愛される点は、昔とあまり変わらない」

兼通は苦笑した。

「ケガをした愛馬を心配して厩舎に寝泊まりし、巣から落ちた雛《ひな》を助けようと池に飛びこむ。冷泉院に放った猫たちを気にかけて、御所を抜け出そうとする。たしかに、問題の多い、前代未聞の東宮ではありますよ。だが、破天荒だとか、乱暴者だとかいう表現からはまったくかけ離れた性格のかたです。そのことは、あなたじしんがよくご存知のはずでしょう、宮子姫」

「？　わたしなどが東宮さまのご性格を知っているはずがありませんわ」

宮子は困惑して兼通をみつめた。

「まだ気づかれないのですね。次郎君ですよ、宮子姫」

「次郎君……？　彼がどうかしたのですか」

「あれが東宮そのかたです」

宮子はあっけにとられた。

（は？）

兼通は淡々といった。

「わが甥《おい》の君、憲平《のりひら》東宮は十五歳」

「先ほど説明した通り、東宮は窮屈な御所での暮らしを嫌われ、お忍びでしょっちゅう大内裏を抜け出していらっしゃるのです。悪い有能な側近がいるらしく、気がつくと東宮の御座所はもぬけの空。中宮は頭を痛め、私をお目付け役に任命したのです。この邸にきているあいだは、近くに住む私の次男ということにしてね……邸内でこのことを知っているのは、友成だけですが」

「な……」

「これまでは弟皇子の三の宮を身代わりに立てて、御所での不在をごまかしていたのですが、それにも限度があるということで、今回、ようやく正式な冷泉院への行啓が決まったのです。二日前には御所に戻る予定だったのですがね、滞在を延ばしたいと急に東宮がいい出されたので、私としても戸惑いましたよ。昨夜、その理由を友成から報告され、驚きました。東宮と宮子姫がすでに知り合っていて、ふたりで舟遊びをしていたらしいというのですからね。東宮はその事実を隠したがっておられたようなので、私も気づかぬフリをしておきましたが」

宮子は言葉もなかった。

だが、それなら、今日の行啓の一件も、納得はいく。

宮子に相談をもちかけられた次郎君――いや、東宮自らが進路の変更を許り、寝殿からひとを払うため、堀川邸の北側に行啓の一行を入れて、ひとをあつめたのだ。

「有子さまも、次郎君の正体を知らなかったんですの？」

「そう、それが私の切り札でね」

兼通は笑った。

「有子は東宮妃の地位にまったく興味をもっていなかったが、異母弟として接触した次郎のことは気に入っていた。正体を知れば、むろん驚くだろうが、ひととなりを知っているぶん、御匣殿として仕えることに抵抗をおぼえないだろうと考えたのだよ。客観的に見ても、あの子は普通の結婚より、御所勤めをさせるほうがむいているだろうと思えたからね」

「その切り札を出す前に、事件の首謀者であることを有子さまに見抜かれてしまい、御匣殿の役目を蹴られてしまった」

「その通り。だが、こうなれば結局、同じことだ。有子に使うはずだった切り札を宮子姫に使わせていただこう」

御匣殿になってください、宮子姫。

兼通はずい、と宮子に顔を近づけた。

「む、無茶をおっしゃらないでください、兼通さま」

「無茶ではありません、身代わり云々はもはやどうでもいいことだ。東宮があなたをのぞみ、私や九条家のみながあなたの就任をのぞんでいるのです。なんの不都合があるでしょう」

「わたしの都合がありますわ！」

「東宮がお嫌いですか、宮子姫」

「き、嫌いではありませんけれど、それとこれとは、話が別です」

「東宮はあなたを気に入っておられます。『堀川の庭に珍しい撫子の花を見つけた』と楽しそうにおっしゃっていた。あなたとの接触を隠していたのは、私の野心にあなたを利用されたくないとお考えになられたからでしょう。ごじしんがのぞまぬ義務に縛られておられる東宮は、他人に同じ運命を求められない。生後三カ月で皇太子となられた東宮には、人生の選択肢そのものが存在しなかったのですから」

——きみはきみの人生を、自由に、君じしんで決めることができるんだよ。

澄んだ少年の声が、宮子の耳によみがえった。

（次郎君……）

「ひきうければいいじゃない、宮子、御匣殿の役」

馨子がのんびりいった。

宮子は仰天した。

「馨子さま！」

「だって、兼通さまがいいとおっしゃっているんだから、身代わりの件はもう問題ないわけでしょう？　それに、知らないうちに東宮本人とも仲良くなっちゃっていたわけだし……」

「い、いくら仲良くなったって、わたしはニセモノのご落胤なんですよ？」

「ニセモノか本物かなんて、それほど重要な問題ではないと思うけど。それをいったらわたしだって、本物のご落胤かどうかあやしいものよ？　なにせ、お母さまも恋多きかただったそうだし……だいたい子どもの父親なんて、女のいったもん勝ちみたいなところがあるしねー」

馨子はあっけらかんと笑った。

「だからといって、無茶にもほどがありますわ――このわたしが御匣殿になるなんて！」

「あら、そんなことないわよ。おまえもわたしも、埃だらけの家系図を叩いて辿っていけば、同じ王族の末裔《すえ》なのだから……育ちはともかく、血筋でいえば、ひとにいって恥ずかしいことなど何もない生まれなのよ。おまえはわたしの妹も同然、ひけめを感じる必要なんてないわ」

「本気でおっしゃっているんですか、馨子さま……」

「乳姉妹の出世は主人のよろこびよ。御匣殿は衣料を司《つかさど》るお役目だもの、裁縫上手のおまえにぴったりだと思うわ……ところで、兼通さま、御匣殿のお手当っていかほどなんですの？」

宮子は逃げようとした。

が、兼通の腕にしっかり抱きとめられていて、動けない。

「か、兼通さま、あきらめてください。次郎君のことは好きですけれど、お妃候補の御匣殿にはなれません。なぜなら、わたしには真幸が——そう、将来を誓った恋人がいるんですっ」

宮子はきっぱりと力強くいい切った。

さあどうだ！

「まったく問題ありません」

「えええ——ッ」

大アリでしょ！

あっさりいなされた宮子は、叫ばないではいられなかった。

「宮子姫、御匣殿というのはあくまで公職、妃ではないのです。あなたの自由恋愛を咎める権利は誰にもない。私もそのような無粋なまねをするつもりはありません」

兼通はものわかりよく、ひとりでうんうんとうなずいている。

「恋愛、大いにけっこうですね、恋ほど女人を豊かに美しくするものはありません。東宮はまだその方面に関してまったく幼《いとけな》いばかりですから、あなたがいまのうちにドンドン経験を積んで、きたるべきときに主導権を握れるようにしておいてください」

「きたるべきときって、あの」

「兄は大姫が恋人をもつことをゆるさなかったが、私は違います。ま、あまりおおっぴらにされては困りますが、この邸においての恋人との逢瀬には、できるかぎりの協力をいたしましょう」

「か、兼通さま……」

「むろん、経済面での援助も怠りませんのでご安心を。俸給は、宮中からのものとは別に私からもしかるべき額をさしあげます。五条のお邸には女房たちを派遣して、馨子姫の生活にご不自由のないようとりはからいましょう。参内の日数に関しては応相談ということで。——他にご質問はありますか、宮子姫？」

（に、似ている、この合理的な考えかたが、馨子さまに。やっぱり、ご兄妹だわ）

「権利とか、公のお咎めとか、そういう問題ではないのです……お妃候補として東宮さまにお仕えしながら、こっそり恋人をもつなんてマネ、わたしにはできません」

宮子は半泣きになって訴えた。

「それほど深刻に考えないでください、宮子姫。東宮はまだ元服前、つまり、いまの時点ではまだ、大人になられておられない。当分のあいだは、あなたに対して、寝所にお仕えするという妃の義務を求められないはずですよ」

「そういうことではなくて、きもちの問題です。東宮さまと真幸と、バレないよう二股をかけろということでしょう？　そんなの、絶対にいやです、わたしにはムリです！」

「宮子はわがままね」

「どっちがわがままなんですかァ！」

「いやになっちゃうわ、わたしはおまえを、一度にひとりの男しか愛せない狭量な子に育てたおぼえはないのに……二股くらいで大騒ぎするんじゃありません、わたしなんて十四のころからつねに平均三人の恋人をもち、おかげでお腹の子の父親が誰だかわからないのよ！」

それは別に自慢することではない。

「ひとりでふたりの男を幸せにしようと努力する、つまり、二股とはひとの二倍働くということよ。不実どころか、勤労精神にのっとった、じつに尊《たっと》ぶべき行為ではないの」

「そうですよ、宮子姫。三人で幸せになればいいのです。たとえば、男が複数の妻をもつのはふつうのことでしょう？　男にできて女にできないことはありません」

「真幸がおまえに愛情をそそぎ、おまえが東宮に愛情をそそぎ、成長した東宮が受けとった愛情を一天万乗《いってんばんじょう》の君《きみ》として民草《たみくさ》にそそぐ……」

「この瑞穂《みずほ》の国は美しい愛で潤されるのです」

手をとりあってうなずいている。

いつの間にか息があってきているのが恐ろしかった。

（だめだわ、このおふたりには、常識で訴えても通用しない！）

このままでは、身代わりを引き受けさせられたときの二の舞になってしまう。

「おわかりになられましたか、宮子姫、これもお国のためだと考えて……アッ！」

ごめんなさい。こころの中で謝りながら、宮子は兼通の急所に膝蹴りを入れた。

「こらっ、まちなさい、宮子」

「きゃあっ」

飛び道具をかまえ、ピシピシつぶてを飛ばしてくる主人から、必死で身をかわす。

お腹の大きな馨子はさすがに追ってこられなかった。

宮子は急いで寝殿から逃げ出した。

五

西の対の屋へと走りながら、宮子は懸命に頭を働かせた。

高い報酬と政治的野心。あのふたりの利害は一致している。

ふたたび捕まったら、馨子の舌と兼通の笑顔に丸めこまれて、宮中いきの牛車に押しこまれることは必至である。

有子姫に助けを求めようかとも思ったが、それより簡単で確実な方法があると気がついた。

(堀川邸から逃げよう――五条のお邸か、三条の夫人のお邸に駆けこめばいいわ!)

馨子も自分を追って邸を出ざるを得まい。堀川邸から離れれば、馨子も少しは冷静になるだろう。それでもだめなら、馨子の叔母である三条の夫人に泣きついて、馨子の説得にあたってもらうしかない。

宮子は大急ぎで着替えをし、庭へおりた。

堀川邸にきたときの粗末な衣装に顔を隠す被衣《かずき》。

(馨子さまにかかったら、わたしの行動なんてすぐに読まれてしまう)

門を閉ざされ、追っ手をかけられる前に、なんとかここから逃げ出さなければ。

「どこへいくんだ、宮子」

いきなり肩をつかまれて、宮子は飛びあがった。

ふり返ると、真幸が立っていた。

「真幸!」

狩衣に小太刀《こだち》を佩《は》いた装いの真幸は、

「おまえに会いにきたところだったんだ」

といいながら、被衣姿の宮子をけげんそうにみつめた。

「曹司《ぞうし》に忍んでいったら、馨子さまがいらっしゃらなかったから、帰ろうかどうしようかと迷っていたんだが……おまえが現れて、驚いた。こんな時刻に、どこへいくつもりなんだ？」

宮子は恋人の首にかじりついた。

助かった！

「真幸ィ、うわーん、よ、よかったよー」

「宮子？　いったい、どうしたんだ」

「ちょうどいいところにきてくれたわ、真幸。お願い、わたしを連れて、ここから逃げて！」

「逃げる？」

真幸は戸惑ったようすでいった。

「事件の解決は、どうなったんだ」

「事件は解決したけど、おかしな展開になっちゃったの。ねえ真幸、このままじゃ、わたし、ムリヤリ御匣殿にされてしまうのよ……！」

宮子は手早く事情を説明した。

神隠し事件は、結局、一条の大姫の狂言だったこと。駆け落ちをした大姫が邸に戻ってくる見こみはなさそうなこと。兼通は身代わりの事実を知った上で、宮子を御匣殿に就任させるつもりでいること——そして、馨子がその案に大いに乗り気であることを。

宮子の説明を聞いた真幸は、眉をひそめた。

「あのおふたりが手を組まれたのか……おれの心配が、最悪なかたちで的中したようだな」

悪い予感ほどよく当たる……うなるようにいって、真幸は深々とため息をついた。

「それで、わたし、とりあえずここを逃げ出さなくちゃと思って……」

「賢明な判断だ、宮子。おまえの考え通り、三条の奥さまのお邸にでもかくまってもらったほうがいい。さすがの馨子さまも、あのお邸では、そうそう無茶なことはなされないはずだからな」

「うん……で、でも、大丈夫かな、なんだか、たいへんなことになってきちゃって……」

「心配するな、宮子。おれがそばにいるんだ、おまえを御所になどやられてたまるものか」

「真幸……」

「安心していろ。おまえは必ずこのおれが守ってみせる」

きっぱりいいきった恋人の頼もしさに、宮子は涙が出そうになった。

(ああ、常識人の恋人をもってよかった……わたしはやっぱり常識側《こちら》の人間だわ)

抱きあい、みつめあい、しみじみと互いの愛情を確認しあいたいところだったが、いまの危機を脱するまで、いったん、それはおあずけである。

とりあえず、早急にこの邸を離れなくては、と、一番近い西門にふたりでむかうことにした。

茂みや木々に隠れながら早足で進んでいくと、門の手前に設けられた侍所《さむらいどころ》が何やら騒がしい。

煌々《こうこう》とした篝火《かがりび》の周囲で、大勢の侍がバタバタと動き回っているのが見える。

宮子と真幸は顔を見あわせた。

兼通が先手を打って命令を出し、門を固めてしまったのだ。

「どうしよう、真幸……ここから出られないなら、他の門にいくしかないけれど……」

「いや、他の門にも同様の命令が達しているだろう。いくだけ時間のムダだろうな」

真幸は宮子の手をとると、姿勢を低くしたまま、建物に背をむけた。

「どこへいくの、真幸？」

「少し遠いが、南の出入り口から出ることにしよう」

「南の出入り口？　そんなもの、あったっけ？」

「築地の破れている箇所が一箇所ある。前回、来たときに邸の周囲を調べて、見つけておいたんだ。兼通さまは知らないだろう、そこからなら、安全に脱出できるはずだ」

宮子と真幸は暗い木々のあいだを抜け、南西の方角へと進んでいった。

踏みわける夏草の強い匂い。やがて、闇の中に、長く白い築地のかたちがうっすらと見えてきた。

あそこだ、と真幸が指さしたその先に、ゆらりと大きなひと影が動いた。

(あ！)

「お、珍しい、私のヤマ勘が当たってしまいましたな」

とぼけた口調でいって立ちあがったのは、どんぐり眼《まなこ》の侍、平友成だった。

宮子は思わず真幸の腕につかまった。

(友成！　——ど、どうしよう、ここもまちぶせされていたなんて……！)

「家司《けいし》にいって、いま一度、築地の点検を強化させせんといかんなあ……」

あせる宮子をよそに、友成はのんびりと周囲を見渡している。

「ま、しかし、わりあい早くにきていただいて、助かった。いやはや、こんなやぶ蚊だらけの場所に長々いさせられては、かないません」

いいながら、首にとまった蚊をぴしゃりと叩き潰した。

腰に佩いた太刀が小さく揺れた。蚊を払う友成の指は節太く、肉厚く、袖からのぞく渋皮色の腕は桜の枝のようにたくましい。

真幸は宮子を背中に隠した。

友成は面白そうな表情でふたりをながめ、悠然としている。

「はは、まあ、そうにらみなさんな。姫君に乱暴はせんよ、五条の若いの」

「平友成どの、でしたね。兼通さまのご命令で、おれたちを捕らえるつもりですか」

「うーむ、殿のご命令では、お捕まえするのは姫君だけだったはずなんだが……若いの、このまま姫君を置いて立ち去るつもりはないかね」

「ありません」

「ウム、それならしかたない」

あっさりいって、友成は太刀を抜いた。

真幸もためらいを見せなかった。

すらりと抜いた小太刀をかまえ、ひとまわりも大きなあいてにむかう。

「真幸！」

「離れていろ、宮子」

眼前のあいてから視線を動かさず、真幸はいった。

「いいか、おれが彼をくいとめているあいだに、あそこの崩れから外へ逃げるんだ」

「だ、だけど」

「いいから。彼の目的はおれじゃない、あくまでおまえを捕まえることだ」

「そういうことですな」

とこたえた声の暢気《のんき》さを、すきのない太刀のかまえが裏切っていた。

友成の太刀の切っ先は鶺鴒《せきれい》の尾のように絶え間なく揺れている。

どんな攻撃にも瞬時に対応するためだろう、儀礼本位の近衛《このえ》のものとは違う、実戦的な武士《もののふ》の剣だ。

「とはいえ、この状況で姫君をお捕まえするのは、ちょいとばかり困難なようですな……ま、じきに応援がくるはずですから、姫君の確保はそちらにまかせることにいたしましょう。それまでは、おふたりを逃がさず、足止めするのが私めの仕事」

飄々《ひょうひょう》とした言葉の終わりをまたず、真幸があいての間合いに踏みこんだ。友成が体躯《たいく》に見あわぬ身軽さで刃《やいば》をかわす。チィン！　金属音がひびいた。宮子は身をすくめ、息をのんだ。

（真幸……！）

スキを見つけて逃げろ、といった真幸の言葉を、宮子はむろん、理解していた。

それでも、真剣をもっていのちのやりとりをする真幸の姿を目にしたとたん、宮子はその場から動けなくなった。

盗賊に襲われたあの夜のことが思い出される。

あの男を一刀両断にしかねなかった友成に、体格や腕力であきらかに劣る真幸がかなうのだろうか？

不安が胸をよぎった瞬間、鮮血が飛んだ。

真幸の手から小太刀が弾き飛ばされた。

「真幸！」

迫った切っ先を顎の皮一枚、のけぞって避《よ》けると、真幸は地面に転がった。

素早く小太刀を拾いあげ、低い体勢のまま両手にかまえる。

いったいどこを斬られたのだろう？　宮子は動揺しながら土に汚れた真幸の全身に目をやったが、怪我らしい怪我はどこにも見えなかった。

友成は築地の崩れを背にしたまま、太刀をかまえていた。

太く短い首に、ひとすじの血がたれている。

「いい目をしているな、若いの」

友成は破顔した。

「迂闊《うかつ》にも、のまれそうになった。大した気迫だ。……ところで、名前をなんといったかな」

「源真幸です」

大きく息を乱しながらこたえる真幸の目は、一瞬たりとも友成の太刀から離れない。

「おお、源氏の若人《わこうど》か。とはいえ、武士ではないようだ。どこでそんな鍛錬を重ねたね？」

「夜道で、市で、方々の辻で。都のどこへいっても、喧嘩相手にはこと欠きませんから」

「実戦で鍛えたか。ふーむ、しかし、どうにもぴんとこんな。おれの目には、おまえさんは、喧嘩好きの乱暴者とは、ほど遠い男に見えるが」

「好きではないですが、姫君たちをお守りするためには、強くならねばならなかったのです。五条のお邸に男は少なく、最後に残ったのは、十五のおれだけだった。おれは幼いころ、海賊に両親を殺されました——非力に泣いたあんな思いは、もう、二度と味わいたくない！」

きっぱりといった真幸の言葉に、友成はうなずいた。

「見目よい若者に、なるべく傷をつけたくはなかったんだが……うーん、しかたない、本気を出さねば、こっちが怪我をする……よろしいですか姫君、ゆめゆめ、その場を動かれますな。どうにも、そちらへ目をむける余裕はもてそうにございませんので」

友成の顔から、はじめて笑みが消えた。

「はッ！」

ふたりは同時に間合いをつめた。

キィン！　闇に冷たい火花が散った。

友成が圧し、次には真幸が押し返す。

太刀と小太刀が刃を削る。ぎりぎりと鍔《つば》を競り合うそのさまを宮子はとても見ていられなかった。震える手で思わず顔を覆った、そのとき。

「やめなさい、友成！」

そこまでよ！

ふいに、背後から声がひびいた。

「聞こえないの？　わたしの命令よ……いますぐ、刀をおろしなさい！」

（え？　この声はもしかして）

宮子はふり返った。

結い髪に男装姿の有子姫が、木々のあいだを抜けて、こちらへ駆けてくるのが見える。

（あ、有子さま……？）

「こんなところにいたのね、ちんちくりん姫……」

有子姫は大きく息をついたあと、驚いている宮子の手をぎゅうっとつかんだ。

「やっと見つけたわ――ああ、もう、さんざん、探し回ったのよ！」

「や、や、これは、有子さま。なにゆえ、このようなところへおいであそばされました」

友成がどんぐり眼をさらに丸くして彼女を見る。

真幸も戸惑った顔で立ちつくしていた。

「お父さまの指示は中止よ、友成」

有子姫はきっぱりといった。

「中止、でございますか」

「そうよ、それどころじゃなくなったの。だから、おまえの役目も今夜はここまでです。

さっさとその太刀を収めなさい」

「はあ……」

「彼女はわたしが預かるから心配はいらないわ。さ、いくわよ、ちんちくりん姫」

有子姫は宮子の腕をつかむと、ぐいぐいひっぱりながら、歩き始めた。

「あ、有子さま？　あの、お話が見えないんですが。いくって、いったいどこへ」

「馨子姫のところよ」

「えッ！　そ、それは困ります。そのう、わたしたち、いま、ちょっと面倒なことになっていまして」

「いいから黙って一緒にくるのよ。それどころじゃないといったでしょう！」

ただならぬ有子姫の迫力に圧され、宮子は立ちすくんだ。

「有子さま？」

「……北の対でまっていたら、突然、血相を変えたお父さまが駆けこんできたのよ」

低く、つぶやくような声で有子姫はいった。

「兼通さまが……？」

「塗籠で、いきなり馨子姫が苦しみ始めた、と……馨子姫の出産が始まったの」

「！」

急いでふたりを追いかけてきた真幸が、驚いたように足をとめる。

「姫君のご出産が始まった……？　それは、本当ですか、堀川の姫君」

「そ、そんなまさか……だって、有子さま、産み月には、まだ一月ほどあるはずですのに」

「あるはずも何も、現実に陣痛が始まっているのだから、しかたがないでしょう。馨子姫はひどく苦しんでいるわ。ずっとあなたのことを呼んでいるのよ、ちんちくりん姫、こんなときに、たったひとりの乳姉妹がそばにいてあげなくて、どうするのよ」

宮子は、有子姫の血の気の引いた顔色に、ようやくこのとき気がついた。

「どうして、そんなきびしいお顔をなさっているのですか、有子さま？　馨子さまはごぶじなのでしょう？　ただ、少し早くご出産が始まってしまったというだけなんですよね？」

「……わからないわ。だって、わたしは医者じゃないもの。そんなことまで、勉強していないもの」

有子姫は力なくこたえたあと、ただ……、とためらうように言葉を続けた。

「ただ……？」

「少納言と一緒に塗籠にいったの。あれはお産の経験が豊富な女房だから……その少納言が、難しい出産になるかもしれない、といっていたわ。もしかしたら……」

母子共に、最悪の場合も覚悟しなければいけないかもしれない、と。

そう口にした有子姫の手は、つないだ宮子にもはっきりとわかるほど、震えていた。

（馨子さま……嘘よ、そんなはずがないわ。だって、馨子さまはさっきまで、あんなに元気で笑っていらっしゃったもの。最悪の場合なんて、何かの間違いよ、きっと、きっと、そうよ）

宮子は鉛を飲みこんだような不安に耐えながら、有子姫と共に寝殿へむかった。

「――馨子さま！」

馨子は、薄暗い塗籠の中で陣痛に苦しんでいた。

塗籠内に置かれていた楽器や調度は、すべて外に出され、代わりに、多くの灯台と、馨子が身を横たえるための寝具が運びこまれてあった。

痛みに顔をゆがめる馨子のそばで、少納言がせっせと働き、お湯や薬湯の用意をしながら、汗を拭い、励ましの言葉をかけている。

「ああ、有子さま、お戻りになられたのでございますね、よろしゅうございました、和泉の君は、先ほどからずっと馨子さまのお名前を口にしていたのでございますよ」

急いで馨子に駆けよろうとした宮子の身体を、有子姫が、ぐい、と乱暴にひき戻した。

「――いいこと、彼女はあくまで和泉の君。馨子姫はあなたなのよ、ちんちくりん姫」

口早に、叱りつけるような口調でささやいた。

「あ、有子さま、で、でも、いまは、そのようなこと！」

「でもじゃないの、和泉の君はこれだけ苦しみながらも、宮子なんて名前は一度も口にしていないのよ！　彼女は嘘をつき通す覚悟でいる、その努力をムダにするんじゃないわ」

宮子は震えながらうなずくと、よろよろと馨子のかたわらに膝をついた。

「……ああ、馨子さま……よかったわ……ようやく、いらしてくださいましたのね」

乱れた息の下でそういうと、馨子は宮子にむかって手をのばした。

「そ、そうよ、いま戻ったわ、和泉の君……しっかりしてね、きっと、すぐによくなるわ」

馨子は一瞬笑顔をつくろうとした。

だが、苦痛にそのおもてが激しくゆがむ。

握られた手に強く爪がくいこんだ。食いしばった口の端から、短く鋭い悲鳴が洩《も》れた。

「か……和泉の君！」

「呼吸を整えて、大丈夫ですよ、息を吸って、そう、もう一度」

少納言がおちついた声で励ました。

馨子の目尻から、涙が落ちた。

(馨子さま、こんなに真っ青な顔で苦しまれて、くちびるが破れるほど痛みに耐えられて)

わたしのせいだ、と宮子は思った。どうしようもない後悔に、めまいさえおぼえた。

──馨子のお産が危険なものになるかもしれない兆候は、たしかにあったのだ。馨子が何度も痛みをおぼえていたらしいと、鹿子はわざわざ報告してくれていたではないか？　なのに、自分は馨子の言葉をあっさり信じて、それ以上のことを何もしようとはしなかったのだ。

(わたしは馨子さまの乳姉妹なのに。ごめんなさい、馨子さま、ごめんなさい……！)

馨子の額にながれる滝のような汗を拭い、涙をふきながら、宮子の両目からもまた、とめどない涙がこぼれ落ちる。

馨子の苦痛の声は、だんだんと大きくなっていく。握られている宮子の手からは感覚がなくなり始めていた。ここにきてからどれだけの時間が経ったのか、夜明けはもう訪れたのか、窓のない塗籠の中、痺《しび》れたような宮子の頭の中では、さだかには知れなかった。

「──有子さま、ただいま、殿のご侍医《じい》が」

女ばかりの戦場に、いかめしい顔の老医師が入ってきたのは、いつのことだったか。

気がつくと、宮子は有子姫によって塗籠から連れ出され、兼通のいる隣室に座らされていた。大丈夫ですか、と宮子に尋ねる兼通の顔も血の気をうしなっていた。目の下の隈《くま》がいっそう濃い。

「兼通さま……」

宮子はぽろぽろと泣きながら、兼通にむかって震える手をあわせた。

「お願いです……どうか、どうかお力をお貸しください、兼通さま。馨子さまを助けてさしあげてください。馨子さまと、馨子さまの赤さまのおいのちを救ってさしあげて」

「宮子姫……」

「最高のお医師を、お薬を、加持の僧を呼んで、ご祈禱を。馨子さまと赤さまを連れていこうとする悪いものから、おふたりを守ってさしあげてください。兼通さまなら、おできになるでしょう？　そのためなら、わたし、なんでもします、ですから、どうか、お願いいたします」

それが容易な要求でないことは、宮子にもよくわかっていた。

表むきには、あくまで乳姉妹の和泉の君——一介の女房として扱われているだけの馨子なのである。客分として滞在しているこの邸で子どもを産もうとしている現状だけでも、非難を免《まぬか》れない異常事態なのだ。出産は、忌むべき血の穢れであるのだから。

だが、兼通はそうした理《ことわり》を宮子に説きはしなかった。ただ、震える宮子を抱きしめ、

「何もかも、そのようにいたしましょう」

とだけ、やさしくいった。

やがて出てきた医師は、いかめしい顔をさらにきびしくひきしめて、見立てを告げた。

「ともかく、あまり長引いては母体のほうが耐え切れないでしょう。すでに出血がある上、もともとが血の少ない体質のかたであるようですし……恐れながら、半日経ってもお子さまが出ていらっしゃらなかったときには、覚悟をなさったほうがよろしいかと思われます」

宮子は急いで塗籠の中に戻った。

室内には馨子ひとりの姿があった。

宮子の気配に気づいて、馨子は青ざめた瞼をひらいた。

「……お医師はなんといっていて、宮子？　わたしは、いつ赤ちゃんに会えるのかしら」

「馨子さま……」

宮子は痺れた両手で馨子の手を握った。

「も、もうすぐですわ、あと少しだけ頑張れば、元気な赤さまが生まれるのですって。馨子さまはお若いから、必ずお産に耐えられる、心配はいらないとおっしゃっていましたわ」

馨子は血の気のうせたおもてに、力ない笑みを浮かべた。

「本当に、おまえはいつまで経っても、嘘がヘタね、宮子……」

「馨子さま……」

「隠さなくともいいのよ、わかるわ、自分の身体のことだもの。難しいお産になってしまったのね、なんとなく、そんな予感はしていたけれど」

打ち消しかけた言葉を宮子はのみこんだ。

――いま、自分の身に何が起こっているのか、馨子には、すべてわかってしまっているのだ。この、目敏《めざと》くて賢い乳姉妹には、すべて。

「泣いてはだめよ、宮子」

馨子はやさしくいって、宮子の頰にながれる涙を拭いとった。

「大丈夫よ。……見ていなさい、この子は、必ず立派に産んでみせるから」

「馨子さま……」

「その代わり、わたしがいなくなったら、あとのことは、頼んだわよ。なにせ、あの三人が父親じゃ、ね、どうにも、頼りなくっていけないから……」

「馨子さま……いやです、そんなことをおっしゃらないでください！」

「お母さまは、十九で死んだものねえ――なんにつけ、せっかちなところは母親譲りだったのかもしれないわ。その点だけは、生まれてくるこの子に、似ないでほしいと願わずにいられない。うんざりするほど長生きしてもらいたいわ……宮子、おまえが見守ってあげてね」

宮子は必死になってうなずいた。

「ずっとお仕えしていきますわ、生まれてくるお子さまを馨子さまと思って……わたしの一生のすべてをお捧《ささ》げして、赤さまを必ずおしあわせにしてさしあげますわ。お約束しますわ！」

「捧げるなんて、ばかね、宮子ったら……わたしはそんなこと、のぞんでやしないわよ。ただ、生まれてくる子が自分で歩き出せるようになるまで、見守ってほしいと頼んでいるだけ」

馨子は笑った。

「わたしが死んだらねえ、御匣殿になりなさいよ、宮子。御所にあがりなさい」

「馨子さま……」

「きれいな衣装を纏って、宮中を歩いているおまえを想像すると、わくわくするわ。ふふ……おまえには、これまでずっと、貧乏生活と苦労しか、味わわせてあげられなかったものね」

「いいえ、いいえ、そんなこと……」

「他に何も遺してあげられないから、わたしの名前をおまえにあげるわね、宮子。藤原馨子をおまえにあげる。わたしの代わりに御所にあがって、たくさんのものを見てきてちょうだい――わたしがずっと見守っていてあげるから、大丈夫よ、宮子。何も心配はいらないのよ」

（馨子さま……）

「本当のお姫さまになって、御匣殿になって、宮中にあがって……」

馨子は楽しそうにいった。

「夢みたいな暮らしをするといいわ。物語の中にあるような……信じられないくらい美しいものが、豪華なものが、きっとそこにはあるわよ。想像もしなかった運命が、人生が、たくさんのひとたちが、おまえをまっているでしょう。泣いたり、笑ったり、恋をしたり、目一杯、味わっていらっしゃいな……いっぺんきりの人生だもの、できるだけ欲張って生きなくちゃね」

馨子は、きゅっと宮子の手を握った。

「どこへ出しても恥ずかしくない子に育てたつもりよ。わたしが教えてあげられることは、みんな教えてあげた。わたしのお仕込みは一流なんだから、胸を張って生きていきなさいね。わたしがいなくなったあとも、べそべそかなしんでいたりしたら、怒るわよ。同じくらい誰かを愛して、たくさんの人間を愛して、しあわせになるの。豊かに生きていきなさい」

「馨子さま……」

「怖がらず、新しい世界に飛びこみなさい、宮子」

きっと、とびきり楽しいことがまっているわよ。

馨子は微笑んだ。しみ通るような笑みだった。

「お約束しますわ、馨子さま。必ず、そのようにいたしますわ」

宮子の返事を聞いた馨子は、満足げにうなずいた。

両目をとじ、深く大きな息を吐いて、

「これで、こころ残りはもうないわ……さあ、最後の頑張りどころね」

じしんを励ますように、つぶやいた。

（神さま、仏さま……どうか、馨子さまとお腹の赤さまをお守りください。おふたりがぶじであるなら、わたしは他に何ものぞみません。わたしのもっているものを何もかもさしあげます。ですから、お願いです……お願いですから、おふたりを守って！　お願い！）

祈り、泣き、励まし、女たちの戦った長い長い時間の果てに。

宮子は、とうとう、その声を聞いた。

「お生まれでございます……！」

夜明けのほんの少し前だった。
馨子は女の子を産み落とした。

# 終章

五条の邸《やしき》の荒れた庭に霧《きり》のような雨がふりかかっている。

空気には緑の香が強く匂った。

季節はすでに長雨の五月《さつき》から六月《みなづき》へと移っていたが、ここ数日、京の町は雨にふりこめられ、日の光や青空を見ずにいること、久しかった。

宮子は廂《ひさし》の間に座り、ぼんやりと雨に濡れた庭をながめていた。

(あの夜、兼通さまがこの庭にお姿を現されてから、もう二月近くが経つのね……今年の夏は、あまりにもいろいろなことがありすぎて、なんだか、あっという間に過ぎていく気がする)

夏草のもっとも茂るころに邸を留守にしていたせいだろう、もともと荒れがちだった五条の邸の庭は草の海となっていた。訪れる人間を拒むかのように、あたりには葎《むぐら》が生い茂っている。

宮子はそばにあった硯箱《すずりばこ》をひきよせると、反古《ほご》紙の端に歌を書きつけた。

八重葎《やえむぐら》ながめふりにし宿《やど》を出《い》でて
今日《けふ》九重《ここのえ》の門《かど》に入《い》るかな

『幾重にも生い茂った葎の庭に雨がふりかかっている。長く見慣れたその庭を離れて、今日、宮中にあがる我が身であることよ』

眺《なが》めに長雨《ながめ》を、古《ふ》りに降《ふ》りを、八重葎の八重に、宮中を意味する九重をかけた歌だ。

（夢のようだわ、このわたしが御匣殿《みくしげどの》になって、宮中にあがる日がくるなんて……）

本当なら、九条の右大臣のご落胤として、晴れがましいその役に就くべきは馨子であったのに。そう思うと、拭ったばかりの涙がふたたびじわじわと目に浮かんでくる。

「──宮子」

奥からの声に宮子はふり返った。

赤ん坊を抱いた真幸がこちらへやってくるところだった。

「真幸。まあ、ちい姫さまをお連れしてくれたのね」

「ああ、少しでも長くお顔を見ていたいんじゃないかと思ったから」

「ありがとう。そうよね、こちらのお邸を離れたら、しばらくは、お可愛らしいごようすをお見あげすることもできなくなるんだものね……」

宮子に抱きとられたちい姫は、黒目がちの目をぱっちりとあけて宮子をみつめている。

長い睫毛《まつげ》や雪のように白い肌は、母親の馨子から譲り受けたものだ。頰にのばした宮子の手を小さな指できゅっ、とつかみ、よだれをきらきらさせながら笑っている。

ひと懐こく、愛嬌にあふれた赤ん坊の笑顔を見ているうちに、あらたな涙が宮子の頰を伝っていく。

「宮子」

真幸は宮子の涙を拭い、ちい姫ごと胸に抱きよせた。

「真幸……ごめんね、違うのよ。これは、嬉し涙でもあるの」

宮子は真幸を見あげていった。

「だって、ぶじにお生まれになるかさえ危ぶまれたちい姫さまが、いまはこんなにお元気で、すくすくお育ちになられていらっしゃるんだもの……ちい姫さまは馨子さまがいのちを賭《か》けてお産みになられた赤さま。できれば、お可愛らしく生い立たれるごようすを毎日でもお見あげしていたかったけれど、いまは、それもままならないわ。……わたしの代わりに、どうか、ちい姫さまをお守り申しあげてね」

宮子の言葉に真幸はうなずいた。

「三条の奥方さまが乳母《めのと》を手配してくださった。いままでに四人を産んでいるから子育ての経験も豊富だそうだし、ひとがらのいい乳母だそうだから、心配はいらないよ」

「そう……三条の奥方さまのご紹介なら、たしかだものね。乳母が実のお母さまの代わりになれようはずはないけど、それを聞いて、少しは安心したわ」

「右馬助さまたちお三人も、ちい姫さまのお父君として、いろいろご援助をくださるはずだ。ちい姫さまの今後に関しては、何も心配はいらない……おれがいま心配しているのは、ただ、おまえのことだけだよ、宮子」

　真幸は切なげに目を細めて宮子をみつめる。

「真幸」

「ようやくこの邸に帰ってきたのに、またおまえと離れ離れになるなんて……それも、宮中にあがるおまえを見送ることになるなんて、悪い夢でも見ているようだ」

「ごめんね、真幸。わたしも、ずっと、このお邸で、真幸のそばにいたかったんだけど」

　でも、しかたがないのよ。宮子はぽろぽろと涙をこぼしながらいった。

「馨子さまの代わりに御匣殿になって、宮中にあがるって、わたし、約束してしまったのだもの……わたしは馨子さまの乳姉妹だから……その約束を破ることはできないのだわ」

「おまえの乳姉妹としての忠義心は、おれが誰よりもよく知っているよ、宮子。それに、ご自分の死を覚悟なさった馨子さまが、おまえの将来を思って、あのとき、あのようなお言葉を口にされたのだということも、きちんと理解はしているつもりだ」

「そうでしょう、だから……」

「だが、それとこれとはまるきり話が別だろう。——いいか、宮子、もう一度、よく考えてみてくれ。いまのおまえが我が身を犠牲にしてまで馨子さまのお言葉を守る必要が、本当にあるのだろうか？　馨子さまはあのとき、おまえのしあわせを願っているとおっしゃったのだろう。だったら、おれと結婚してこの五条のお邸を守り、ふたりでちい姫さまのご成長を見守り申しあげることこそが、おまえの一番の幸福だとご理解くださるはずじゃないか」

「でも、真幸……」

「そもそも、おれにいわせれば、あのご遺言は、とっくに無効になったシロモノだぞ。遺言というのは、その名の通り、死んだ者が遺す言葉のことだろう」

真幸の眉間に深い皺《しわ》が刻まれた。

「さすれば、今回のように、ご遺言を口にされたあとで危機を脱せられ、しっかり生き残られた馨子さまのお言葉は、もはや、ご遺言でもなんでもない！」

と、まるでその言葉を聞いていたかのように。

奥の障子がガラリと大きくひらかれた。

「——宮子、もう支度は終わったの？　もたもたしていると、堀川邸からのお迎えが来てしまうわよ。晴れの門出に遅れがあっては、なんだか幸先が悪いでしょう。ちゃっちゃとすませてしまいなさいな……始めよければすべてよし、ものごとは始めが肝心なのよ！」

元気溌剌《はつらつ》といったようすで、母屋の奥から馨子が姿を現した。

「あら、宮子ったら、まだ着替えもすませていなかったの？　それに、どうしたの、せっかく塗った白粉《おしろい》がまだらになってしまっているじゃない。いつまでも小さな子どもみたいにべそをかいて、困った子ね……いい加減泣きやまないと、ちい姫に笑われてしまうわよ」

「そ、そんなことをおっしゃったって、馨子さまァ……」

「それとも、真幸がまたよけいなことをいって泣かせたのかしら。きもちはわからないでもないけれど、いつまでも未練たらしいまねをして、宮子のこころを乱してはだめよ、真幸」

宮子から受けとったちい姫をあやしながら、馨子は肩をすくめた。

「……恐れながら、このたびのこと、改めてお恨み申しあげます、姫君……」

真幸は渋面《じゆうめん》を通り越した、怨嗟鬼面《えんさきめん》のごとき表情である。

「恨むとはまた、おだやかじゃないわね。なあに、真幸も宮子もふたり揃って、今日のようなおめでたい日に、この世の終わりみたいな顔をして……」

「おれたちにとっては、ちっともおめでたくありませんよ――相思相愛のあいてと理不尽に引き裂かれて、何をどう考えたら暢気に笑っていられるというのですか！」

「そんなことをいったって、いまさら、どうこうしようもないでしょう。御匣殿の件はもうすでに帝からの勅命も頂いて、本式に決まってしまったことなのだから」

馨子はのんびりといって、首をかしげた。

「それに、不承不承とはいえ、宮子だって一応わたしの説明に納得して、わかりました、とこの件を承知してくれたのよ？　わたしがムリヤリこの子の首に縄をつけて、宮中へひきずっていこうというのではないのだから」

「おれはまったく承知できません」

真幸は一歩も譲らない。

「こうして姫君がぶじにご本復《ほんぷく》なさった以上、宮子と交わしたという御匣殿云々の約束に、すでに効力はないはずではありませんか、それなのに、どうしていまさら宮子が御匣殿のお役目に就かねばならないというのです……！」

「あら、それは違うわよ、真幸。宮子が御匣殿のお役目を引き受けてくれたのは、わたしとのあやふやな口約束などのせいではないわ。もっと具体的で、現実的な理由……率直にいってしまえば、わたしたち一家がやむを得ず背負ってしまった借金返済のためなのだもの」

そうでしょう？　馨子に問いかけられて、宮子は渋々うなずいた。

——母子共にいのちが危ういと思われたあの出産から、じき、一月が経とうとしている。

二日に渡った産みの苦しみ、馨子も宮子も、いっときは死を覚悟したほどの難産だったが、馨子はみごとにそれを乗り切った。

元気な産声《うぶごえ》をあげたちい姫を出産し、ぶじに後産《あとざん》をすませると、その後は安静の日々の内に驚くほど順調な回復を見せ、周囲の人間たちを安堵させた。

馨子じしんの気力・体力の優れていたことに加え、兼通の手配した一流の医師による的確な診断と処置、ふんだんに与えられた高価な薬、産後の身体に少しでも滋養のつくものを……と方々の領地や寺院からとりよせた食材による栄養満点な食事が功を奏したのだろう。

出産後、すっかりもとの元気をとり戻した馨子は、

「これ以上堀川邸にいて、兼通さまや有子さまに迷惑をおかけするのは気がひけるから」

と、宮子やちい姫と共に目立たぬように邸を出て、五条の邸へと戻ってきた。

その後も堀川邸からは、馨子とちい姫の具合を案じる文が連日のように届けられ、見舞いの使者に立てられた友成が薬や食物をどっさりと運んできた。九日の産養《うぶやしな》いの宴

の折には有子姫自らが五条の邸にやってきて、祝いの品を届けてくれたほどである。

　馨子の乳の出はすこぶるよく、ちい姫はよく飲み、よく眠り、よく泣き、毎日健やかに育っている。いまはもうふたりの健康に心配するところは、まったくない。

　あのことさえなければ、宮子にとっても真幸にとっても、何一ついうことのない現状ではあったのだが……。

「ちい姫の出産時、およびその後の養生時にかかった費用……兼通さまが手配してくださった医師への診察代、薬代、加持祈禱をいいつけた僧侶たちへの謝礼費用その他諸々……さすがは九条家のご用達《ようたし》というべきなのかしら、送られてきた請求書を点検したけれど、薬代一つをとっても、目の玉が飛び出そうな金額だったわ。いのちとひきかえと思えば文句もいえないけれど、それにしても、たいそう高くついたものだわねー」

　馨子はほう、とため息をついた。

「この邸を売っ払ったところで、半分が払えるかどうかという大金……宮子が御匣殿として宮中にあがり、最低一年間お勤めをしてくれれば、すべてを帳消しにしてくださるという、兼通さまからのありがたーいお申し出なのよ？　どう考えたって断れるはずがないじゃないの」

「しかし、姫君、おれには納得できません。あのときは、いってみれば、緊急事態だったのではありませんか……！」

あきらめきれない真幸は、なおも馨子に食いついている。

「しかも、兼通さまは姫君の兄君ですよ。身も世もなく苦しんでいらした実の妹君から薬代をとりたてるほど、兼通さまは血も涙もないおかたなのですかっ？」

「そうはいってもねえ、薬代はともかく、むやみと派手な加持祈禱を昼夜連続ぶっ通しで三日間も行わせる必要があったのかといわれると……兼通さまは『あらゆる手段をつくして馨子さまを助けてほしい』といった宮子の要求に従い、すべての手筈《てはず》をした、と主張していらっしゃるのだもの。客観的に見て、支払い義務がこちらに生じることは、否定できないと思うわ」

「でしたら、今度こそまっとうに、姫君ごじしんが御匣殿にご就任なさればよろしいではありませんか。ちい姫さまもぶじお生まれになられたいま、なんの障りもないのですから！」

「もちろん、わたしもそれを考えたわよ。でもホラ、右馬助さまたち三人がそれに断固反対を訴えて、『馨子姫が御匣殿になるなら、今回の騒動の一部始終を公表して回る』と騒ぎたてたでしょう？　泣く泣く断念したのよ。ちい姫の存在が洩れて、御匣殿に隠し子発覚、なんて醜聞があとから起きても困るしねえ……一条の大姫の駆け落ちが世間にバレたら、たいへんな騒ぎになるし……そもそも、御匣殿なんて堅苦しいお役目、わたしにはむいていない気がするし……まだまだたくさんの異性と出会って、自由に恋愛も楽しみたいしー……」

あきらかに後半部分が馨子の本音である。

(以前とまるでお変わりのない……ううん、ご出産前よりも、もっとたくましく、したたかになられたような気がするわ、馨子さまったら)

のらりくらり、真幸の追及を交わす乳姉妹を見ながら、宮子は複雑な思いで涙を拭った。

たくましくなっただけではなく、馨子は目に見えて美しくなった。

もともと、ひと目をひきつけるあでやかな美しさをもっていたが、ちい姫を産んでからは、それにいっそうのかがやきが加わった。たとえていうなら、

「朝日を浴びて照り映える瑞々《みずみず》しい竜胆」

といった風情。真珠に珊瑚《さんご》を添えたようなえもいわれぬ肌色といい、少し丸みを帯びた頬の線といい、母親となったそのひとのやさしい色香が匂うようだ。

美貌と頭の冴えは比例するようで、五条の邸におちついてほどなくしてから、馨子は
「兼通さまから送られてきた請求書の莫大《ばくだい》な額が云々……」を宮子に打ち明け、借金返済の手立てがどうにもない、と泣いて訴えた。一年だけの辛抱だから御匣殿の役目を引き受けてほしい、とちい姫を腕に抱いてのかき口説き、泣き落とし、気づくと宮子も一緒になって泣きながら、

「わ、わかりました、わたしで、馨子さまやちい姫さまのお役に立てるのなら……！」

という一言《いちごん》を引き出されてしまっていたのである。

（よく考えたら、あの鷹揚な兼通さまが、出産費用の請求なんてみみっちいことをおっしゃるとは、思えないわ……どうも、馨子さまが裏で糸をひかれて、入れ知恵なさった気がする）

――と、いまになってみれば冷静に分析できる宮子であったが、そのときには馨子の巧みな説得についついひきこまれ、引き受けると承諾してしまったのだから、しかたがない。

そして、いったん正式な勅命が下された以上、

「やっぱりイヤ」

と、いまさら御匣殿の役目を蹴って逃げ出すわけにはいかないのだった。

「――あまりにもひどいお仕打ちですよ、姫君……大姫君の事件が解決すれば、宮子と一緒になれると思えばこそ、おれは寝る暇も惜しんで情報収集に駆け回ったというのに……！」

「まあまあ、真幸、これきり二度と会えないというわけでもないのだから。それに、ホラ、宮中にあがるといっても、そこはあくまで公のお役目、参内であって入内《じゆだい》ではないのだから、一年じゅう後宮に暮らすわけではないのよ？　堀川邸で逢瀬を重ねればいい

じゃないの」

「そ、そうは申しましても、宮子が後宮にあがるとなれば、やはり……」

「東宮さまのことを気にしているのね？　大丈夫よ、そのためにわたしが引き続き女房となって、一緒に後宮にあがるんじゃないの。生まれたばかりのちい姫を乳母に預けてまで。なんといっても、東宮さまはいまだ元服前、おまえが心配するような色めいたことがらなど、ひとよりウブな宮子とのあいだに起こるはずがないでしょう……」

馨子の弁舌に丸めこまれつつある真幸の姿は、かつての自分を見るようである。

宮子は共感とも同情ともつかない思いに、深々とため息をついた。


長くふり続いた雨は、午後になってやんだ。

それをまっていたかのように、五条の邸に次々とひとが訪れ始める。

まずは右馬助が、それに遅れまいと巨勢卓美と大江六郎も車をのりつけ、先を争って廊下を進む。

馨子たち一行が堀川邸からこの邸へと戻って以来、三人とも、それぞれの務めや学業を放り出して、毎日せっせと馨子のもとへ通ってきていた。

「おおっ、今日もお美しいですね、馨子姫。……ところで、そのう、ちい姫はどちらに？」

母子の健康に心配がないとわかった上、懸念していた御匣殿の就任にも馨子ではなく宮子がおさまることを知って以来、上々機嫌の三人である。

「三人揃ってようやく一人前の父親」

と馨子に評されても、まるで気にしないようす、「そろそろおれが」「いやいや私が」「いいえぼくが」と、毎日飽きもせず、ちい姫の抱っこの順番をにぎやかに争っているのだった。

近所の子どもたちもやってきた。

長雨の晴れた嬉しさにはしゃぎ、なじみの顔を揃えると、たちまち、草の露を蹴散らして、元気に庭を駆け回り始める。

邸内にちい姫がいることを知っている女の子たちは、

「そんなに騒いじゃ、いけないのよ、赤さんが泣いちゃうから、静かにするのよ……」

おしゃまな口調で、男の子連中をたしなめている。

最後にやってきたのは、兼通だった。

目立たぬ装いの女車《おんなぐるま》をしずしずと車宿りによせ、軋《きし》む廊下を踏んで母屋に入ると、

「案内も乞わずに足を踏み入れますご無礼を、どうかおゆるし願います、姫君がた」

一同を見渡し、にっこりと笑った。

今日はしっとりとした縹《はなだ》色の直衣《のうし》の下に、香《こう》色の単《ひとえ》を合わせた洒落た装い。

目立たぬ色目を纏《まと》っていても、抑えきれぬよろこびが衣の裾からこぼれんばかりに見える。

「雨があがり、青空が見えてきましたね、天も姫君の慶事《けいじ》を寿《ことほ》ぐかのようで……我が邸ではみながいっさいの支度を整えて、姫君のお出でをおまちしておりますよ」

真幸の刺すような視線をにこやかに無視し、兼通は宮子にむかって語りかける。

さまざまあった過程はともかく、結果的には当初の目的である「御匣殿の後見役」に就けたとあって、こちらも右馬助たち三人に負けない上機嫌、満面の笑みであった。

「有子も、姫君たちとふたたびあちらで会うのを楽しみにしているようですし」

「はあ……」

「それから、鹿子や西の対の女房たちも、姫君のお帰りを首を長くしておまちしていますよ。鹿子は、和泉の君の赤さまを早く見たい、と、指折り数えてまっておりますしね」

宮子はうなずいた。

——なにせ、一月前のあのときには、みなにろくな説明もしないまま、あわただしく邸を出てしまったのだ。

「馨子姫は出産した和泉の君に付き添い、当面、堀川邸を離れることになった云々……」と兼通が説明したそうだが、それでも、仕える主人を唐突にうしなって、西の対の女たちはずいぶん戸惑ったことだろう。

(西の対の女房が寝殿で子どもを産んだ、って事実はさすがに隠しきれなくて、いっときは邸じゅうが沸き返るような騒ぎになったんだものね……ああ、堀川邸に戻ったら、また、北の方さまが例のごとく、そのことをちくちくと蒸し返されるんだろうな……)

先ほどは「今日九重の……」などと歌に詠んだ宮子だったが、それはあくまで心情的な意味であって、いきなり、本日ただいまから宮中にむかうわけではない。

実際のところ、今日は堀川邸に入るだけであって、本当の参内予定日は、今日から二十日ほど先のことであった。

「有子さまからも、ちい姫を連れてくるようお文《ふみ》をいただいたので、いったん、そのようにいたしますわ。数日後には乳母となる者が迎えにきてくれるはずですから」

「そうですか、よい乳母だといいですね……それでは宮子姫、そろそろまいりましょうか」

宮子と真幸は顔を見あわせた。

——とうとう、そのときがきてしまったのだ。

「宮子……」

真幸は宮子の手を強く握りしめ、しみじみとつぶやいた。

「とうぶん、この家でおまえの顔を見られないんだな……おれはさみしくてたまらないよ」

「わたしだってそうよ、真幸。一年間のお勤めを終えれば、きっとまた毎日一緒に暮らせるようになるわ……お願いだから、まっていてね」

——ひし、と抱きあって涙にくれるふたりの横で、

「あらあら、今生《こんじょう》の別れのような騒ぎだこと。いちいち芝居がかっておりますわねえ」

「若さゆえの過剰な盛りあがり、思いこみ、これが青春というものでしょう、はっはっは」

悪事の首謀者ふたりがぬけぬけといって、笑いあっているのが憎らしい。

「ああ、いけない。そういえば、宮子姫にお渡しするものがあったのだった」

ふと思い出したように、兼通がいった。

「この役目を果たさなければ、お叱りを受けてしまう。実は先日、御所の東宮より、ひそかなお召しを受けたのですよ……御匣殿となられる姫君に、あるものを届けてほしいとのことで」

(え……？　次郎君から、わたしに？)

宮子は驚き、真幸から身を離した。

——池に落ちたあの夜以来、宮子と次郎君のあいだには、なんの接触もないままだった。

ただ、半月ほど前に、冷泉院に滞在していた東宮の一行が、ふたたび御所に戻ったという話を兼通から聞かされただけである。

幾度となく助けてもらった礼を伝えられぬまま別れてしまったことが、宮子にはここ残りであったし、自分の御匣殿の就任を彼がどんなふうに感じているのか、気にかかってもいた。

が、東宮であるそのひとに、こちらから文を送ることなど、不可能である。

次郎君のほうからも、これといった便りはないまま、今日までの日々が過ぎてしまった。

大人びたやさしさと、幼い子どもの悪戯っぽさと、ふしぎな聡明さをあわせもっていた少年東宮。堀川邸で出会った次郎君が東宮そのひとでなかったら、どれほど馨子に説得されようと、宮子は御匣殿になって宮中へあがるという決断には踏み切れなかったに違いない……。

兼通が庭先に声をかけて、藤籠《ふじかご》のようなものを運んでこさせる。

宮子はあわてて居ずまいを正した。

非公式の贈りものとはいえ、「東宮」の名を冠されると、さすがに緊張してしまう。

ぎくしゃくと両手をつき、頭をさげた宮子の前で、籠の蓋がゆっくりと外された。

その中に手を入れた兼通が、ひょい、と宮子の前にとり出して見せたのは。

「まあ……挿頭《かざし》の君《きみ》！」

少し大きくなった、やんちゃな子猫だった。

子猫は挨拶代わりのように短く鳴くと、ゆっくりと周囲に視線をめぐらせ始めた。

いつかのように、また逃げ出されてはかなわない。

宮子は急いで子猫を胸に抱きあげた。

「姫君が堀川邸を出られてから数日後に、東宮が挿頭の君をご所望になられましてね。先日まで、この子は、ずっと東宮のおそばにいたのですよ」

「じろ……東宮さまが、挿頭の君を？」

「姫君は、見知らぬ宮中にあがることを、きっとこころ細く思っているだろう、顔見知りのこの子を連れていけば、少しはその不安も薄らぐのではないかと仰せになられて……まこと、東宮の姫君にむけられた、おやさしいおこころざしではございませんか」

（次郎君……）

子猫の首には、きれいな絹の紐に、薄緑色の結び文がくくりつけられていた。

ひらいてみると、そこには見おぼえのある少年の手蹟《て》で、歌が一首書きつけられてあった。

ねも知らずかれにし外《よそ》の撫子《なでしこ》を

つねの挿頭《かざし》に見るよしもがな

（まあ……次郎君ったら……！）

歌を読んだ宮子の頬が、思わず、ぽっと赤くなった。

――撫子、という単語をすなおに花の名とだけ読めば、ごくごく素朴な歌である。

『どんな根《ね》をしていたのかも知らぬうちに儚く枯れてしまった、外《よそ》の庭の撫子。可憐なあの花を冠《かんむり》に挿すように、毎日見る術はないだろうか』

という意味だ。

しかし、子猫に文の使者を任せただけあって、もちろん、この歌の本意は他のところにある。

「撫子、というのは可愛い子、という意味だから、これは宮子を指しているのよね」

勝手に文をのぞき見した馨子が背後でつぶやいた。

宮子はぎょっとしてふり返る。

あわてて文を隠したものの、すでに歌はすっかり目に入ったらしい。

「根《ね》も知らず、は寝《ね》も知らず、にかけてあるのでしょう？　枯《か》れにし、は離《か》れにし、のこと、挿頭、はこの猫の名前だから、つまりは寝《ね》・子《こ》、ということよね」

「か、馨子さま」

「つまり訳するとこのお歌は『共寝《ともね》をすることなど思いもしないうちに別れてしまった可愛い女の子、冠に挿す花のように、懐に抱いて寝る猫のように、毎日きみをそばに置いて、ながめて暮らすことができたらいいのに』という意味になるわけでしょう」

「馨子さまっ」

「すなおな恋歌ねえ。寝も知らず、なんてそのものズバリの言葉で始められていらっしゃるあたりが、いかにもお若くて、微笑ましいわ、ふふ……飾り気がなくていらっしゃるというか、率直でいらっしゃるというか、聞かされるこっちのおもてが赤らむというかなんというか……モゴモゴ」

宮子は強引に馨子の口をふさいだが、もはや遅かった。

「──寝も知らず……」

真幸が強ばった顔でつぶやいた。地の底からひびいてくるような声である。

「ま、真幸……」

「宮子──恐れ多くも東宮さまが、そのような感慨をお抱きになられ、歌にお詠みになられるほど、おまえは、堀川邸で、東宮さまとお親しくなられていたのか……？」

「そ、そんな、まさか」

「それじゃあ、なぜ」

「こ、これはあれ、単なる歌の修辞でしょう、飾りの言葉よ」

「そんなことはないでしょう、これは、東宮のすなおなおこころからこぼれ出たお言葉と推《すい》し奉《たてまつ》りますね、なにせおふたりはふたりきりで夜の池に漕ぎ出し、同じ雫に濡れた仲……」

「ちょっ、もう、横からよけいなお口を出されないでください、兼通さまっ！」

思わず兼通を怒鳴りつけてしまった宮子だった。

——宮子が堀川邸で次郎君として出会い、接していた少年の正体が、じつは東宮そのひとだったという事実は、真幸もすでに知っている。

が、妙な誤解を招くのはうまくない、と考え、宮子は池に落ちた夜のことをいままで真幸に内緒にしておいたのだ。

「溺《おぼ》れかけたところを東宮に助けてもらい、ついでにくちびるも重ねてしまいました」

などと告白したら、どうなることか。

ただでさえ、御匣殿の一件で打ちのめされている真幸である。世を拗《す》ね、やけになったあげく、ふらりと流浪の旅にでも出かねない。

（い、いえないわ。絶対に。この秘密だけは、なんとしても守らなくては……！）

「どういうことだ、宮子。ふたりきりで夜の池？　同じ雫に濡れた仲？　きちんと説明してくれ、どうして東宮さまがこのような色めいたお文をおまえに……」

真幸の追及にしどろもどろになりながら、宮子は、黒をも白といいくるめる馨子の舌がいまこそほしい、と切実に思った。

——と、それまでおとなしく眠っていたちい姫が目をさまし、唐突に甲高い声で泣き始めた。

すぐに馨子があやし始めたものの機嫌は直らず、泣き声は大きくなっていくばかりである。

「どうしたの、ちい姫？　お腹もいっぱいだし、お尻も濡れていないでしょう。よしよし、いままで、いい子にしていたのに、困ったわね……衣装の胸元が濡れてしまうわ」

「あっ、それでしたらちい姫は堀川邸までおれがお預かりしていきましょう、馨子姫！」

「いーえ、私が」

「いえいえ、ぼくが」

すかさず六本の腕がさし出されるが、

「三人でとりあいを始めたら、よけいに泣いてしまうわよ。というわけで真幸、お願いね」

ひょい、と横からちい姫を渡されて、真幸がにわかにうろたえた。

「ひ、姫君。困ります、おれは、赤さまのお世話は、まるで不慣れで」

「誰でも最初は不慣れなのよ。いいから一つ、将来のための練習と思って頑張ってみなさいな……そうそう、上手、その調子よ。さ、宮子、わたしたちは先にいっていましょうか」

おっかなびっくりちい姫をあやし始めた真幸と、そのまわりで「あやしかたのコツ」をアレコレ説いている男たちを置いて、馨子は宮子の手をひき、さっさと車宿りへむかった。

「助けるはずのちい姫に助けられているようでは、おまえもまだまだね、宮子……」

ほっと息をついている宮子を見ながら、馨子はくすくす笑っている。

「しっかりしなさい、あれくらいのことをさらりと切り抜けられる才覚がなくちゃ、この先、御所にあがって、二股三股の恋愛を楽しむことなんて、とうていできないわよ？」

「さ、最初からそんなもの、楽しむつもりはありませんから！」

「まだ、そんなことをいっているのね。うーん、女房としてのお仕込みはすませたけれど、それ以外は不十分だったみたい……おまえには、まだまだ教えるべきことがありそうだわ」

「教えるべきこと……？」

「もちろん、人生の楽しみかたと、上手な嘘のつきかたよ」

牛車に乗りこみながら、馨子は悪戯っぽく片目をつむって見せた。

「くちびるに紅《べに》を、舌にはちょっぴりの嘘をのせて、女の子はきれいになるのよ。おぼえておきなさい、宮子、嘘は姫君の嗜みだからね」

午後の光を受けて、草の上の白露がきらきらとかがやいている。

あたりには、歌い遊ぶ子どもたちのあかるい声がひびいている。

　千歳《ちとせ》を経ても変わらぬは　都の空と男女《なんにょ》のふしぎ
　涙に濡れてまた晴れて　くり返すこそおもしろけれ
　仰《あふ》げば七夕流星《たなばたよばひぼし》　つねに恋するひとの子の
　問《と》はず語《がた》りの弾《ひ》き語《がた》り　いまは昔の物語……

季節は六月《みなづき》。

京の都は、まぶしい夏の盛りである。